모두의

내력

이 도서의 국립중앙도서관 출판예정도서목록(CIP)은 서지정보유통지원시스템 홈페이지(http://seoji.nl.go.kr)와 국가자료공동목록시스템(http://www.nl.go.kr/kolisnet)에서 이용하실 수 있습니다. (CIP제어번호: CIP2017029908)

모두의 내력

오선영 소설집

차례

해
바
라
기

벽

벌써 20분이 흘렀다. 대포 같은 카메라를 든 남자가 우리집을 향해 셔터를 누르고 있다. 담벼락, 창문, 장독, 섀시문, 슬레이트 지붕을 남자는 골동품처럼 유심히 바라보다가 사진을 찍었다.

찰칵. 찰칵. 찰칵찰칵.

천천히 한 장씩, 때로는 빠른 속도로 여러 장을 찍는다. 카메라 렌즈를 바꾸고, 삼각대를 세우고, 렌즈를 거즈로 닦고, 다시 카메라를 바꾼다. 빠르고 정확하게 손을 움직이는 남자는 전쟁터에서 총을 조립하는 군인 같다.

다시 아랫배가 아프다. 두 손으로 배를 감싸고 밖을 내다본다. 남자가 창문을 향해 카메라를 가져다 댄다. 나는 얼른 허리를 숙인다. 쾅. 창틀에 이마를 세게 찧었다. 잘 익은 자두마냥 이마가 발갛게 부어오른다. 남자가 떠날 때까지 기다려야 된다. 새시문을 열고 밖으로 나가면 남자는 나를 향해 셔터를 눌러 댈 것이다. 나는 알지도 못하는 남자에게 내 얼굴을 찍히고 싶지 않았다. 나도 모르는 사이에 내 얼굴이 인화되어 남자의 사진첩에 전시되고 싶지 않다.

배가 더 아프다. 이럴 때 집 안에 화장실이 있으면 얼마나 좋을까. 남자가 사진을 찍든 말든 상관하지 않고 일을 볼 수 있을 텐데. 여러 집이 함께 사용하는 화장실은 제대로 된 환풍기 하나 없이 벽돌 위에 시멘트를 발라 만들어졌다. 지린내와 구더기, 담배꽁초, 생리대, 오물을 잔뜩 묻힌 휴지가 엉망으로 뒤엉켜 있다. 나는 화장실 가는 것이 싫어 얼굴이 노래질 때까지 똥을 참은 적이 한두 번이 아니었다.

문고리를 잡았다. 지금은 끔찍한 화장실이라도 절박하다. 문밖에서는 아직도 셔터 소리가 들린다. 무언가 잘못을 저지른 사람마냥 얼굴을 머리카락으로 가리고 문을 열었다. 강렬하게 내리쬐는 햇볕에 눈을 제대로 뜰 수 없었다. 나는 코가 가슴에 닿을 만큼 고개를 숙이고 빠른 속도로 걸었다.

"저기요."

등 뒤에서 남자가 불렀다. 남자는 내게 흰 종이를 내밀며 설문조사를 부탁하거나, 담장의 그림 밑에서 포즈를 취해 달라고 할 것이다. 어제 왔던 여자도, 그제 왔던 학생들도 내게 같은 것을 요구했다. 남자의 말을 못 들은 척하고 더 빠르게 걸었다.

"저기요. 저기."

남자가 한 번 더 불렀다. 대답을 하고 싶지 않다. 나는 두루마리 휴지를 손에 꼭 쥐고 마을 중턱에 있는 화장실을 향해 뛰었다.

찰칵. 찰칵. 찰칵찰칵.

남자가 등 뒤에서 사진을 찍는 소리가 들렸다. 나는 숨을 크게 몰아쉬고는 화장실 문을 힘껏 열었다. 습하고 역한 냄새가 콧속으로 파고들었다.

*

여섯 달 전, 색색깔의 페인트통과 붓, 물통, 스케치북, 사다리를 든 사람들이 마을 입구에 나타났다. 남색 티셔츠를 똑같이 맞춰 입은 사람들은 자원봉사단체에서 왔다고 했다. 무채색의 어두운 마을을 산뜻하고 화사하게 바꿔준다고 하였다. 마을 사람들은 빨간색 붓을 들고 담벼락에 꽃을 그리는 사람들을 생경한 눈으로 쳐다봤다.

자원봉사자들은 우리집에도 찾아왔다.

"뭣들 하는 짓이야?"

할머니가 섀시문을 밀며 소리쳤다.

"저희가 할머니 댁을 예쁘게 해 드릴게요."

앳된 얼굴에 피부가 우유처럼 흰 남학생이 말했다.

"니들이 뭔데, 남의 집 담벼락에 그림을 그려! 집이 이쁘든 안 이쁘든 니들이 상관할 일이 아니지!"

할머니가 쉰 목소리로 퉁명스레 말했다. 나는 할머니 옆에 서서 고개를 끄덕였다. 깨진 시멘트 사이로 바퀴벌레가 기어 나오고, 녹슨 철근이 구부러진 채 방치되어도, 그것을 남학생이 고쳐 줄 이유는 없었다. 여긴 우리집이고, 우리집을 관리하는 건 할머니와 나의 몫이었다.

"봉사활동 시간 채우려면 저 밑에 노인정이나 가던가, 왜 남의 집에 와서 난리야."

나는 남학생이 들을 수 있을 정도의 크지도 작지도 않은 목소리로 중얼거렸다. 내 말을 들은 남학생이 나를 쳐다보았지만, 모르는 척 고개를 돌려버렸다.

솔직히 말하면 남학생의 손길이 필요하지 않은 건 아니었다. 가능하다면 알록달록한 그림을 그리는 대신 집 안에 화장실을 지어주면 좋겠다는 생각을 했다. 개인화장실을 짓는 게 어려우면 재래식 공중화장실을 수세식으로 고쳐주기만 해도 만족할 수 있을 것 같았다. 화장실 앞에 붉은 장미와 노란 개나리를 아무리 많이 그려도, 화장실 안의 구더기와 파리 떼는 절대로 사라지지 않았다.

남학생은 난감한 표정을 짓더니 꾸벅 인사를 하고는 사라졌다.

"무당집도 아니고, 정신 사납게 가정집에 무슨 꽃 그림이야."

할머니는 선반에서 굵은 소금을 한 주먹 꺼내 남학생의 뒤통수에 뿌렸다.

하지만 할머니의 말과 다르게 마을은 변해갔다. 사실보다 과장된 유부남과 처녀의 스캔들, 욕설, 추문, 조잡하게 그려 놓은 남녀의 성기와 담벼락을 어지럽혔던 사건들은 흰색 페인트 밑으로 사라졌다. 스캔들의 주인공은 소문이 사라졌다며 기뻐했고, 사내애들은 은밀한 화젯거리였던 그림이 없어진 것에 대해 오랫동안 아쉬워했다.

어느 순간부터 마을은 꽃과 나무, 나비와 비둘기, 강아지와 사슴이 가득한 공간이 되었다. 구멍가게 앞 평상에 모인 어머니들은 애들 키우기에 좋은 환경이 되었다며 기꺼워했다. 아버지들은 혹시나 집값이 오를까, 몇 년 전 말만 나왔다가 무산된 재개발이 다시 시행되지는 않을까 하는 기대에 부풀었다. 그중에서도 꽃과 나무가 그려진 담을 가장 좋아하는 건 어린아이들과 강아지였다. 아이들은 화사해진 담장 아래에서 소꿉놀이를 하고, 공놀이를 했다. 엄마들이 저녁밥 먹으라고 소리쳐 부를 때면, 마치 조경 시설이 잘 된 아파트 놀이터에서 놀다 집으로 돌아가는 아이들처럼 얼굴이 환했다.

스캔들과 추문의 주인공도 아니었으며, 어설픈 성기 그림에도 관심이 없던 나는 마을 사람들의 반응이 오히려 의아스러웠다. 담벼락에 그림 몇 장 그렸다고 갑자기 잘 사는 마을로 바뀌는 것도 아니었다. 나는 여전히 한밤중에 화장실 가는 게 세상에서 제일 싫었고, 할머니는 돋보기를 쓰고 흰 실에 색색의 구슬들을 꿰어야 했다.

벽화를 그리고부터 마을은 점점 유명해져 갔다. 어디서 듣고 보았는지 사람들이 짝을 지어 마을을 찾았다. 갑자기 늘어난 손님들을 가장 반기는 사람은 마을버스 정류소 앞 구멍가게 아주머니였다. 음료수와 필름, 과자 등의 매출이 평소보다 배나 늘었다며 아주머니는 연신 웃고 다녔다.

찰칵. 찰칵. 찰칵찰칵.

카메라 소리가 들리기 시작한 것은 그때부터였다. 유명 블로그에 오른 벽화 그림은 사진 찍기 좋아하는 이들의 호기심을 자극했다. 검은색 도둑고양이와 노랑머리의 어린왕자를 같은 앵글에 담을 수 있는 장소를 그들이 놓칠 리 없었다. 사람들이 인터넷에 올린 사진 속에는 구역질 나는 공중화장실이 없었다. 그곳에는 어미를 따라 물 위를 유영하는 새끼 오리들과 천사 날개를 가진 미소녀, 키를 쓴 오줌싸개가 그려진 화사하고 아름다운 무대 공간이 있을 뿐이었다.

주말이면 사람들이 몰려왔다. 주중에도, 낮에도, 밤에도 시간을 가리지 않고 사람들이 찾아왔다. 그쯤 되자 마을 사람들 사이에서도 하나둘 불평이 쏟아져 나왔다. 시간과 장소를 고려하지 않고 카메라를 들이대는 사람들 때문에 생활이 불편해졌기 때문이었다. 마을 사람들이 불평을 쏟아낼 때마다, 나는 얼굴이 하얗던 남학생을 떠올렸다. 그리고 처음으로 할머니가 옳은 행동을 했다고 생각했다.

*

교무실 앞 복도에 대여섯 명의 학생들이 벌을 서고 있었다. 나는 애들 쪽으로 고개를 돌리지 않고 교무실 안으로 들어갔다.

"저 녀석들 보세요, 잘못했다고 반성문을 몇십 장씩 써놓고도 또 무단결석에, 조퇴에. 이제 때리는 것도 힘들어서 못하겠어요. 그렇다고 애들이 바뀔 것도 아니고."

담임은 옆자리 과학과 이야기 중이었다. 나는 거둬 온 공책을 어디에 놓아야 할지 몰라 머뭇거렸다. 담임과 과학은 등 뒤에 내가 서 있는 것을 모르고 계속 이야기했다.

"참, 박선생님도 순진하시네. 지 부모들도 포기한 애들을 선생님이 그렇게 챙길 필요가 뭐가 있어요. 그냥 내버려 둬요, 저러다가 학교 그만두면 다른 애들한테 나쁜 영향 안 끼치고 오히려 더 나아요."

과학이 안경을 고쳐 쓰면서 말했다.

"저······."

담임이 뒤를 돌아봤다. 잔뜩 부풀린 앞머리는 싸움을 시작한 수탉의 볏 같다. 조금이라도 눈에 거슬리거나 마음에 안 들면 머리를 들어 상대를 찍어 내릴 기세다. 담임은 턱 끝을 들어 책상 한쪽을 가리켰다. 나는 들고 있던 공책들을 책상 위에 올려놓았다.

"그리고··· 서류 가져 왔는데요."

주머니에서 반으로 접은 흰 봉투를 꺼내 담임 앞에 내밀었다.

"거기 공책 위에 두고 가."

담임이 귀찮다는 표정으로 말했다. 나는 말 없이 봉투를 공책 위에 올려 두었다.

교무실 밖에는 아직도 그 애들이 손을 들고 서 있었다. 모두 우리 마을에 사는 애들이었다. 선생님들은 우리 마을 애들의 질이 나쁘다고 말했다. 제대로 된 직장을 가진 부모도 없고, 아이를 교육시킬 능력도 없다고 했다. 학교에 크고 작은 문제가 생기면 제일 먼저 우리 마을 애들부터 불러들였다. 우리 마을 아이들은 언제든지 문제를 일으킬 가능성을 가지고 있다고 믿는 것 같았다.

벌을 서고 있는 애들을 째려보고 교실로 향했다. 저 아이들과 같은 마을에 산다는 것이 싫었다. 내가 기억하는 가장 어린 시절부터 나는 할머니와 그 동네에 살았다. 그 동네의, 그 집에서 밥을 먹고, 세수를 하고, 잠을 자고, 텔레비전을 보고, 숙제를 했다. 사람들이 자신의 집에서 할 수 있는 모든 일을 나도 그 동네의, 우리집에서 했다. 단지 같은 마을에 산다는 이유로 저 아이들과 한 묶음으로 평가받을 이유가 내겐 없었다.

종이 울렸다. 담임이 종례를 하기 위해 교실에 들어섰다. 교무실 앞에 서 있던 애들도 교실에 들어왔다. 담임은 이번 중간고사 성적과 환경미화에 대해 얼굴이 벌게지도록 장황하게 말했다. 공부는 열심히, 교실은 깨끗이! 담임이 선창을 하자 다같이 주먹을 쥐고 구호를 외쳤다.

"주민등록등본 가져온 사람들, 앞으로 내."

담임이 적진을 염탐하는 수탉처럼 목을 앞뒤로 움직이면서 말했다. 담임의 말에 교무실 앞에서 벌을 섰던 애들이 흰 봉투를 들고 교탁 앞으로 갔다. 구청에서 우리 마을 애들의 급식비를 면제해 준다고 하였다. 담임은 주소 확인을 해야 한다며 주민등록등본을 떼 오라고 하였다.

"누가 안 가져온 거야? 한 사람이 비는데."

담임이 서류 숫자를 세고는 말했다. 나는 서랍 속에서 국사 교과서를 꺼내 읽는 척했다.

"어이, 주번. 너 안 가져 왔지?"

담임이 나를 불렀다. 반 아이들의 시선이 일제히 나에게 쏠렸다. 나는 책을 더 열심히 보는 척했다.

"너 벽화마을에 살면서 왜 모르는 척해, 나라에서 공짜 밥 준다는 데 그깟 서류 한 장 못 챙겨와?"

"아까 교무실에서 드렸는데요."

국사책을 덮고 담임에게 말했다. 종례 시간에 담임이 서류를 거둘 거라고 예상했었다. 단체로 흰 봉투를 들고 우르르 몰려나가 '나 무상급식 먹어요'하고 알리고 싶지 않았다. 그런 시선을 받을 바에는 차라리 밥을 굶는 게 나았다.

"종례 시간에 내면 되지 뭣 하러 혼자만 따로 내? 그리고 너, 선생님이 묻는 데 그 태도가 뭐야? 버르장머리 없이."

내 자리까지 온 담임이 출석부 모서리로 내 이마를 때렸다. 그 바람에 누렇게 익은 여드름이 툭, 터져 버렸다. 담임은 더럽게 이게 뭐냐며 더 큰 소리로 화를 냈다. 교무실 앞에 서 있던 애들이 나를 보고 키득거렸다. 나는 두 눈의 실핏줄이 터질 정도로 담임을 노려보았다. 닭 볏 같은 앞머리를 전부 뽑아 버리고 싶었다.

*

PC방 아르바이트생은 좌석 번호가 적힌 하얀색 카드를 내밀었다. 나는 카운터에서 가장 떨어진 자리에 앉았다.

「투데이 힛 156」

제일 먼저 방문자 수를 점검했다. 댓글이 가장 많이 달린 사진이 어떤 건지 마우스를 움직이면서 찾았다. 원목 테이블 앞에서 저녁 만찬을 즐기는 사진이었다. 테이블에는 하늘거리는 연두색 러너가 깔려있고, 갓 구운 빵, 핏빛이 살짝 도는 스테이크, 화이트 와인이 놓여 있다. 분홍색 원피스를 입은 여자아이가 품위 있어 보이는 아버지, 어머니와 식사를 하고 있다.

사진 아래로 「오늘은 내 생일. 아버지와 어머니가 나를 위해 생일 파티를 해 주셨다. 아빠, 엄마 너무 너무 고맙고, 사랑해요!」라는 문구가 쓰여 있었다. 「생일이었군요~ 축하드려요!」, 「저도 님 같은 부모님이 계시면 얼마나 좋을까요?」, 「역시 잘 사는 집은 애들 생일 파티도 차원이 다르게 하는 군요.」 등등의 댓글이 이어졌다. 기분이 좋았다. 오늘이 진짜 내 생일이라도 된 듯했다. 축하 댓글 사이로, 「나이도 어린 게 호화스럽게 노네.」, 「부모 잘난 덕에 편하게 사는 게 뭔 자랑이라고.」 라는 악플도 달려 있었다. 마우스를 움직여 악플을 삭제하고는 블로그 이웃이 선물한 노래로 배경음악을 바꾸었다.

집에 컴퓨터가 있으면 블로그 관리가 훨씬 편할 텐데. PC방에 들러 컴퓨터를 하니 늘 시간이 부족하다. 반 애들은 스마트폰이나 넷북으로 페이스북, 트위터, 블로그, 인스타그램을 관리한다. 운동장, 방 안, 학교 급식실, 학원 정독실에서 실시간으로 사진과 동영상을 찍어 SNS에 올렸다. 아침 조례 전에는 서로의 홈페이지에서 본 댓글을 화제 삼아 수다를 떨었다. 나는 실시간 검색어와 연예인 열애설로 들뜬 아이들 사이에서 입을 꾹 다물고 자습을 했다. 강력본드를 바른 것처럼 내 입술은 조금도 움직이지 않았다.

블로그 창을 끄고 검색 사이트에 들어가 '선물'을 입력했다. 선물은 최신 휴대폰과 태블릿 PC, 플랫슈즈로 정했다. 사진의 밝기와 음영, 크기를 조절해서 블로그에 올렸다. 나의 열일곱 번째 생일 선물이었다.

오랜만에 방문한 블로그 이웃은 그동안 사진 찍기에 재미를 들인 모양이다. 성능 대비 카메라 가격과 회사별 카메라의 특징, 카메라를 싸게 살 수 있는 곳 등을 보기 좋게 정리해 놓았다. 출사 가서 찍은 사진도 장소명을 폴더로 만들어 올려놓았다. 대부분 외국 여행 중 찍은 풍경이나 유명 맛집의 음식 사진, 고가의 물건을 정밀하게 찍은 사진이었다.

「벽화마을」

가장 최근에 만든 폴더명이다. 나는 스크롤을 내리던 손을 멈추었다. 나도 모르게 주위를 둘러보았다. 숨을 크게 들여 마셨다 내뱉었다. 긴장할 필요가 없다고 스스로에게 말했다.

자원봉사단체가 그림을 그리고 난 후, 구청은 우리 마을을 벽화마을로 공식 지정했다. 아직 벽화가 그려지지 않은 담장이나 마을버스 정류장, 공동 약수터, 집 안의 수돗가에까지 그림을 그린다고 했다. 구청 공무원과 함께 그림을 그릴 사람들이 페인트통과 붓, 사다리를 들고 우리집에 찾아왔다. 이번에도 할머니는 사람들 앞을 가로막았다.

"할머니, 나라에서 하는 일에 협조해 주셔야죠."

검정 뿔테 안경을 쓴 공무원이 말했다.

"이놈들아, 내 집에 내가 싫다는데 왜 자꾸 귀찮게 해!"

할머니가 담벼락을 붙잡고 서서 소리쳤다. 허리를 펴고 곧게 서려 해도 기역자로 굳어 버린 척추는 좀체 펴지지 않았다. 나는 할머니 옆에 서서 뿔테를 노려보았다. 우리집에 그림을 그려야 되니, 어쩌니 하면서 떠들어 대는 공무원의 입을 틀어 막고 싶었다.

"아저……"

내가 무언가를 말하려고 하자, 뿔테가 나를 한 손으로 밀쳤다. 그리고는 아무렇지 않다는 표정으로 우리집 담벼락의 길이와 높이를 쟀다.

"할머니, 나랏일에 반대하면 붙잡혀 가는 거 모르세요? 제가 저 좋으려고 그리는 것도 아니잖아요. 저희도 사무실에 앉아있는 게 더 좋아요."

뿔테의 목소리가 두더지 게임의 뿅망치로 변해 할머니 등을 때리는 것 같았다. 할머니와 내가 반대를 하면 할수록 뿅망치의 힘은 강해졌다. 나는 할머니 허리가 휠대로 휘어서 저대로 얼굴을 땅에 처박는 게 아닌가 싶었다. 할머니는 슬금슬금 뒷걸음 쳐 집 안으로 들어갔다.

우리집 벽과 담에 노란 해바라기가 수십 송이 피었다. 해바라기가 이글이글 뿜어내는 열기에 집안은 한증막처럼 뜨거워지는 것 같았다. 할머니와 나는 해바라기 씨앗처럼 작고 까맣게 익어갔다. 우리는 해바라기 감옥에 갇혀 버렸다. 사람들이 오면 창살 사이로 손을 내밀어 꺼내달라고 애원하고 싶었다. 그들은 동물원의 원숭이를 보듯 할머니와 나를 구경했다. 해바라기 꽃으로 장식한 우리에 관심을 가질 뿐 감옥 같은 우리집과 시든 꽃 같은 할머니, 채 피지 못한 꽃인 내게는 눈길을 돌리지 않았다.

정액제 시간이 다 끝나간다고 모니터 위로 창이 떴다. 나는 사진을 보기 위해서 마우스를 움직였다. 순간, 온몸이 그 자리에 얼어붙었다. 한밤중에 가위에 눌린 것처럼 몸을 꼼짝도 할 수 없었다. 눈을 비비고 사진을 다시 보았다. 수십 송이의 해바라기가 그려진 벽과 슬레이트 지붕, 섀시문, 빨랫줄에 걸어 놓은 속옷과 양말. '우리집'이었다. 그리고 자주색 교복을 입고 산중턱에 있는 화장실을 향해 뛰어가는 아이는 바로 나였다.

모래를 한 움큼 집어삼킨 것 같았다. 마우스를 쥐고 있는 손이 바들바들 떨렸다. 며칠 전 우리 마을에 왔던 남자가 바로 블로그 이웃이었다. 그가 나를 찍어서 인터넷에 올린 것이다. 어떻게 이런 일이 벌어질 수 있지? 내가 뭘 잘못했다고 이런 일이 일어나는 거지? 사진을 삭제해 달라고 해야 하나. 남자가 사진을 지워달라는 이유를 물으면 뭐라고 답을 해야 하지? 나는 고급 레스토랑에서 생일 파티를 하고, 명품 구두와 최신 스마트폰을 생일 선물로 받는 아이인데. 수백 가지, 수천 가지, 아니그보다 더 많은 생각들이 머릿속을 가득 채웠다. 용량을 초과한 머리가 터져버릴 것 같았다. 눈앞에 있는 모니터를 집어 던져 버리고 싶었다.

아르바이트생은 정해진 시간이 다 되었다며 자리를 비키라고 했다. 나는 가방을 메고 PC방을 나왔다. 온 도시가 샛노란 해바라기 숲으로 바뀐 것 같았다.

*

쉬는 시간이 되자 나는 교실 뒤쪽의 거울 앞으로 갔다. 고무줄을 입에 물고 두 손으로 머리카락을 쓸어 넘겼다. 잔머리카락이 나오지 않도록 머리를 동여맸다.

"이거 너야?"

앞자리 애가 몸을 뒤로 돌리면서 물었다. 무슨 뜻이냐고 묻자 제 책상 위에 있던 노트북을 내 쪽으로 돌렸다.

"뭔데? 재밌는 거면 나도 좀 보자."

우리 마을에 사는 애가 불쑥 끼어들더니, 모니터를 한참 동안 들여다봤다.

"야, 너 스타 됐네."

모니터를 보고 있던 애가 큰 소리로 말했다. 뭐가 재미있는지 과장된 몸짓으로 깔깔거리며 박수까지 쳤다.

"누구, 나 말야?"

"여기 봐. 이거 너 맞잖아."

아이의 말에 그때까지 우리를 주시하고 있던 반 애들이 책상으로 몰려들었다.

포털 사이트 메인 화면에 우리 마을이 소개됐다. 정확히는 파워블로거로 선정된 사람의 블로그 사진 중 하나가 메인에 뜬 거였다. 앞자리 애가 마우스를 움직여 사진을 클릭했다. 해바라기들이 불타오르고 있었다. 수십 송이의 노란 꽃들이 콘크리트 벽 안에서 열기를 뿜어내고 있었다. 낯익은 광경이었다. 해바라기들을 뒤로 하고 한 손에 두루마리 화장지를 쥔 내가 공중화장실을 향해 뛰어가고 있었다.

"이제 유명인사 됐네, 네이버 메인화면에도 뜨고. 난 그렇게 사고를 쳐도 인터넷에 나오지는 않던데."

우리 마을에 사는 아이들이 모니터를 가리키며 말했다.

"이게 나라는 증거가 어디 있어? 왜 나라고 생각하는데?"

"너 맞잖아. 여기 해바라기 집 너네 집이잖아. 니가 이 집에 일이 년 산 것도 아니면서 왜 자기 집을 몰라봐?"

사진 밑으로는 남자의 감상이 적혀 있었다.

벽화마을에 다녀왔다. 여학생이 산 중턱에 있는 공중화장실로 뛰어가는 모습을 보았다. 아직도 집 안에 화장실이 없는 집이 있다니……. 마음이 아팠다. 저 여학생은 얼마나 불편할까.

"똥 누러 간 거냐? 아님 그날이라서? 하필 이런 걸 찍히냐. 쪽 팔리게."

애들이 재밌다는 듯이 사진과 나를 번갈아 쳐다보면서 키득거렸다.

"이게 뭐 어때서!"

콧방귀를 뀌었지만 내 목소리는 가늘게 떨리고 있었다. 두 주먹을 꽉 쥐었다. 사진에 찍힌 건 별일이 아니었다. 마을 사람들은 자주 인터넷에 얼굴이 올랐다. 반바지를 입고 빨래를 너는 모습, 슬리퍼를 신고 고추를 말리는 모습, 모기장을 치고 자는 모습. 연예인들도 백화점에서 쇼핑하는 모습이나 카페에서 아이스크림을 먹는 모습을 SNS에 올리지 않는가. 제집의 강아지가 사료를 먹는 모습이나 맨얼굴로 양치하는 모습을 아침 프로그램에서 찍지 않는가. 그러니 이건 별일이 아니다. 별일이 아니야, 별일이 아니야. 나는 주문을 외우듯 스스로에게 최면을 걸었다.

내가 별다른 반응을 보이지 않자 애들이 제자리로 돌아가 앉았다. 나는 아무렇지 않은 얼굴로 책을 펼쳤다. 벌거벗은 채로 칠판 앞에 서 있는 기분이었다.

*

버스 정류장에서 내려 한참을 걸어 올라갔다. 좁은 골목길에 주황색 가로등이 드문드문 박혀있었다. 바람이 불자 가로등 밑의 벽화가 춤을 췄다. 오줌싸개의 키가 커졌다 작았다, 장독대가 늘어났다 줄어들었다 했다. 모양과 크기가 변하는 벽화그림이 낯설고 기괴했다. 벽화처럼 집도 늘어나면 좋겠다. 우리집이 해바라기를 심을 만큼 넓어지면 좋겠다. 해바라기가 벽을 뚫고 나와 우리집 마당에 성성하게 피어있으면 좋겠다. 담장 아래로 도둑고양이가 지나갔다. 야오옹. 작고 높은 음으로 울었다.

해바라기 벽을 등지고 쪼그려 앉았다. 집 안에서 할머니가 마른기침을 뱉는 소리가 들렸다. 할머니는 눈을 비비면서 흰실에 색색의 구슬을 꿰고 있을 것이다. 지긋지긋하다. 할머니도 구슬도, 해바라기도 공중화장실도. 끔찍하고 끔찍하다. 나는 고개를 좌우로 세차게 흔들었다.

파워블로그의 힘은 예상했던 것보다 대단했다. 정말 파워가 강했다. 나는 반 애들 말대로 진짜 유명인이 되었다. 내가 찍힌 사진은 인터넷 세계에서 수백 장, 수천 장이 복사되었다. 하늘에서 비행기를 타고 살충제를 뿌리는 것보다 더 빠르고 넓게 퍼져나갔다. 사람들은 화장실이 없는 집에 사는 나를 불쌍하게 여겼다. 예민한 여학생이 공중화장실을 사용하려면 얼마나 불편하겠냐는 댓글을 달았다. 그 댓글 밑으로 이렇게 사는 사람이 아직도 많다는 글이 이어졌다. 이런 사람들을 위해 국가는 무얼 하느냐는 성토의 내용도 있었다. 정부가 할 때까지 기다릴 수 없으니, 먼저 항의하고 요청하자는 댓글도 있었다. 마지막 댓글에 사람들이 엄지손가락을 가장 많이 세웠다.

게시판이 생겼다. 게시판 이름은「여학생에게 화장실 만들어주기」였다. 나는 PC방 구석자리에 앉아서 나를 위한 게시판이 생기는 과정을 지켜보았다. 메인 화면에는 자주색 교복을 입은 내 뒷모습이 커다랗게 박혀 있었다. 치마 아래로 드러난 다리가 유달리 두꺼워 보였다. 블로그에 사진에 오른 지 만 사흘이 지나지 않아서 생긴 일이었다. 웃음도 나오지 않았다.

고양이가 다시 울었다. 발정이 났는지 크고 높은 음으로 요염하게 울었다. 나는 고개를 숙여 운동화를 봤다. 앞부분이 누렇게 변색되어 있었다. 지난번 화장실에서 발이 빠졌을 때 생긴 흔적이었다. 솔이 흰 칫솔에 치약을 묻혀 빡빡 문질렀지만 똥색은 빠지지 않았다. 아직도 냄새가 나는 것 같다. 집 안에 화장실이 생기면 이런 일이 일어나지 않을까. 남자에게 사진 따위를 찍히는 일도 생기지 않을까. 지금이라도 늦지 않았으니 게시판에 글을 써 볼까? 그 여학생이 나라고, 내가 그 집에 살고 있다고, 그러니까 화장실 만드는 것을 도와달라고. 그 게시판은 나를 돕기 위해 만든 거니까. 내가 도와달라고 하면 정말 도와주지 않을까. 아니면 도와 달라는 나를 비웃고 다들 사라질까. 내가 나타나면 어이없어하며 뻔뻔하다고 손가락질할까. 결론 없는 의문과 생각들이 꼬리에 꼬리를 물며 이어졌다. 그만하자, 뻗어 나가는 생각의 허리를 자르고 자리에서 일어났다.

"할머니, 나 왔어."

섀시문을 열었다. 처음 보는 신발이 가지런히 놓여 있었다. 방 안을 들여다보니 통장과 할머니가 이야기하고 있었다.

"이게 너냐?"

통장이 프린트된 종이 한 장을 내밀었다. 인터넷에 떠돌아다니는 사진이었다. 대답을 하지 않고 통장을 쳐다봤다.

"이 사진을 구청장이 인터넷에서 봤대. 화장실 만들어 주기라나 뭐라나. 우리 마을 사진인데 누구냐고 묻는데 해바라기 그림이며 뒷모습이 꼭 너 같아서."

통장은 내가 대답하지 않아도 나라고 확정하고 있는 것 같았다. 할머니는 영문을 모르겠다는 듯한 얼굴로 나를 바라보았다. 나는 그렇다는 말도, 그렇지 않다는 말도 하지 않았다.

"구청장이 화장실 만들어 준대요?"

나는 협상 테이블에 앉아 있는 사람처럼 통장에게 물었다. 상대가 어떤 패를 들고 왔는지 알아야 한다. 크지도 작지도 않은 목소리로, 표정이 얼굴에 드러나지 않으면서 너무 위축되지도 거만하지도 않게, 그러나 강단 있게 말해야 한다. 상황이 이렇게 되었다면, 나는 화장실과 관련된 일을 알아야 할 권리가 있다.

"일단 어느 집인지 정확히 알아보래. 여론이 그쪽으로 쏠리고 있으니까 자기가 먼저 알아서 선수 치겠다는 거지. 다른 집 상황도 알아보고 말야."

온라인에서 돌아다니던 사진이 모니터를 뚫고 오프라인으로 튀어나왔다. 통장이 지금 내 앞에서 우리 마을, 아니 우리 집 화장실 이야기를 하고 있다. 정말…이게 되는 걸까?

나는 아무 말 없이 자리에서 일어났다. 방구석으로 가서 교복을 갈아입고 밥을 먹었다. 통장이 할머니에게 인사를 하고 돌아갔다. 입술 사이로 웃음이 비직비직 흘러나왔다. 나는 두 손으로 입을 막았다. 소리 내서 웃으면 안 된다. 아직 확정된 것은 없다. 그러니 너무 좋아하면 안 된다. 나는 두루마리 휴지를 들고 공중화장실로 향했다. 이제 이 화장실과는 안녕이다.
영원히 끝이다. 화장실 문을 활짝 열었다. 치마를 내리고 있던
여자가 깜짝 놀라 나를 쳐다봤다. 나는 얼른 문을 닫고 화장실
뒤편 언덕으로 도망쳤다. 화가 난 여자가 큰소리로 욕을 했다.

*

담임은 칠판 앞에서 판서를 하고 있었다. 나는 필기를 하다
말고 우리집 담장을 떠올렸다. 며칠 되지 않은 일인데, 아주 오
래 전의 일처럼 느껴졌다. 지긋지긋하기만 하던 해바라기들이
내게 도움을 주는 일도 생기구나 싶었다.

"너 블로그 있어?"

종이 울리자마자 앞자리 애가 물었다.

"…왜…?"

"이거 봐, 너 지금 검색 순위 1위야."

앞자리 애가 스마트폰을 내게 내밀었다. '벽화마을 소녀 블로
그'가 실시간 검색 순위 1위에 올라 있었다. 기사 제목을 누르
자 페이지가 바뀌면서 전문이 떴다.

벽화마을 소녀의 블로그가 네티즌들에 의해 발견되었습니다.
벽화마을 소녀는 한 파워블로거가 찍은 사진 속의 소녀로 화장실

이 없는 마을에 살고 있어 네티즌들의 안타까움을 샀습니다. 하지만 소녀의 블로그를 발견한 네티즌들은 소녀에게 속았다는 배신감에 허탈하다는 반응을 보이고 있습니다. 그동안 소녀는 가짜 블로그를 운영하면서 부잣집 딸 행세를 해 왔습니다. 호화로운 생일 파티와 생일선물, 해외여행 사진을 올려 블로그 이웃들의 환심을 샀습니다. 네티즌들은 이 블로그가 벽화마을 소녀의 블로그가 맞는 지 진위여부를 가리기 위해 논쟁을 하고 있습니다.

"이제 거짓말도 하냐?"

앞자리 애가 이죽거리며 말했다.

이게 무슨 일인가 싶었다. 내가 잘못 본 것인가 싶어 다시 기사를 읽었다. 눈앞이 깜깜해졌다. 자리에서 일어나 컴퓨터실로 뛰어갔다. 앞자리 애가 보여주는 정보를 믿을 수 없었다. 시샘 많은 계집애가 내가 유명해지니까 일부러 저러는 거다. 나를 골탕 먹이려고, 놀리려고 가짜 기사를 만들어서 내게 보여준 거다.

인터넷 창을 열어 포털 사이트에 들어갔다. '벽화마을 소녀 블로그'가 1위에 있었다. 주소를 바꾸어 다른 포털 사이트에 들어갔다. 거기서도 '벽화마을 소녀'가 1위였다. 나는 주소를 바꾸며 계속해서 창을 띄우고, 검색 순위를 확인했다. 앞자리 애가 보여준 기사는 사실이었다. 뉴스마다 벽화마을 소녀가 거짓

말을 했다는 내용들을 토해내고 있었다. 소녀가 거짓말을 한 게 이번이 처음이 아니라는 내용도 있었다. 소녀에게 속아 후원금을 보냈다는 사람, 저번에도 이런 일이 있었다는 사람, 거짓말을 밥 먹듯이 하는 걸로 학교에서 유명하다는 익명의 인터뷰까지 이어졌다.

온몸에 소름이 돋았다. 다리, 종아리, 배, 팔, 목, 얼굴까지 소름이 가시처럼 돋아났다. 누군가가 날 건드리면 온몸의 가시로 상대방을 미친 듯이 찔러버리고 싶었다. 말도 안 되는 이야기다. 나는 거짓말을 하지 않았다. 나는 후원금을 받지 않았다. 나는 거짓말을 밥 먹듯이 하지 않았고, 저번에도 이런 일을 저지르지 않았다. 기사를 쓴 이가 앞에 있다면, 지금 당장 숨통을 끊어버리고 싶다. 세포 하나하나까지 가시로 찔러 죽여 버리고 싶었다.

내 블로그는 핵폭탄을 맞은 것처럼 황폐해졌다. 사람들은 사진마다 갖은 욕설과 인신공격의 말을 써 놨다. '나가 죽어라'는 말은 아무것도 아니었다. 할머니와 얼굴도 모르는 아버지, 어머니까지 싸잡아 욕을 했다. 담임이 우리 마을 애들을 욕하는 것과는 차원이 달랐다. 눈물도 나오지 않았다. 내가 부잣집 아이가 아닌 것은 맞지만, 우리집에 화장실이 없는 것은 사실이었다. 내게 최신 스마트폰과 태블릿 PC가 없는 건 맞지만, 우리집 벽에 해바라기가 그려진 것은 사실이었다.

이 모든 게 그 남자 때문이다. 남자가 사진을 찍어서 일어난 일이다. 아니다, 해바라기 때문이다. 우리집 벽에 해바라기가 피어서 이런 일이 벌어진 거다. 아니다, 인터넷에 게시판을 만든 사람들 때문이다. 왜 잘살고 있는 사람을 불쌍한 사람으로 만들어서 화장실을 만들어 주네 마네 하는 걸까. 아니다, 구청장 때문이다. 아니다, 내 블로그를 발견한 사람 때문에 생긴 일이다. 그럼 결국 블로그를 운영한 내가 가장 큰 잘못을 저지른 건가. 그런 건가. 정말…… 그런 걸까.

갑자기 입술이 찢어진 듯 따가웠다. 키보드 위에 핏방울이 툭, 떨어졌다. 나는 급하게 컴퓨터 전원을 꺼버렸다. 팍, 하는 파열음을 뒤로하고 컴퓨터실을 뛰쳐나왔다.

교실로 가서 가방을 챙겼다. 반 애들이 수업을 빼먹고 어디 가냐고 물었다.

"씨팔, 조용히 해!"

시퍼렇게 날이 선 내 목소리가 교실 안에 울려 퍼졌다. 시끄럽던 교실이 한순간에 조용해졌다.

한낮에도 카메라를 든 사람들이 마을에서 어슬렁거렸다. 사람들은 버스 정류장의 표지를 찍고, 옆집 평상을 찍고, 공중화장실을 찍었다. 화장실과 우리집은 이제 출사 코스 중의 하나가 되었다. 대포 같은 카메라를 든 사람들이 나를 흘끔거렸다.

개 중에는 대놓고 렌즈를 들이밀며 사진을 찍는 이도 있었다.

화장실 문을 열자 악취에 숨을 쉴 수 없었다. 들통 가득 똥을 퍼 담았다. 똥 무더기 사이로 구더기들이 꿈틀거리면서 기어 다녔다. 속이 메슥거렸다. 들통을 들고 집으로 갔다. 사진을 찍던 사람들이 놀란 얼굴로 나를 쳐다봤다. 내가 다가가자 얼굴을 찌푸리면서 뒤로 물러났다. 썩은 내와 지린내가 진동을 했다.

나는 해바라기 앞으로 다가갔다. 활짝 핀 해바라기가 나를 잡아먹는 식인귀로 보였다. 화악. 들통에 든 똥을 벽에 부었다. 블로그와 구청장, 네티즌과 남자의 얼굴이 해바라기와 함께 똥물 아래로 묻혀 버렸다. 싱싱하던 꽃잎들이 하나둘 시들었다. 다시 한번 똥을 들이부었다. 화사했던 벽에 살이 퉁퉁하게 오른 구더기들이 들러붙었다. 노란 해바라기 잎들이 다 죽을 때까지 나는 계속해서 누런 똥물을 붓고 부었다.

찰칵. 찰칵. 찰칵찰칵.

꽃잎이 떨어지는 소리에 맞춰 사람들이 셔터를 눌렀다.

로드킬

"타워브리지보다 멋지네."

K는 언젠가 『론리플래닛』에서 본 타워브리지를 떠올렸다. 빅벤과 함께 런던의 상징으로 꼽히는 타워브리지는 밤이 되면 조명을 받아 하얗게 빛난다, 라는 문구가 사진과 함께 실려 있었다. '취업뽀개기'에 성공한다면, 마이너스 통장을 만들어서라도 런던행 항공권을 끊겠다고 다짐했었다. 샷 추가한 아이스 아메리카노를 한 잔 들고 타워브리지를 걸을 수 있다면 그동안의 고생도 이 순간을 위한 밑거름이라 여길 터였다. K는 그런 다짐을 기반 삼아 이력서를 쓰고, 탈락하고, 다시 쓰고, 불합격하기를 반복했었다.

액셀러레이터를 밟았다. 갑작스러운 가속에 차체가 살짝 흔들리더니 이내 중심을 잡았다. 빨간색 중고 마티즈는 바람을 가르며 달리기 시작했다. 아침 햇살이 기분 좋게 내리쬐고 있었다. 창문 너머로는 검고 푸른 바다가 넘실거렸다. 파도가 일자 수면 위로 하얗게 햇살이 부서졌다. 아른거리는 빛에 눈이 부셨다.

K는 바다 위를 달리고 있었다. 그는 아침저녁으로 이 길을 지나 출퇴근을 했다. 한때 바다 위를 통과하는 다리 건설을 두고 P도시에서는 많은 논쟁이 있었다. 전국 환경연합단체는 해양생태계가 파괴될 것이라며 1인 피켓시위와 건설반대 서명운동을 대대적으로 진행했다. 국토교통부와 도로공사에서는 고질적인 트래픽 잼을 해결하기 위해서 다리 건설이 필수라 주장했다. K는 지하철역 입구에 마련된 환경연합 측 부스에서 반대서명을 했었다. 취업준비생으로 지하철과 버스 환승이 필수였던 시절이었다.

운전석 쪽 창문을 내렸다. 소금기 어린 바닷냄새가 한꺼번에 몰려왔다. 손을 내밀면 잘 말린 소금 결정들이 지문처럼 묻어날 듯했다.

"다리가 건설되어서 다행이야. 그렇지 않았으면 매일 끔찍한 교통체증에 시달렸을 거야."

듣는 사람도 없는데 누군가를 의식하듯 중얼거렸다. 액셀러레이터를 한 번 더 밟았다. 속도계의 붉은 막대기가 105Km/h을 가리켰다. 내년 여름휴가 때는 무슨 일이 있어도 타워브리지를 보러 가야지. 겨울에는 미국의 금문교에 갈 거야. K는 인터넷 서점에서 최신판 『론리플래닛』을 다시 구입해야겠다는 생각을 했다.

쾅!!!

그 순간이었다. 앞 유리창 위로 누군가가 붉은색 물감 주머니를 던진 것처럼 피가 튀었다. 차체가 중심을 잃고 심하게 흔들렸다. 끼이이이익- K가 급브레이크를 밟았다. 자동차는 술 취한 사내같이 비틀거리더니 옆 차선을 침범하고 간신히 멈춰 섰다. K의 상체가 앞으로 쏠리면서 핸들에 가슴이 부딪쳤다. 심장에 지진이 난 것 같았다. 핸들을 잡고 있던 손에서 식은땀이 물처럼 흘러내렸다. 무슨 일이 일어난 거지? 뉴스나 영화 속에서 봤던 장면들이 머릿속을 빠르게 스쳐 지나갔다. 정신을 차릴 수가 없었다. 빠바방- 뒤에서 달려오던 차들이 신경질적으로 경적을 울렸다. 재빠르게 방향지시등을 켜고 K를 피해 차선을 변경했다.

K가 비상등을 켜고 갓길로 차를 옮겼다. 앞 유리창에 방사형 무늬의 금이 촘촘히 나 있었다. 피는 유리창과 보닛 전체에 번져, 자동차 색깔과 구분하기가 어려웠다. 괜찮아, 괜찮아. 별일 아닐 거야. 힘을 주지 않는데도 입술 주위의 근육이 미세하게 떨렸다. 주위를 둘러보았다. 마티즈와 부딪친 '무언가'가 무엇인지를 확인해야만 했다. 그것이 무엇인지를 알아야 제게

일어난 이 상황을 조금이라도 받아들일 수 있을 것 같았다.

주먹을 꽉 쥐고 갓길을 따라 한참 걸었다. '무언가'는 보이지 않았다. '무언가'는 나타나지 않았다. K는 그 자리에 주저앉고만 싶었다. 장시간 몽둥이로 두들겨 맞은 것처럼 다리가 아프고, 힘을 줄 수 없었다. 어디선가 스멀스멀 피비린내가 났다. 속이 뒤틀리면서 아침에 먹은 것을 다 토해낼 것만 같았다. K는 손바닥으로 코와 입을 틀어막고, 난간 아래를 내려다봤다. 출렁출렁, 점성이 강한 바다가 거대한 단세포 동물처럼 위협적으로 움직였다. 당장이라도 입을 벌려 자신을 잡아먹을 것 같았다.

K는 자동차 앞으로 걸어갔다. 사건이 벌어진 게 맞기는 한 건지. 아무리 찾아봐도 '무언가'는 보이지 않았다. 피가 저 정도로 튀었으면 아스팔트 위에 흔적을 남길 법도 한데. 도로는 방금 물청소를 한 것처럼 깨끗했다. 다른 차들은 아무 일도 없다는 듯 앞으로 달려나갔다. K는 쥐고 있던 주먹을 슬며시 펴 보았다. 아무것도 없었다. 강한 악력으로 인해 '무언가'가 바스라져, 형체도 없이 사라진 느낌이었다. K는 땀으로 축축한 손바닥을 셔츠 자락에 문지르고는 트렁크에서 마른걸레를 꺼내 유리창을 박박 닦았다. 다시 시동을 걸었다. 빨리 달리면 지각은 면할 수 있을 듯했다.

컴퓨터 전원을 켜고 자리에 앉았다. 믹스커피 두 봉지를 뜯어 진하게 커피를 탔다. 뜨겁고 단 커피가 식도를 타고 천천히 흘러 들어갔다. 그럼에도 귀신을 본 것 마냥 가슴이 뛰었다. K는 이렇게 빠른 속도로 심장이 뛰다가 혈관과 힘줄이 터져 죽는 게 아닌가 싶었다. 아니면 모든 혈액이 심장으로 몰려 심장이 기형적으로 부어버리면 어쩌나 했다. 제가 한 생각에 어처구니가 없다가도 가슴에 손을 대보면 현실로 일어날 것만 같았다. 크게 숨을 들이마셨다가 조금씩 내뱉었다. 생각을 가다듬어야 했다.

무엇이었을까? 산에서 튀어나온 고라니나 노루였을까? 먹이를 찾아 마을까지 내려온 야생동물일 수 있다. 흔하디흔한 도둑고양이나 누군가가 버리고 간 애완견일 수도 있다. 그래, 국도에서 자주 일어나는 로드킬(road kill)일 것이다. 그럴 것이다. 그래야만 한다. 아니야, 그곳은 바다 위가 아닌가. 바다 위에 멧돼지나 다람쥐가 출몰할 일은 거의 없다. 그럼 뭐지? 낮게 날아가던 갈매기가 방향을 잃고 도로에 뛰어든 것일까? 멀리뛰기를 하던 돌고래가 다리 위로 날아든 것일까. 황당한 일을 소개해 주는 TV 프로그램에서 그런 일을 본 것도 같았다. 그래, 믿을 수 없는 일들이 내게 벌어진 거다.

K는 자꾸만 한쪽으로 기우는 생각을 다잡기 위해 다른 생각

들을 실타래처럼 풀어 놓았다. 붉은 피가 유리창을 덮치던 순간부터 머릿속을 잠식했던 단어, 그것만 아니면 되었다. 그러나 엉켜있는 실을 풀어 실패에 감는 것처럼 생각은 한 곳으로 모아졌다. 설마…… 내가 사람을 친 건 아니겠지? '사람'이라는 단어를 정확하게 떠올리자 다시 심박 수가 올라갔다. 누가 봐도 표시가 날 정도로 손이 심하게 떨렸다.

"어이, 인턴!"

박대리가 K의 어깨를 쳤다. K는 현장에서 붙잡힌 용의자처럼 화들짝 놀라며 어깨를 움츠렸다.

"예?"

"왜 이렇게 오버야? 무슨 야한 생각이라도 했어?"

박대리는 K의 반응이 재밌는지, 허리를 굽혀 K의 얼굴을 정면으로 바라봤다. 예상치 못한 박대리의 태도에 K의 귀는 자동차 유리창에 튀었던 피처럼 빨개졌다.

"아…아닙니다."

"말까지 더듬는 걸 보니 더 수상한데? 어디 좋은 정보 있으면 공유하자고."

평소 야한 농담하기를 좋아하는 박대리가 숱이 많고 검은 눈썹을 씰룩였다. 같은 남자가 보기에도 느물거리는 모습이 징그러웠다. K는 의자를 잡아당겨 책상에 더 바짝 붙어 앉았다.

"이거 팀장님이 새로 뚫은 거래처들이니까 애인 다루듯 잘 정리해 놔."

박대리가 K의 귓불을 잡아당겨 귓속말을 했다. 호객 행위를 하는 것처럼 십여 장의 명함을 손에 쥐여줬다.

K는 마우스를 움직여 〈글로벌 네트워크 매니지먼트〉 아이콘을 눌렀다. 생김새, 연령, 직업과 인종, 국적이 다른 사람들이 두둥실 떠올랐다. 사람들은 손을 잡고 '둥글게 둥글게' 노래에 맞춰 춤을 추었다. 맞잡은 손이 점점 커지더니 프로그램이 작동되었다.

누적관계 14327명, 유효관계 7425명, 금월 무효 전환 73명, 금월 등급 향상 18명, 금월 등급 하락 7명. 이제까지 누적된 팀장의 인맥 정보였다. 명함에 적힌 기본적인 정보를 비롯해서 팀장이 상대와 만난 횟수, 식사 종류, 접대 횟수, 연락 빈도, 상대의 기념일 등이 차례대로 기입돼 있었다. 등급은 VIP를 포함해 총 6등급이었다. 최고등급인 VIP가 요즈음의 집중관리 대상이었다. 5등급 이하로 떨어지면 그 사람과의 관계는 자연스레 무효가 되었다. K는 팀장의 말에 따라 VIP와 5등급 이하의 사람들을 선별하고 관리했다. 주기적으로 메시지를 보내고, 기념일이나 명절이면 홍삼, 양주, 한우 갈비 따위를 보냈다.

14328번 항의 주인은 회사 앞 사거리 건물에 새로 생긴 휴대폰 매장 점주였다. 시내에 11개의 대리점을 갖고 있다는 그는 이곳에 12번째 매장을 열었다. 주식으로 떼돈을 벌었다더라, 전처가 사망하면서 어마어마한 보험금을 탔다더라, 한때 화류계를 주름잡았던 전설의 카사노바라더라 등등. 휴대폰 대리점을 12개나 가지고 있는 사내에 대한 소문은 인테리어 공사가 진행되자 눈덩이처럼 부풀어 올랐다. 물론 모든 소문은 평균보다 작은 키에 다부진 몸매의 그가 화려하지만 어딘지 모르게 촌스러운 아내와 매장에 나타나자, 단번에 사라졌다.

　K는 점주의 이름이 적힌 명함을 뚫어져라 쳐다봤다. 팀장의 영업 능력은 탁월하다 못해 존경스러울 정도였다. 파티션 너머로 팀장의 얼굴을 흘낏 쳐다보았다. 확실히 팀장에게는 평사원과는 다른, 범접할 수 없는 아우라가 있었다. 서랍 속에는 팀장이 받아온 명함들이 등급별로 정리되어 있었다. 한 장을 꺼냈다. 손바닥보다 작은 직사각형의 종이 안에 P도시를 쥐락펴락하는 이름이 쓰여 있었다. 직함과 소속을 손가락으로 훑어보았다. 양각으로 판 것처럼 오돌토돌했다. 흔하디흔한 이름이지만 함부로 가질 수 없는 이름이었다. K가 영혼을 팔아서라도 불리고 싶은 직함이었다. K는 책상 위에 자신의 명함과 팀장이 받아온 명함을 나란히 놓았다.

　1층 다음에 2층이 있고, 아침이 지나면 점심이 오듯, 대학 졸업 후에는 청년 실업 또는 백수라는 단계가 있었다. 그것은 부루마블 게임의 무인도처럼 들어가면 적어도 한 번 이상은 쉬어야 하는 곳이었다. K도 꽤 오랫동안 그 영토에 머물렀다. 하지만 무인도를 탈출하기 위해 매번 주사위를 던지는 것처럼, 틈만 나면 그곳을 벗어나기 위해 안간힘을 썼다. 스터디 팀에 들었고, 동영상 강의를 시청했다. 면접관에게 잘 보이기 위해 눈꼬리에 주름이 생길 정도로 웃는 연습을 했다. 마침내 주사위는 같은 숫자를 보이며 바닥에 떨어졌다. K는 무인도를 탈출했다. 황금카드를 뒤집었다. 카드는 〈글로벌 네트워크 매니지먼트 인턴〉이라는 직함이 박힌 명함으로 바뀌었다. K는 어디를 가든 명함과 동행했다. 누군가를 만나면 어떤 일을 하는지 구구절절 늘어놓지 않았다. K에게는 이몽룡의 마패 같은 든든한 명함이 있었다. 그것이 그의 모든 것을 말해 주었다.

*

"이게 뭐야, 박사장님 등급이 두 개나 떨어졌잖아!"

언제 왔는지 팀장이 K 뒤에 서서 모니터를 보고 있었다. 정수기 옆에 위치한 K의 자리는 고속도로 휴게소 같은 곳이었다. 누구든지 부담 없이 들러 쉬어갔다. 텀블러에 물을 받으면서 K에게 말을 걸었다. 커피믹스를 티스푼으로 휘저으며 그가 하고 있는 일을 대놓고 들여다봤다. 회사 선배로서 애정 어린, 그러나 제 자랑뿐인 조언도 서슴지 않고 했다. K는 인턴 대신 정규직 명찰을 받게 되면 장마철에 곰팡이가 슨다는 제일 구석진 곳으로 자리부터 옮기고 싶었다.

K는 서둘러 책상 위에 펼쳐놓았던 명함들을 챙겼다. 조급한 마음에 몇 장이 바닥에 떨어졌다. 다시 주워 먼지를 털어 서랍 속에 넣었다. 팀장은 모든 행동들을 조용히 지켜봤다. K는 형틀에 매달린 채로 8차선 도로 한복판에 서 있는 기분이었다.

"인턴, 박사장님 이름에 빨간불이 들어왔으면 나한테 말했어야지. 명함 입력이나 하라고 매번 월급을 주는 게 아니라고. 이 자리에 들어오고 싶은 사람이 얼마나 많은지 알아? 여기 있는 명함들 어디 가서 돈 주고 사고 싶어도 못 사. 이런 명함 한 번 만져보는 게 소원인 사람도 있어. 이게 다 우리 회사 재산이고 자네 인맥이 될 텐데, 프로정신을 가지고 일을 하란 말야. 막말로 여기서 일 좀 하다가 거래처 뚫고 나가서 장사라도 해 봐. 이 사람들한테 다 연락할 거 아냐. 근데 이렇게 소홀해서 되겠어?"

팀장이 K의 어깨를 툭툭 치며 말했다. 손을 움직일 때마다 팀장의 네 번째 손가락에 끼어 있는 십자가 모양의 금반지가 어깨뼈와 부딪쳤다. 망치를 들고 못을 박는 것만 같았다.

"곧 있으면 업무평간데, 좀만 신경 써. 이번에는 정규직 돼야지."

'정규직'이라는 단어를 내뱉으며 대못을 가슴에 내려쳤다. 마무리는 언제나 같았다. 팀장은 자신이 들고 있는 무기의 종류와 용도를 정확히 꿰고 있는 사람이었다. 총알 하나 허투루 쓰는 법이 없었다. 언제든 적진에 나갈 준비가 돼 있는 최정예 군인처럼 매일 훈련을 하고 작전을 짰다. 자비나 양보는 없다. 전장에서는 누구든 적이 될 수 있다. 인턴, 신입사원이라는 이름의 가장 어린 신참병에게도 이는 예외 없이 적용되었다.

K가 자리에서 벌떡 일어섰다.

"네, 감사합니다!"

관등성명을 외치는 병사처럼 큰소리로 인사를 했다.

K는 곧바로 박사장님께 안부 메시지를 보내기로 했다. 지난번에는 호텔 라운지에서 호주산 스테이크를 먹었다. 다음에는 중식당으로 할까, 일식집이 더 나을까. '비고'란에 '애주가'라고 쓰여 있었다. 그럼 고급 와인바가 나을까, 아니면 신나게 흔들 수 있는 단란주점이 괜찮을까? 1차는 식사를 하고 2차를 룸살롱으로 해야 되나, 고민이었다. 받는 사람 앞에 놓일 문구가 '친애하는'이어야 할지, '존경하는'이어야 할지도 고민이었다. 그런 '디테일'이 회사의 얼굴이며 매출과 직결된다고 팀장은 말했었다. 문자 메시지 전송 프로그램으로 박사장님께 메시지를 보냈다. 글로벌 네트워크 매니지먼트 프로그램에 연락빈도 1을 추가했다.

모니터 창에 K의 얼굴이 어른어른 비쳤다. 그제야 아침에 있었던 일이 다시 떠올랐다. 시계는 12시를 향해 움직이고 있었다. 누군가 신고를 했다면 지금쯤 연락이 왔겠지? 차량 조회 하면 개인정보가 바로 뜰 텐데……. 아직까지 연락 없는 걸 보면 그냥 넘어갈 수도 있어. 고개를 들어 주위를 둘러보았다. 박대리는 팀장에게 점심 메뉴로 뭐가 좋은지 묻고 있었고, 건너편 여직원은 손거울을 들어 화장을 고쳤다.

검색창에 'D대교'라고 조심스레 쳐 보았다. D대교 건설시기, 위치정보, 교량소개, 일일 차량 통행량, 이용정보 등이 떴다. D대교 건설 후 해양 생태계 상황을 취재한 기사도 있었다. 다리 건설로 급류가 암초에 부딪혀 해류의 흐름이 원만하지 않게 되었다는 내용이었다. 다른 기사에선 오히려 관광지가 된 D대교 때문에 바다를 더 깨끗하게 관리한다고 했다. 어느 것이 맞는지 알 길이 없었다.

'로드킬'을 입력했다.

2010년 1월부터 2014년 6월까지 4년 6개월간 고속도로공사에서 집계한 로드킬 발생 건수는 20179건에 달한다. 로드킬이 가장 많이 발생한 고속도로는 중앙선으로 4849건, 그 다음은 중부선이 3579건이다. 그 뒤로 영동선에서 1986건이 발생했고, 경부선 901건, 당진대전선 784건 순으로 집계됐다.

이름 모를 동물들이 길 위에서 죽어가고 있었다. 먹이를 찾아 산기슭에서 내려온 동물도 있었고, 휴가철에 버리고 간 뽀삐, 달래, 쫑쫑이, 파트라슈도 있었다. 기사 아래로 몸통이 찢긴 너구리 사진이 있었다. 눈을 질끈 감았다. 빨간색 마티즈가 바람을 가르며 신나게 달렸다. 속도를 제어하지 못한 차는 줄무늬 너구리와 부딪쳤다. 너구리의 통통한 배와 다리가 찢어지면서 장기들이 터져 나왔다. K의 뺨에 까만 총알 같은 핏방울이 날아와 쿡쿡 박혔다. K는 비명을 지르며 양손으로 얼굴을 감쌌다.

"왜 그래요?"

립스틱을 바르던 여직원이 눈을 동그랗게 뜨고 쳐다봤다.

"아… 아무… 것도 아니에요."

K가 말을 더듬으며 뺨을 훔쳤다. 화상을 입은 것처럼 얼굴 여기저기가 쓰리고 따가웠다.

"업무 시간에 딴짓하는 거 박대리님이 싫어하시는 거 알죠?"

여직원의 입술이 유달리 더 붉게 보였다.

"네……."

K는 마우스를 움직여 너구리 사진을 지워 버렸다.

팀장과 박대리, 여직원이 점심식사를 하러 나갔다. K는 배탈이 났다며 사무실에 남았다. 아무것도 먹을 수가 없었다. 위액이 자꾸만 역류해서 속이 따가웠다. 보이지 않는 손이 위를 잡고 걸레를 짜듯 비트는 것만 같았다. 내 차에 치인 '무언가'도 이렇게 아팠을까.

불안은 상상의 씨앗을 품고 있었다. 햇볕만 있으면 자라는 그림자처럼 거름을 주지 않아도 줄기를 키우고 꽃을 피웠다. K가 발작적으로 의자에서 일어났다. 먹을 수 없는 열매는 일찍 잘라내는 것이 현명한 일이었다. 사무실 여기저기를 쿵쿵 소리 나게 걸었다. 팀장의 책상 앞에 갔다가, 박대리 의자에 앉았다. 여직원의 공책만 한 거울을 들어보았다. 주인이 사라진 책상을 손바닥으로 쓸어보기도 했다.

생각해보니 이렇게 다른 이의 자리를 구경하는 것도 처음이었다. 일의 집중도를 높이기 위해 설치해 놓은 파티션은 휴전선과 같았다. 회사 사람들은 절대로 그 선을 먼저 침범하지 않았다. 허락 없이 발을 들여놓았다가는 상상도 못 할 전쟁이 벌어질 거였다. 자신의 자리가 마치 참호라도 되는 양 비상식량과 무기, 생필품, 구급상자를 들고 숨어들었다. 상대방이 부르기 전에는 고개를 드는 법이 없었다. 손을 내밀거나 도움을 청하지도 않았다. 최대한 가만히, 조용히, 눈에 띄지 않게 있는 것이 목숨을 연명할 수 있는 지름길이었다.

K는 다시 자리로 돌아와 앉았다. 'D대교 자살'을 검색했다.

「생계를 비관한 일가족 D대교에서 투신」

제목을 보는 것만으로 정신이 아득해졌다. 목이 꽉 메었다.

기사는 일주일 전 것이었다. 아버지가 사업에 실패했고 감당할 수 없을 만큼 빚이 늘어나자 일가족이 다리에서 투신했다. 다른 사람의 신고로 아버지는 구조되었지만, 아내와 아들, 딸은 차가운 바다에서 시신으로 발견됐다는 내용이었다. 기사 밑으로 댓글들이 이어졌다.

-남 일 같지가 않네요. 삼가 고인의 명복을 빕니다.
-에휴, 미친 물가 때문에 서민들만 힘들어 죽겠네!
-남편 혼자 살아서 이제 홀가분하겠네.

마지막 댓글에 반대 기둥이 제일 많았다. 아이디가 '김영식'이었다. 눈을 비비고 다시 보았다. 누런 위액이 식도를 타고 역류해 입술 사이로 흘러나왔다. 오랫동안 잊고 있던 이름이었다. 애써 지우고 싶은 이름이기도 했다.

조폭 영화에 등장하던 인물들이 대문을 두들겼다. 머리를 빡빡 밀고, 몸 여기저기에 용과 뱀을 그려 넣었다. 허리띠를 매고 있었지만 흘러나온 뱃살에 파묻혀 보이지 않았다. 어린 K는 생경한 눈으로 그들을 쳐다봤다. 모든 것이 비현실적으로 느껴졌다.

"김영식, 김영식 어딨어? 이 새끼 빨리 안 튀어나와?"

낮이고, 밤이고 사람들이 찾아왔다. 온 동네 사람들이 다 들을 수 있게 아버지 이름을 부르고 또 불렀다. K는 누군가가 아버지 이름을 그렇게 크고 우렁차게 부르는 것을 들은 적이 없었다. 아버지는 목소리가 작은 사람이었다. 그는 호출에 응답하지 못했다. 제 이름은 김영식이 아니라고 했다. 등껍질 속에 들어간 달팽이처럼 안방 문을 잠그고 장롱 안에 숨었다. 어머니는 K에게 누군가가 김영식과의 관계를 물으면 모르는 사람이라 답하라고 했다. 우리 모두가 사는 길은 그것밖에 없다고 덧붙였다. 그녀의 목소리가 너무나 단호하여 K는 고개를 끄덕일 수밖에 없었다.

아버지가 사라졌다. 그는 지고 있던 등껍질을 버리고 민달팽이가 되어 도망을 갔다. 아버지가 버린 달팽이집은 K와 어머니가 살기에 너무 허약했다. 손끝에 닿기만 했는데도 손쉽게 바스러졌다. 먼지조차 일어나지 않았다. 팔뚝에 용을 그려 넣은 사람들이 이름 없는 서류를 들고 찾아 왔다. 어머니의 지문을 음각으로 새겨 넣었다.

- 김영식

아이디를 다시 쳐다보았다. 아버지 이름이 맞기는 한 건지. 내게 아버지란 존재가 있기는 했던 건지, 까마득했다. 장면만 드문드문 기억나는 꿈속의 일인 듯도 했다. 김영식, 김영식. K는 사채업자들이 그랬던 것처럼 이름을 반복해서 불렀다. 김영식 앞에 '친애하는'을 넣어야 할지, '존경하는'을 넣어야 할지,

아니면 '죽이고 싶은'을 넣어야 할지 잠시 망설였다.

*

　자리로 돌아온 K가 머리를 주먹으로 내려쳤다. 제정신이 아니었나 보다. 그렇지 않고서야 이런 실수를 저지를 수 없을 거다.

　오후에 급식업체의 최부장이 회사를 방문했다. 팀장은 임원급 회의에 들어가 있었다. 약속 시간이 되었지만 마라톤 회의 때문에 나오지 못했다. 최부장은 얼마 남지 않은 머리카락을 쓸어넘기며 심기가 불편하다는 것을 온몸으로 표현했다. 그때까지 K는 아침에 벌어진 일을 생각하고 있었다. 무한 반복 버튼을 눌러놓은 것처럼 같은 장면만이 재생되었다. 정수기 앞에서 얼쩡거리던 최부장과 눈이 마주쳤다. 어디선가 본 듯했다. 서랍 속의 명함들이 빠르게 움직이더니 VIP등급에서 멈췄다. K는 이제야 제가 할 일을 찾았다고 판단했다. 오전에 잃은 점수를 만회할 절호의 기회였다. 최부장을 고객 상담실로 안내했다.

　"요즘 전어가 제철이죠?"

　K는 요 며칠 그에게 매일 문자 메시지를 보냈었다. 그가 무엇 때문에 VIP 회원인지 내막은 모르지만 회사에서 중요한 인물로 여기고 있음은 확실했다.

　"전어 좋아해? 기름기가 살짝 도는 전어에 소주 한 잔 하면 끝내주지!"

"네, 더구나 전어가 원기회복에 좋죠. 정력에는 더 좋구요."

"뭘 좀 아는데?"

최부장이 입꼬리를 귀까지 끌어올리며 웃었다. K는 성감대를 알아서 애무해주는 도우미처럼 최부장이 좋아할 내용만 쏙쏙 뽑아 대화를 청했다. 서류와 사진 속에 박제돼 있던 인물이 3D 화면으로 움직이고 있었다. 더욱이 K의 말에 호감을 보이며, 질문을 하기도 했다. 최부장이 맞장구를 쳐 줄 때면 묘하게 흥분되었다. 그럴수록 더 좋은 서비스를 제공하고 싶었다.

"자네 직함이 뭔가?"

K는 윗니가 살짝 드러나게 웃고는 지갑에서 조금의 흠집도, 구김도 없는 명함을 꺼냈다. 최부장의 손에 제 이름 석 자가 또박또박 박힌 명함을 쥐어줬다. VIP 대상인 그가 K의 명함을 유심히 들여다봤다.

"근데 요즘 사모님과 잠자리는 회복되셨어요?"

분위기에 도취가 K가 말을 꺼냈다. 순간, 최부장의 얼굴이 오르가슴 직전에 사정이 된 것처럼 일그러졌다. 아차, 싶었다. 황급히 수습하려 했지만 이미 늦었다. 불순한 의도를 가지고 질문한 건 아니었다. 그저 지난주에 보낸 복분자를 잘 받았나 싶어 물은 거였다.

"그걸 자네가 어떻게 알고 있어?"

최부장의 누런 이 사이로 정액 같은 침이 튀었다.

"그게 저기 부장님……."

K가 횡설수설 말을 늘어놓았다. 어떻게든 찢어진 구멍을 꿰매야 했다. 하지만 말을 하면 할수록 구멍은 점점 커져갔다. K가 보낸 문자 메시지와 복분자, 수소문해서 찾아냈던 전어 전문집, 일본에서 직수입한 사케들이 구멍 사이로 뭉텅뭉텅 빠져나갔다.

"무슨 이딴 회사가 다 있어? 인턴 나부랭이한테 그런 이야길 한단 말야? 팀장 나와!"

이후 최부장은 입에 못 담을 쌍욕을 해대며 K에게 화를 냈다. K의 명함을 갈가리 찢어 K의 얼굴에 던졌다. 찢어진 이름이 먼지처럼 나풀거리면서 바닥에 떨어졌다.

K는 전화방 도우미였다. 어떤 상황에서라도 손님들에게 얼굴을 공개해선 안 되는 거였다. 수화기를 들고 최대한 교태 어린 목소리로 손님을 만족 시키는 일만 할 수 있었다. K는 그 사실을 잊은 자신을 자책하고 또 자책했다.

휴대전화기가 몸을 부르르 떨었다. 액정 위로 낯선 번호가 떴다. 버튼을 눌러 무음으로 바꿨다. 잠시 후 액정이 번쩍번쩍하면서 다시 전화가 왔다. 같은 번호였다. 팀장님은 아직 회의 중인데…… 경찰서일까? 아니면 협박이라도 하는 건가? K의 두 눈이 밤샘 근무를 한 것처럼 충혈됐다. 어떻게 일이 이렇게 꼬이나 싶었다. 전화기를 들고 화장실 맨 끝 칸에 들어갔다.

"여보세요?"

아무 말이 없었다. 간간이 쌕쌕이는 숨소리만 들렸다. 10초간의 정적이 흘렀다. 마치 10년이 지나가는 느낌이었다. 상대는 K의 목소리만 확인하고 전화를 끊었다. K는 살 껍질이 벗겨지는 줄도 모르고 손톱을 물어뜯었다. 가족 같았던 동료들이 생각났다. 보라색이 싫어 가지를 안 먹는다는 L, 8년 된 애인과 내년에는 결혼하고 싶다던 S, 학자금 융자를 갚느라 입사해서도 주말 알바를 하는 M, 그리고 체육대회 때부터 눈여겨봤던 O까지. 그들은 어디로 갔을까. 분명 함께 무인도를 탈출해 신대륙에 배를 정박했는데. 인턴 동기들은 어느 순간 수증기처럼 증발해 버렸다. K는 증발하고 싶지 않았다. 남극의 빙하처럼 크고 단단해져 수만 년이 지나도 생생한 질감을 자랑하고 싶었다. 공룡처럼 사라진 아버지가 되고 싶지 않았다. 새까맣고 반질반질한 바퀴벌레가 되어 천 년이고 만 년이고 대대손손 살고 싶었다. 어떻게 해서라도 꼬인 매듭을 풀어야 한다. 매듭이 풀리지 않으면 줄을 싹둑 잘라서라도 이 불운과 결별해야 한다. K는 변기 뚜껑을 내리고, 그 자리에 앉았다.

스마트폰 검색창에 'D대교 교통사고'를 입력했다. 이틀 전, 일주일 전, 석 달 전의 기사가 나왔다. 새로고침을 눌렀다. 기사들이 재배열되었다.

27일 중부경찰서는 D대교 진입부에서 일어난 뺑소니 사고에 대해 집중 조사를 시작했다. 고물을 수집하는 M씨는 24일 오전 3시경, 리어카를 밀며 횡단보도를 건너던 중 승용차에 치여 현장에서 사망했다. 사고 차량은 그 상태로 도주했다. 중부경찰서는 CCTV를 통해 당시 D대교 통행차량을 분석하고는 용의선상에 오른 차를 중심으로 집중 수색 중이다.

스마트폰을 바닥에 떨어트렸다. 쩍, 소리와 함께 액정에 방사형 무늬의 금들이 생겼다. 밀물이 밀려오듯 화장실 타일이 서서히 피로 물들었다. 심장이 돌처럼 굳는 느낌이었다. 심폐소생술을 진행해도 회복될 것 같지 않았다. 신이 있다면 한 번만 살려달라고 기도하고 싶었다. K는 화장실 바닥에 무너지듯 주저앉았다. 다시 기사를 보았다. 눈을 비비고 봤다. 황급히 손가락을 꼽아 보았다. 3년 전 기사였다.

연관기사가 링크돼 있었다. 한 남자가 용의선상에 올랐지만 증거불충분으로 풀려났다는 내용이었다. 기사 아래로 CCTV에 잡힌 남자와 자동차 사진이 실려 있었다. 사진을 확대했다. 얼굴을 모자이크 처리했지만 어쩐지 낯이 익었다. 남자 옆에는 차량번호가 가려진 검은색 벤츠가 있었다. K는 말로 표현할 수 없는 이상한 기분이 들었다. 여기서 멈춰야 된다는 생각이 들었다. 손을 떼고 인터넷 고스톱을 치는 게 현명한 일인 것도 같았다. 그럼에도 한 번 불타오른 호기심은 멈추지 않았다. 마르지도 부하지도 않은 몸피에 긴 팔 체크 남방, 감색 정장 바지. 누구나 입는 옷이지만, 그렇기에 심증이 더 가는 옷차림. 익숙한 모습이었다. 손을 확대했다. 남자의 네 번째 손가락에서 반짝, 하고 빛이 났다. 확실하다.

"개새끼!"

K가 주먹으로 화장실 칸막이를 때렸다. 주체할 수 없을 정도로 분노가 일었다. 얼음 샤워를 한데도 끓어오르는 감정을 진정시킬 수 없을 것 같았다.

회의를 마치고 팀장이 돌아왔다. K는 이면지 위에 그림을 곁들인 몇몇 단어들을 쓰고 있었다. 어떻게 매듭을 자를 지 고민 중이었다. 선택지는 여러 가지였다. 이 자리에서 팀장의 비리를 바로 폭로할 수 있다. VIP들에게 문자 메시지나 메일을 보내 개망신을 주거나 경찰서에 신고해 포상금을 타는 방법도 있다. 팀장이 무릎을 꿇고 내 앞에서 발발거리는 모습을 보고도 싶다. 어느 것을 선택하든 K의 답은 정답일 거였다. 하지만 정답 중에서도 가장 높은 점수를 획득할 수 있는 정답은 없는 걸까. 최선의 선택일 뿐 아니라 최고의 선택이기도 한, 그것은 없는 걸까. 그런 작은 차이들이 회사의 몸값을 올리고, 나의 명함을 돋보이게 한다고 팀장이 말했었다.

"어이, 인턴."

"팀장님"

답을 정해야 한다. K는 바퀴벌레 같은 생존력을 가진 공룡이 되기로 했다. 누구도 건드리지 못하는 거대 육식공룡이 되어 아마존 같은 빌딩 숲에서 살기로 결심했다.

"오늘부로 해고야, 짐 싸서 나가!"

사무실 안의 모든 눈이 일제히 K에게 쏠렸다.

"내가 문자나 보내라고 했지, 언제 최부장한테 말 시키라고 했어? 너 미쳤어? 그분이 어떤 분인지 알고 그딴 말을 해! 이 새끼 직속 누구야? 박대리도 시말서 써! 그리고 이 새끼 지금 당장 짐 싸서 보내!!"

팀장은 K가 말할 기회도 주지 않고 융단폭격을 했다. 마치 K의 작전지도를 훤히 꿰고 있었다는 듯 중심 지역마다 미사일을 날렸다. 팀장의 공격에 K의 얼굴은 붉으락푸르락하다 하얗게 질렸다. 이건 예상답안에 없던 결과였다. K는 선택지에 '기타' 란을 만들어 만약의 사태를 대비했어야 했다. 미리 모의훈련을 하고 작전에 참전하는 편이 옳았다.

"저기… 팀장님… D대교… 반지…….."

K가 말더듬이처럼 단어를 드문드문 내뱉었지만 아무도 듣지

않았다. 상대는 전장에서 잔뼈가 굵은 최정예 특수대원이었다. K의 몸에서 구정물이 뚝뚝 떨어졌다. 빙하는 오래전부터 녹고 있었다. 사무실의 모든 조명이 K만을 비추고 있다는 사실을 K만 모르고 있었다.

"씨팔. 내가 일 그렇게 가르쳤어?"

팀장이 철수하자 박대리가 와이셔츠 소매를 걷어붙였다. K의 얼굴 앞으로 커다란 주먹을 들이밀더니, 옆에 있던 연필꽂이를 바닥에 내던졌다.

"널 때려서 뭐가 남겠냐. 멍청한 니 대가리를 탓해야지. 그래도 팀장님한테 인사는 하고 가라."

그렇게 K는 증발해 버렸다.

*

퇴근시간이라 D대교는 차량으로 붐볐다. K의 빨간색 중고차는 가다 멈추다를 반복하며 거북이걸음으로 조금씩 움직였다. 밀폐된 차 안이 답답했다. 운전석 쪽 창문을 내리자 바다 비린내가 확 끼쳤다. 멀미를 하듯 속이 울렁였다.

K가 갓길에 차를 세웠다. 아침에 정차했던 반대편 차선이었다. 출근 때만 해도 오늘 하루가 이럴 줄 몰랐다. 런던브릿지를 떠올린 자신이 가소롭게 느껴졌다. 갓길을 따라 천천히 걸었

다. 내 차를 향해 돌진했던 그것은 뭐였을까. 흔적도 없이 사라진 그것은 과연 무엇이었을까. 주먹을 쥐었다가 펴보았다. 세게 쥐었다가 천천히 펴보았다. 몇 번을 반복했지만 손에 잡히는 것은 아무것도 없었다.

흰색 페인트로 아스팔트 위에 그린 윤곽들이 보였다. 누워있는 사람, 앉아있는 사람, 몸피가 작은 동물, 큰 동물, 날아다니는 새까지. 영혼이 빠져나간 육체가 도로 곳곳에 자리 잡았다. 이름 없는 영혼들이 소리 죽여 울었다. K는 눈시울이 뜨거워졌다. 걷잡을 수 없이 참담한 기분이었다. 서류전형에서 연거푸 32번을 떨어졌을 때도 이렇지는 않았다. 깊이를 알 수 없는 절벽 아래로 계속해서 떨어지고 있었다. 이만큼 떨어졌으면 바닥에 닿을 법도 한데, 낭떠러지는 도무지 바닥을 보여주지 않았다. 겹겹이 싸인 흰 윤곽들이 무덤처럼 솟아올랐다. K는 그 중 하나가 제 자리인 것 같았다. 윤곽에 맞게 누우면 맞춤제작을 한 것처럼 딱 들어갈 것 같았다. 꿈도 꾸지 않고 단잠을 잘 수 있을 듯했다. 실루엣만 남은 사람들이 어서 오라고 손짓을 했다. K의 자리가 있다며 상냥하게 소개해줬다. 누구도 빼앗지 못할, 위협하지 못할 K만을 위한 자리라고 달콤하게 속삭였다. K는 그런 자리를 가지고 싶었다. 제 이름과 명찰이 꽂혀 있는 자리 하나만 있다면, 행복할 수 있었다. 이제 그 순간이 왔다. K는 차도를 향해 한 발 내밀었다.

주머니에서 휴대전화가 울었다.

"여보세요?"

"여보세요?"

수화기에 귀를 바짝 붙였다. 통화음 버튼을 눌러 소리를 가장 크게 키웠다.

"여보세요?"

한 번 더 물었다. 절벽의 바닥에서 누군가가 숨을 쉬고 있었다. 피투성이가 된 몸으로 온 힘을 다해 숨을 쉬었다. 숨소리는 조금씩 가빠지면서 점점 커졌다. 경적 소리로 바뀌었다. 자동차 바퀴가 굴러가는 소리, 개 짖는 소리, 너구리 울음소리, 무언가가 둔탁하게 떨어지는 소리, 다급히 쓰고 찢어버리는 소리, 쾅쾅- 다급하게 문 두드리는 소리와 창문이 연달아 깨지는 소리, 살려달라는 애원과 울음, 그리고 어느 가장의 절규까지. 이 도시의 모든 소리들이 거대한 쓰나미처럼 몰려왔다. K를 물속 깊은 곳으로 끌고 갔다. 바닥에 눕히고는 그 몸짓들을 들려주었다. K의 뺨을 타고 눈물이 흘러내렸다. 손등으로 훔쳐내도 눈물은 계속해서 흘렀다.

수화기를 타고 상대의 뜨거운 입김이 전해져 왔다. 귓바퀴 안으로 생기를 불어넣는 것 같았다. K가 통화를 끊지 않는다면 언제까지라도 전화기를 들고 있을 것만 같았다.

"저기……."

뚜뚜뚜-

상대방은 K가 입을 떼자마자 황급히 전화를 끊었다. 휴대전화기를 쥐고 있던 손이 열기로 뜨거웠다. 마치 누군가와 오랫동안 손을 꼭 잡고 있던 것 같았다. K는 그 상태로 한동안 서 있었다. 이곳에 섰을 수많은 이들을 떠올렸다. 등껍질을 버리고 도망간 그의 얼굴도 어른거렸다. 수증기처럼 증발한 L, S, M, O를 생각했다. 물컹물컹한 감정들이 저 밑에서부터 출렁였다. 가슴 한쪽이 싸해지면서 아려왔다.

난간 아래를 내려다봤다. 해가 지고 있었다. 바다는 서서히 검붉은 색으로 물들어 갔다. 파도에 실려 수만 장의 명함들이 몰려왔다. 교각과 부딪치자 붉은 피를 토하고는 산산이 부서졌다. 그 자리마다 시꺼먼 꽃이 피었다. 파도는 좀 더 많은 명함들을 실어왔다. 바위를 향해 몸을 내던졌다. 그럴수록 바다는 더 검게 물들었다. 수평선 너머로 해가 완전히 사라졌다. K는 제 이름이 적힌 명함을 꼭 쥐고, 수만 장의 명함들이 깜깜한 바다 밑으로 가라앉는 모습을 오랫동안 지켜보았다.

모두의 내력

1.

    고속버스 터미널은 이른 휴가를 떠나는 사람들로 붐볐다. 민주는 빨간색 여행용 캐리어를 끌고 왔다. 외국 출장을 자주 가시는 아버지가 인천공항 면세점에서 할인을 하나도 받지 않고 산 것이라 했다. 분홍색 핫팬츠에 노란색 민소매 티셔츠를 입고, 얼굴의 반을 가리는 커다란 선글라스를 끼고 있었다. 유행에 안 맞게 선글라스 알이 크네, 라는 생각이 들었다가 민주의 얼굴이 우리 학번에서 가장 작았다는 것이 떠올랐다. 신입생환영회 '장기자랑' 때 민주는 소녀시대 CD를 들고 나와 노래에 맞춰 얼굴을 가리는 춤을 췄다. 그건 CD보다 작은 얼굴을 '자랑'하는 일이었는데, 같은 학번 남자애들은 민주만의 '장기'라고 했다. 다른 여자 동기들은 가지고 있지 못한 그녀만의 특별한 장기 말이다.

차림새만 보고 있으면 그녀가 나랑 같은 곳으로 떠난다는 사
실이 믿어지지 않았다. 발굴현장보다는 동남아 리조트로 바캉
스를 떠나거나 파란색 스포츠카 보조석에 앉아 얼음을 잔뜩 넣
은 레모네이드를 홀짝거리는 것이 더 어울렸다. 그러다가 에어
컨이 빵빵하게 나오는 박물관에 들러 구석기 시대 유물들을 살
피면서 돌멩이도 옛지있네, 라고 코맹맹이 소리를 내뱉는 것이
나았다.

풉.

생각이 거기까지 미치자 입술 사이로 바람 빠지는 소리가 났다.

"넌 옷이 그게 뭐야?"

내 시선을 느꼈는지 민주가 나를 훑어보며 물었다. 나는 우
리 '무리'도 아닌 민주와 두 달 동안이나 같은 방을 써야 된다는
사실에 이미 예민해져 있었다. 학과활동도 안하고 전공공부에
는 관심도 없던 애가 왜 이 시기에 발굴 실습을 신청했는지도
의아스러웠다.

"너는 어디 휴가라도 가냐?"

말이 떨어지기가 무섭게 다시 받아쳤다.

나는 주머니가 여러 개 달린 긴 바지에, 체크무늬 긴 팔 남방
을 입고 밑창이 두꺼운 산악용 워커를 신고 있었다. 거기에 세
계지도가 프린트된 노란색 손수건을 삼각형으로 접어 목에 매

고, 챙이 넓은 올리브색 천 모자를 썼다. 모름지기 발굴하면 떠오르는, 탐험가 하면 연상되는 바로, 그 복장 말이다. 나는 '인디아나 존스'가 되고 싶었다. 툼 레이더의 라라 크로프트 같은, 미이라의 외인부대 장교 오커넬 같은, '고고학자'가 되고 싶었다. 행정학과에 들어가 9급 공무원 시험 준비를 하라는 엄마의 반대에도 불구하고 취업 안 되는 고고학과에 온 것은 어릴 적부터 꿈꿔온 미래를 실현시키기 위해서였다.

생각해보니 오늘 아침까지도 엄마는 못마땅한 표정을 짓고 있었다. 현관문 앞에 앉아 신발 끈을 묶는 내게, 진짜 가냐며, 정말 가야 하냐며 앵무새처럼 같은 말을 반복했다. 이때까지 그렇게 설명했는데도 왜 그러냐고, 나는 짜증이 섞인 말투로 대꾸했다. 엄마는 세워놓은 배낭을 만지면서 두 달은 너무 길어라고 중얼거렸다. 입을 뾰로통하게 내밀고 삐쭉거리는 엄마는 마치 멀리 떠나는 애인한테 투정을 부리는 작고 통통한 소녀 같았다. 금요일 밤에는 올 거야. 모자를 집어 들며 말했다. 엄마는 그때서야 화가 풀린 것처럼 배시시 웃었다. 그리고는 물기가 잔뜩 섞인 목소리로 딸, 조심해서 다녀오고 그때까지 엄마는 다이어트에 꼭 성공해 있을게!, 라고 외쳤다.

그러니까 나는 여러 장애물을 몇 번이나 넘으면서 지금, 이곳에 와 있는 거였다. 그토록 염원했던, 그 순간으로 가기 직전에 말이다. 작열하는 태양과 끝없이 펼쳐진 사막, 미지의 사원과 수수께끼 같은 암호들. 죽은 자가 살아나고 산 자는 숨을 죽여야 되는 시간들. 태양이 떠 있으나 밤보다 어둡고, 달이 떴으나 정오보다 더 환한 날들. 어릴 적 책과 영화로만 보던 그 광경들을 내가 보고, 느끼고, 만질 수 있는 그런 곳으로 말이다. 그런 의미에서 민주의 형편없는 복장이야말로 신성한 발굴현장에 대한 모독이라 할 수 있었다.

"둘 다 발굴 처음 가는 거 아니었어? 복장 제대로 갖췄네!"

성균선배가 커다란 배낭을 메고 나타났다. 선배는 주머니가 여섯 개 달린 군청색 긴 바지를 입고 검은색 반팔 티셔츠를 입었다. 물론 밑창이 두꺼운 등산화를 신는 것도 잊지 않았다. 말은 저렇게 하지만 속마음은 그렇지 않다는 것을 선배의 복장이 증명하고 있었다. 나는 가방을 드는 척하며 선배 옆으로 슬쩍 자리를 옮겼다. 우리는 커플룩을 입고 있었다. 누가 보아도 연인처럼 보일 것이다. 눈치 없고 센스도 없으며, 전공에 대한 기본지식까지 없는 민주와는 분명히 달랐다.

고속버스가 출발했다. 길가의 나무들이 초록 물줄기를 뽑아올리며 춤을 추었다. 창문으로 7월의 뜨거운 햇살이 스며들어왔다. 내 몸의 모든 감각들이 하나하나 솟아나는 느낌이었다. 민주가 얼굴을 찌푸리며 커튼을 치라고 했다. 나는 손바닥만한 공간만 남기고 커튼을 쳤다. 그 사이로 멀어져 가는 도시가 보였다. 버스는 도시 외곽으로 계속해서 달렸다. 우리는 미지의 영역으로 떠나고 있었다.

2.

"빨리 준비해, 늦었잖아."

나의 재촉에도 불구하고 민주는 아이라인을 그렸다. 모자를 쓰면 보이지도 않는데 끝까지 눈화장을 고수했다. 발굴현장에 온 지 벌써 2주가 지났다. 허공에 떠 있던 마음은 제자리를 찾아 돌아갔고 그 자리엔 얼룩덜룩해진 피부만 화석처럼 남았다. 엄마는 지난 주말, 오이 팩을 해 주면서 내가 황인에서 흑인으로 새롭게 태어났다고 말했다. 나는 얼굴 위에 올려놓은 오이를 날름 집어먹으면서 직업정신이 투철해서 그렇다고 말했지만, 걱정이 안 되는 것은 아니었다. 똑같이 햇볕을 받았는데도 민주는 최신식 에스테틱의 선탠 기계에서 유기농 오일을 바르고 태운 것처럼 매끈했다.

민주의 파우치에서 화장품들이 줄줄이 나왔다. 저렇게 관리하니 피부가 좋지. 팔짱을 끼고 그녀의 화장품 리스트를 유심히 쳐다봤다. 자외선 차단 지수가 높으면서 보습효과까지 뛰어난 제품이 뭔지 궁금했다.

"너도 바를래?"

민주가 뒤를 돌아보며 물었다. 손에는 흰색의 튜브형 화장품이 들려있고, 앞에는 CD 크기의 거울이 놓여 있었다. 거울을 통해 내 모습을 봤다는 생각이 들었다.

"이미 발랐어."

나는 분홍색 목욕수건을 목에 걸치고 황급히 밖으로 나왔다.

현장은 아침부터 분주했다. 성균선배는 수돗가에 앉아 고무장화를 씻고 있었다. 시멘트처럼 단단하게 굳은 진흙을 떼어내고 스펀지로 장화를 닦았다. 모래를 품은 누런 거품이 장화의 매끄러운 표면 위로 미끄러졌다.

"왜 이제 와? 오늘 정교수님이 오신데."

선배가 깨끗해진 장화를 천막 아래 줄지어 놓으며 말했다.

정교수님이라고 말할 것 같으면 우리 과의, 아니 우리 학교 나아가 대한민국을 대표하는 자타공인 고고학의 권위자 아니던가. 인기 없는 학과에 들어와서 힘들다며 울상이던 아들도 정교수님 존함 앞에서는 입을 다물었다. 정교수님을 사사하고자 소신 지원하여 오는 이도 간간이 있었다. 살아있는 전설, 고고학계의 바이블, 움직이는 박물관. 낯이 붉어질 만큼 과장된 수식어가 그의 이름 앞에 붙었지만 아무도 이의를 제기할 수 없었다.

"아직 1학년이라 정교수님 뵌 적 없지? 뵙게 되면 인사 잘해."

성균선배가 가지런한 윗니를 보이며 살짝 웃었다. 석사 1년차인 선배는 전형적인 미남은 아니어도 보면 볼수록 사람을 끌어당기는 묘한 힘이 있었다. 전공에 대한 해박한 지식은 물론이며, 스스로를 망가트려 상대에게 웃음을 줄 줄도 아는 남자였다. 나와는 나이 차이가 조금 났지만, 선배가 나를 어린아이로 대할 만큼 내 정신연령이 낮지도 않았다. 선배에게 민주가 마냥 어리기만 한 철부지 신입생이라면 나는 어깨를 기대고픈 동반자 같은 존재일 것이다.

나는 선배의 물음에 고개를 끄덕이고는 연장통을 집어 들었다. 호미와 낫, 스펀지, 크기가 다른 붓들이 엉망으로 엉켜있었다. 정교수님을 뵙고 싶다는 생각과 두 번 다시 보고 싶지 않다는 마음이 시소를 탔다. 진정한 고고학자가 되기 위해선 교수님께 배워야 하는 게 맞는데. 그분과의 첫 만남은 공포영화의 클라이맥스처럼 끔찍했다.

"우리 과에 왜 지원했어요?"

면접관은 세 명이었다. 앉은키 순서대로 도, 미, 솔, 으뜸화음을 이루고 있었다. 나는 준비해 둔 원고를 읽는 것처럼 자신 있게 답했다.

"어릴 적부터 역사를 좋아했습니다. 어머니께서 사 주신『만화로 읽는 조선왕조실록』,『한 권으로 읽는 우리 역사』,『도토리와 떠나는 세계역사여행기』를 한글을 깨우치면서 읽기 시작했습니다. 특히 고대유물을 찾아 탐험을 떠나는 영화〈인디아나 존스〉를 보면서……."

"잠깐, 유물파괴범을 흠모했다고?"

솔 자리에 앉아있던 이가 은색 안경을 치켜세웠다. 갑자기 으뜸화음을 이루던 음계가 와장창 깨졌다. 내 얼굴은 도굴꾼에게 금궤를 도난당한 인디아나 존스 같았다. 뭐라고 말해야 되나. 인디아나 존스와 라라 크로프트는 내 영웅이자 롤 모델인데. 면접관은 그들을 한갓 유물파괴범, 죽은 사람의 물건이나 훔치는 잡도둑으로 치부하고 있었다. 솔 자리 면접관은 안절부절못하는 내게 한 옥타브 올라간 목소리로 다시 몰아붙였다.

"유물파괴범을 좋아해서 지원했냐고요?"

도와 미 자리의 면접관이 왜 그러냐는 얼굴로 솔을 쳐다보았다. 솔 자리의 남자는 뭔가에 잔뜩 화가 나 있는 듯한 표정으로 나를 노려보았다. 나는 봉인된 고대의 비밀암호를 풀고, 부활한 황제와 싸우며, 역사를 꿰뚫어 보는 날카로운 시선과 해박한 지식을 가진 그들이 고고학자가 아니면 뭐냐며 따지고 싶었다. 하지만 자리가 자리니만큼 애꿎은 엄지손가락만 만지작거렸다. 미 자리의 면접관이 솔의 팔을 지그시 누르며 음계를 이탈한 불협화음을 다시 맞추고자 노력했다.

그러니까 솔 자리 면접관이 바로 정교수님이셨다. 전 세계 인디아나 존스 팬들을 한갓 유물파괴범 마니아로 치부해 버린 분. 으뜸화음이 깨지든 말든 자신이 하고 싶은 이야기는 소신껏 해야 되는 분. 정교수님과의 만남은 마치 호러영화의 한 장면처럼 그렇게 임팩트가 있었다. 하지만 나는 유물파괴범을 흠모했음에도 불구하고 안전지원한 수능점수 탓에 한 번에 합격을 했고, 정교수님은 올해 안식년으로 학교를 떠나셨다. 그러니 나는 그분을 안다고 말할 수도 없고, 모른다고 말할 수도 없었다.

 가까이서 뵌 정교수님은 '솔'보다는 '도' 음에 가까웠다. 폭이 좁고 하관이 긴 얼굴에 툭 튀어나온 광대뼈, 줄을 그어 놓은 것 같은 가늘고 기다란 눈, 작은 키에 마른 몸피까지. 빌딩 옥상에 떠 있는 커다란 애드벌룬이라 여겼던 정교수님은 바람이 빠진 고무풍선처럼 작고 왜소했다. 면접 자리에서 느꼈던 카리스마나 위화감은 찾아볼 수 없었다. 같은 사람이 맞기는 한 건지. 유행이 한참 지난 낡은 등산복을 입고 커다란 가방을 힘겹게 메고 있는 모습은 오히려 애처롭게 느껴졌다.
 정교수님은 선배들의 안내를 받아 현장으로 이동했다. 허리를 구부정하게 숙이고 바지통을 펄럭이며 빠른 속도로 걸었다. 그 와중에도 고개를 좌우로 돌리면서 현장 상황을 파악했다. 선배들은 시찰 나온 왕을 보필하는 신하들처럼 교수님 뒤를 졸졸 따라 다녔다. 그가 멈추면 같이 멈추고, 그가 뭔가를 쳐다보면 함께 쳐다봤다. 그 순간만큼은 그의 감각이 머무는 곳에, 자신들의 눈과 귀와 입과 촉감이 함께 머물기를 바라는 듯했다.

그렇게 해서라도 정교수님의 어떤 능력을 조금이라도 공유하고 싶어 했다. 나는 무리에 섞여 행렬에 동참했다. 누구보다도 앞장서서 말을 건네고 싶다가도, 교수님이 나를 몰라보길 바랐다. 어디서나 볼 수 있는 소나무나 흰색 화강암 바위, 지나가는 버스나 무심코 넘겨보는 TV 광고처럼 스쳐 가길 바랐다.

교수님은 십자 모양의 트렌치 앞에 멈춰 섰다.

"여기 토층을 한 번 봐 주세요. 아래, 위층보다 색이 검고 부식이 많이 됐지요. 이 층에선 밑의 층과는 다른 생활, 다른 삶이 있었다는 것을 유추해 볼 수 있습니다. 트렌치는 발굴 첫 단계에서 많이 사용하는데 이렇게 토층, 즉, 역사의 누적단위를 알 수 있게 해준답니다. 각각의 층에서 한 시대가 머물고 있다고 생각하면 되겠네요. 이쪽을 봅시다. 부식이 많이 된 층이 지표면에 나오게 위에 있는 층들을 벗겨낸 상태입니다."

정교수님은 호미로 표층을 긁기 시작했다. 파도가 치듯 흙껍질이 하나둘 벗겨졌다. 조개껍데기와 작은 물고기가 그물에 걸려 나오는 것처럼 호미 끝에 흙 알갱이들과 부스러진 토기편들이 끌려 나왔다. 정교수님은 잡힌 물고기의 상태를 확인하고는 다시 낚싯대를 던졌다. 황톳빛 물결이 출렁이는 대지 위에서 붉고 푸른 물고기들이 펄떡펄떡 뛰었다. 다들 숨을 죽이고 교수님의 모습을 지켜봤다. 현기증이 일 정도로 무더웠지만 주변은 노을이 내려앉은 것처럼 고요했다.

그는 정해진 동작 밖에 할 줄 모르는 사람 같았다. 흙을 한 줌 쥐고 코끝에 대 보았다. 손끝으로 흙덩어리를 잘게 깨트려서 문질러보고 다시 삽을 들었다. 우리들이 그를 보고 있다는 사실을 잊어버리곤 자신만의 세계로 깊이 빠져들었다. 낚싯대를 던질 때마다 양팔을 지느러미처럼 살랑이며 지구 너머 다른 행성으로 떠났다. 이대로 돌아오지 않는 건 아닌지. 길을 잃어버리는 건 아닌지. 나는 그가 귀환하는 시간이 길어질수록 초조해졌다. 입안 가득 침을 모아 삼켰다. 뭍으로 나온 물고기처럼 성대가 말랐다.

"왜 그래? 괜찮아?"

성균선배가 나를 쳐다보며 속삭였다. 거울을 보지 않아도 내 얼굴이 조선시대 백자만큼 창백해졌음을 알 수 있었다.

"교수님이 원래 현장검증을 확실하게 하셔. 밤낮을 가리지 않고 발굴에 매진하시거든. 신입생에겐 힘들 수도 있겠다. 기다리기 힘들면 잠깐 앉아, 아니면 내 팔이라도 잡아."

"발굴이 힘든 게 아니에요."

그가 어깨를 낮춰 나를 바라봤다. 내가 무엇 때문에 초조해하는지, 내 기분이 어떤지 안다는 눈빛이었다. 나는 선배의 체크무늬 남방을 잡으려다가 이내 팔을 떨어트렸다. 아까부터 민주가 나와 선배 사이를 흘끔거리고 있었다. 민주는 요즘 틈만 나면 선배에게 말도 안 되는 질문을 하며 환심을 사려 한다. 그 모습이 귀여우면서도 끝이 보여 헛웃음이 났다. 나는 민주와 같은 방법으로 선배의 마음을 얻고 싶지 않았다. 그렇기에 선배도 나를 민주와 다르게 대하는 것이 분명했다.

천천히 움직이던 교수님의 손이 빨라지면서 어떤 윤곽이 나타났다. 학생들이 일제히 탄성을 질렀다. 그들은 어떤 일에도 감탄할 준비가 되어있는 관람객이었다. 교수님은 그들의 준비가 준비로 끝나지 않게, 예비한 그것을 보여주었다. 훌륭한 어부처럼 그물망 속에서 뭔가를 건져 올렸다. 섬세할 정도로 조심스럽게 흙먼지들을 털어냈다.

"땅에서 사람이 나왔어!"

누군가가 외쳤다. 정교수님의 손에는 양수와 피로 뒤범벅이 된 아기가 들려있었다. 그가 다른 행성에서 데려온 생명이었다. 지금 막, 지구에 도착한 새로운 얼굴이었다. 갑작스레 벌어진 일이었다. 나는 어떤 준비도 되어 있지 않았다. 눈을 질끈 감으며 선배의 남방 자락을 꽉 잡았다.

"사람은 무슨, 그냥 토우야."

토우라고? 나는 선배의 말을 듣고 슬며시 눈을 떴다. 잠깐 사이에 손바닥이 땀으로 축축했다. 정교수님은 황갈색의 둥그런 덩어리를 들고 있었다. 토우니, 사람이니, 그냥 흙덩어리이니 하며 선배와 동기들은 저마다의 생각을 내뱉었다. 양손으로 눈을 비볐다. 아무리 봐도 나에겐 다른 것에 비해 크기만 큰 감자로밖에 보이지 않았다. 조금 더 자세히 말하면 표면에 싹이 나서 울퉁불퉁해진 누런 '돼지감자' 말이다.

"이게 뭘까요?"

정교수님이 손에 든 것을 가리키며 우리들에게 물었다. 그렇게 묻는 교수님은 금동미륵보살반가사유상처럼 알듯 말 듯한 미소를 짓고 있었다.

3.

정교수님이 정체불명의 '그것'을 발굴한 뒤로 내 머릿속은 감자밭이 되었다. 싹이 난 감자, 흙이 묻은 감자, 상처가 나고 씨눈이 까맣게 변색된 감자, 큰 감자, 작은 감자. 크기도 종류도 다양한 감자들이 자갈처럼 댕구르르 굴러다녔다. 그것은 감자면서도 감자가 아니었고, 감자가 아니면서도 감자가 맞았다.

"그게 뭘까?"

컴컴한 천장을 올려다보며 민주에게 물었다. 숙소로 쓰는 방은 캐리어 두 개를 가로로 펼쳐놓고 더블 사이즈의 요를 깔면 꽉 찼다.

"뭐?"

민주는 귀찮게 뭘 묻느냐는 투로 대꾸했다. 이 방에 저와 나, 둘만 있는 게 아니라면 내 물음을 모르는 척 넘겨버렸을 것이다.

"그거 말야… 현장에서 나온 거…….."

드르륵, 드르륵. 민주의 휴대전화기는 계속해서 몸을 떨었다. 그녀는 그동안 갈고닦아온 솜씨로 빠르고 신속하게 문자 메시지를 보냈다. 뭐가 좋은지 키득거리면서 웃다가, 두 손을 양 볼에 대고는 수줍게 웃기도 했다. 분명 또 시답잖은 남자애랑 밀당을 하고 있는 게 분명하다. 어망에 든 물고기처럼 민주의 관리 아래 수많은 남자애들이 허우적거리겠지. 민주의 철없는 행동에 혀를 차다가 그 나이 때 여자애들의 흔한 행동으로 치부하기로 했다.

"응응?"

민주가 못 들었다는 듯 다시 물었다. 나는 대꾸하지 않고 스마트폰을 들었다. 엄마한테 온 문자 메시지와 대출광고, 포인트카드를 만든 화장품 가게에서 보낸 세일 안내 메시지뿐이었다. 선배는 뭘 하고 있을까. 현장보고서를 쓰고 있을까? 내일 일정을 짜고 있나? 내 질문에 선배는 민주처럼 굴지 않을 것이다. 낮고 굵은 목소리로 단단한 근육이 붙은 말들을 건넬게 분명하다. 메시지를 보내고 싶었지만 너무 늦은 시간이었다. 센티멘털한 감정에 보내는 문자를 남자들은 싫어한다고 패션잡지 연애칼럼에서 읽었다.

잠이 오지 않았다. 깜깜한 방에 민주의 휴대전화에서 나오는 불빛이 유성의 꼬리처럼 길게 번져나갔다. 그 빛을 따라가면 정교수님이 다녀온 세계에 가닿을 수 있을 것 같았다. 나는 그가 낚싯대를 던질 때마다 다녀온 세계가, 그 미지의 영역이 궁금했다. 거문고를 끝내주게 잘 탔던 황진이가 노래를 부를 수도 있었고, 창 하나를 들고 매머드를 사냥하는 구석기인을 만날 수도 있었다. 죽어서까지 한 무덤에 묻힌 남녀나 뒷모습만 기억나는 아버지를 만날 수도 있었다. 하지만 교수님은 어떤 힌트도 주지 않았다. 수수께끼 같은 미소만 짓고는 돼지감자토우를 들고 돌아섰다.

"교수님!"

내 신분을 망각하고 그를 불렀다. 정체가 탄로 난 스파이가 되더라도 답을 알고 싶었다.

"그게 정확하게 뭔가요? 진짜 토운가요? 아니면 돼지감자인가요?"

돼지감자라는 말에 교수님이 고개를 갸우뚱거렸다. 손에 들린 것을 다시 쳐다본 후 슬며시 웃었다.

"고고학은 유물과 유적을 통해서 역사를 밝혀냅니다. 토기에게 말을 걸어보세요. 기와와 처마도 저마다의 이야기를 품고 있습니다. 그 이야기에 귀를 기울여보세요. 보이는 것만 가지고 추측하지 말고, 각 사물들의 내력을 생각해 봅시다."

교수님의 목소리는 작지만 단단했다. 그의 눈에는 오랜 시간 한 분야에 종사한 사람만이 가질 수 있는 강직함과 올곧음이 배어 있었다.

"인디아나 존스는 사물들에게 말을 걸지 않아요. 기다림을 모르는 사람이죠."

다음 말에 나는 목이 부러진 인형처럼 고개를 푹 숙였다. 그가 내 정체를 파악하고 있을 줄이야.

내가 아는 사람 중에 기다림에 가장 익숙한 사람은 엄마였다. 그녀의 인생은 기다림의 연속이었다. 늦게 오는 아버지를 기다렸고 학교 간 딸을 기다렸으며, 집 나간 강아지를 기다렸다. 그들을 기다리느라 늘 허기가 졌다. 그래서 엄마는 손에서 음식을 놓지 않았고 인형뽑기 기계의 고무 인형처럼 몸피가 점점 늘어났다. 뚱뚱해진 엄마를 아버지는 싫어했다. 엄마가 뚱뚱해진 원인은 아버지였지만, 그는 오로지 결과에만 관심 있었다. 엄마의 내력이나 사연 따위에는 조금도 귀 기울이지 않았다.

아버지는 교통사고로 돌아가셨다. 옆자리에는 인중에 수두 자국이 점처럼 박혀있던 문방구 아줌마가 타고 있었다. 아줌마는 오른쪽 손목 인대가 늘어나는 경상을 입었지만 그는 사고 현장에서 즉사했다. 마을 사람들은 아줌마와 아버지가 그렇고 그런 사이라고 대놓고 쑥덕거렸다. 장례식장에 온 아줌마는 마치 남편을 잃은 여자처럼 큰 소리로 서럽게 울었다. 아버지가 바람을 피운 증거는 많다. 옷이라고는 신경도 쓰지 않던 그

가 제 발로 백화점을 찾아 몸에 딱 맞는 골프웨어를 사 입고 왔
다. 집에서 한참 떨어진 고속도로에서 속도위반을 하여 벌금을
물기도 했다. 나는 아버지를 추궁했다. 딴 여자가 있으면 엄마
한테 무릎 꿇고 잘못을 빌라 했다. 아니, 나도 컸으니 깔끔하게
이혼하라고 했다. 아버지는 아무 일도 아니라고, 모든 게 우연
이라고, 쓸쓸한 마음에 드라이브를 다녀온 거라고 말도 안 되
는 변명을 했다. 엄마는 미련하게 그 말을 모두 믿었다. 아버지
에 대한 믿음이 그만큼 밖에 안 되냐며 오히려 나를 나무랐다.

"아버지가 말하기 전까진 함부로 추측하면 안 돼."

서랍 속에서 아버지의 옷을 꺼내며 엄마가 말했다. 두 번 밖
에 안 입은 골프웨어는 새것처럼 깨끗했다. 엄마는 아이보리
니트를 손바닥으로 천천히 쓸더니, 마치 세례를 주는 것처럼
손을 얹고 가만히 있었다.

"죽은 사람이 무슨 말을 하겠어!"

나는 그때까지도 아버지를 믿고 있는 엄마의 미련함에 감자
다섯 개를 입안에 쑤셔 넣은 것처럼 답답해졌다. 정말 몰라서
저렇게 말하는 건지, 아니면 알면서도 저렇게 말하지 않으면
자신이 못 견뎌서 그러는 건지. 아버지가 뭘 하든 다 이해할 만
큼 사랑한 것도 아니면서. 나는 죽은 아버지의 사연보다 살아
있는 엄마의 머릿속이 더 궁금했다. 내 몸의 절반이 엄마가 제
공한 세포와 DNA로 이뤄졌지만, 그녀의 심리상태는 도무지 추

측할 수 없었다.

그렇게 안 빠질 것 같던 엄마의 살들은 아버지의 49재가 끝나자 조금씩 빠지기 시작했다. 나는 천천히 빠지는 그녀의 살들이 아버지에 대한 미련이나 그리움이라 생각했다. 엄마가 누구보다 날씬해지길 바랐다. 아버지와 관련된 일은 돼지비계 자르듯 잘라버리고 쫀쫀하고 단단한 살코기 같은 인생을 살길 바랐다. 아직도 빼야 하는 살들이 많이 남았지만 말이다.

아버지에게 한 가지 고마운 건 내가 아버지 같은 남자는 만나지 않겠다는 다짐을 하게 해 준 점이다. 나는 사람 보는 눈 하나는 정확하다. 그런 의미에서 성균선배는 탁월한 선택이다. 그는 말과 행동이 다른 사람이 아니며, 겉과 속이 다르지도 않다.

목구멍이 간질거렸다. 환하게 웃는 선배가 눈앞에서 어른거렸다.

"성균 선배……."

나는 민주가 듣지 못하게 아주 작은 목소리로 선배를 불렀다. 선배의 얼굴이 별빛 속에서 반짝거리다 사라졌다. 그 빛들을 붙잡고 싶어 스마트폰을 켰다. SNS에 접속해 선배의 얼굴을 한참 동안 쳐다보았다.

4.

푹, 하고 삽을 넣으니 탁, 하고 걸렸다고 했다. 삽을 빼서 푸욱, 찌르니 다시 타악, 하는 마찰음이 들렸다고 했다. 성균선배는 조선시대 관을 떠올렸다고 말했다.

우리는 민묘(民墓)를 발굴하고 있었다. 왕이나 고관대작들에 비해 볼품없는 묘들이었다. 으리으리한 부장품이 나오거나 기똥찬 동굴벽화가 발견되는 일은 없었다. 당연히 인디아나 존스처럼 스펙터클한 경험을 하거나 눈이 휘둥그레지는 보물을 발견할 일도 없었다. 그건 모두 할리우드 블록버스터 영화 속의 일이었다. 실습 1주일 만에 나는 진실을 알게 되었다. 눈앞에 펼쳐진 광경이란 체구도, 신분도, 재산도, 지식도 고만고만한 사람들이, 그렇고 그렇게 살다가 죽은 흔적들이었다. 잘난 사람도 못난 사람도 죽으면 그뿐이었다. 한 줌 흙으로도 모자라 미세한 먼지조차 남지 않았다.

흙바닥은 피를 품어 축축했다. 역병이 휩쓸고 지나갔는지 시체 무더기가 나왔다. 이미 죽었는데도 죽음이 두려운 듯 시체들은 서로를 의지하고 있었다. 팔 4개, 다리 2개, 두개골 3개가 한 자리에서 출토되었다. 누군가가 '치킨을 사 먹어도 뼛조각이 맞는데, 이건 왜 안 맞아'라고 말했다. 짝이 맞지 않는 뼛조각을 들고 죽은 이의 삶을 상상해 보았다. 체구도, 신분도, 재산도, 지식도 고만고만한 사람의 얼굴은 성에가 낀 유리창처럼 흐리기만 했다. 나는 그들의 살과 육체를 뜯어 먹고 자란 감자를 떠올렸다. 살이 통통하게 오른 감자들은 죽음을 양분 삼아 무럭무럭 자랐다. 꾸러미를 주렁주렁 달면서 왕성한 번식력을 자랑했다. 나는 크고 통통한 감자를 먹으며 쑥쑥 자랐다.

선배가 건드린 건 이장(移葬)을 안 한 묘였다. 그러니까 채 십 년이 안 된, 버려진 무덤이었다. 봉토가 전부 깎여나가서 삽을 넣기 전까진 묘가 있었는지도 몰랐다. 사람들이 마을을 떠나는 동안, 묻혀있는 누군가도 이곳을 떠나야 했다. 그일지, 그녀일지, 아이일지, 어른일지 모를 누군가가 여기에 남겨졌다. 정교수님은 관 상태를 확인하고 인부 아저씨들을 불렀다. 관할 군청에 연락을 취하라 했다. 무연고(無緣故) 무덤이 확인되면 공고를 내고, 그 후 아무도 찾지 않으면 군청 소속 장례식장에서 화장(火葬)되었다.

성균선배는 삽 끝을 따라 전해오던 그 느낌이 너무 생생하다며 손바닥을 한참 동안 쳐다봤다. 손깍지를 꼈다가 뺨을 부비며 마른세수를 했다.

"이런 경험은 안 하는 게 나아."

나는 선배의 마음을 이해할 수 있었다. 죽음을 만져본 사람의 마음이 어떤지, 그 느낌이 얼마나 기묘한지 알았다. 그가 손바닥으로 얼굴을 부빌 땐, 마치 죽음을 가면처럼 덮어쓰는 것 같았다. 그의 얼굴에 가려진 장막을 내 손으로 걷어 주고 싶었다.

"인생이란 참 허무해. 죽는 순간 아무것도 아니잖아."

선배는 캔맥주를 한 개 더 땄다. 우리 앞에는 빈 맥주캔이 봉분처럼 쌓여있었다.

창문 밖으로 대형트럭이 지나갔다. 얇은 창틀이 지진이 난 것처럼 덜컹거렸다. 형광등을 켜 놨는데도 정전이 된 듯 어두웠다. 우리는 거대한 관 속에 앉아있었다. 관의 주인은 선배였고 나는 그를 따라 스스로 묻혔다. 방 안의 사물들이 표정을 잃고 잠들어 있었다. 눈물이 조금 났지만 꾹 참았다.

"우리가 그 사람을 깨워 버린 걸까? 그대로 있었으면 영원히 잠을 잤겠지."

누워있던 민주가 말했다. 언제부터 저 애가 여기에 있었던 걸까. 이곳은 선배와 나의 자리인데. 민주는 무덤 안으로 뿌리를 내린 거대한 나무처럼 그렇게 잠입해 왔다. 나무뿌리가 관을 덮기 전에 잘라내야 한다. 그렇지 않으면 뿌리는 관을 칭칭 감다가 끝내 부수고 말 것이다.

"차라리 발견하지 말걸. 그럼 불 속에서 몸이 녹아내리는 경험은 하지 않아도 됐잖아."

민주가 독백을 하는 무대 위 배우처럼 느릿느릿 읊조렸다. 좀처럼 그 애에게서 볼 수 없는 모습이었다. 아주 짧은 순간이지만 민주의 등 뒤로 환한 빛이 나는 것 같았다. 외워온 문구가 틀림없었다. 지가 뭘 안다고 저런 말을 해. 나는 조연에게 대사를 뺏긴 주인공의 심정이었다. 성균선배가 민주를 쳐다보고 있었다. 그윽한 눈빛으로 오랫동안 쳐다보았다. 나는 얼른 잔을 들어 선배에게 건배 제의를 했다. 선배가 민주를 보지 못하게 얼굴에 검은 장막을 치고 싶었다.

민주가 울었다. 조용히, 천천히, 그러나 방 안의 모든 이가 들을 수 있게 흐느꼈다. 울음이 떨어진 자리마다 미세한 파문이 일었다. 파문을 따라 사물들이 몸을 떨었다. 각자의 주파수로 자신들의 이야기를 쏟아내었다. 이제껏 아무도 묻지 않은 자신들의 사연을, 그녀의 눈물 속에 흘려보냈다. 마이크와 확성기를 들고 이야기를 했다. 그중에는 아버지도 있었다. 그는 승용차 운전석에 앉아 나를 향해 클랙슨을 눌렀다. 제 이야기를 들어달라고 자신을 좀 봐달라고. 이제 와서 왜!! 나는 아버지를 향해 고함을 질렀다. 귀가 아팠다. 고막이 찢어질 듯 통증이 느껴졌다. 나는 두 손으로 귀를 틀어막았다.

바닥에서 올라온 냉기에 눈을 떴다. 밖은 아직 컴컴했다. 손을 더듬어 잡히는 옷가지를 끌어다 배에 덮었다. 속이 울렁거리고 머리가 깨질 듯이 아팠다. 조금이라도 더 자야 한다. 오른쪽으로 누웠다, 왼쪽으로 눕는 일을 반복했다.

어둠 속에서 어떤 실루엣이 아주 조금씩 움직였다. 아직 꿈을 꾸고 있는 건가. 나는 눈을 비비며 일어났다. 실루엣이 점점 또렷해졌다. 그건 두 사람이 만드는 하나의 몸짓이었다. 성균

선배와 민주가 껴안고 있었다. 서로의 뺨과 코에 입을 맞추더니 입술과 입술을 포개고 키스를 했다. 익숙한 몸짓으로 서로의 온기에 몸을 부볐다. 선배의 손이 민주의 티셔츠 속으로 들어가 옴싹거렸다. 내가 이곳에 있다는 것을 모른다는 듯이 서로에게 몰두했다. 당황해서 아무 말도 할 수 없었다. 두 사람의 행동이 너무 자연스러워 처음이 아닌 것 같았다.

방 안은 열기로 후덥지근하게 달아올랐다. 나는 오래된 석상처럼 우두커니 앉아있었다. 언제부터 저런 관계였는지, 선배가 왜 민주와 저러고 있는지. 선배는 그런 사람이 아닌데…… 민주처럼 시시한 애와 부둥켜안고 있을 사람이 아닌데. 민주가 꼬리를 쳤을 것이다. 여우 같은 계집애가 술을 빌미로 선배에게 접근한 것이다. 아무리 그렇기로서니 선배가 유혹에 무너질 줄이야…….

어떤 말로 이 상황을 표현해야 할지 몰랐다. 선배와 민주가 만들어 놓은 흔적을 피해 방문 쪽으로 걸어갔다. 문고리가 얼음처럼 차가웠다. 손잡이를 잡은 손에 힘이 빠지면서 쾅, 하고 문이 닫혔다.

5.

나쁜 새끼! 치사한 놈! 민주랑 그럴 거면서 나한텐 왜 잘해

준거야? 내가 사람 보는 눈이 그렇게 없었나. 그것만은 다른 어떤 것보다 자신 있었는데. 나는 곁에 없는 상대를 향해 계속해서 화를 내고 욕설을 퍼부었다. 허공에 대고 꽥꽥 소리를 지르기도 했다. 선배가 내게 했던 말과 행동, 우리 두 사람 사이에 있었던 크고 작은 일들이 오래된 영화처럼 스쳐 지나갔다. 그 모든 일들이 '미래형'이 아니라 '과거형'으로 끝날 것만 같아 나는 필름들을 다시 감고 재생하기를 반복했다. 발에 모터기를 단 것처럼 빠른 속도로 걸었다. 멈추는 순간, 선배와 나 사이의 모든 일들이 연기처럼 날아가 버릴 것만 같았다.

얼마나 걸었을까. 발바닥이 욱신거렸다. 나는 신고 있던 운동화를 벗어 들었다. 누런 어금니 같은 돌멩이가 흙바닥으로 툭, 떨어졌다. 맨발인 탓에 살 껍질이 벗겨지고 피가 났다. 발바닥이 점점 쓰라려 왔지만 눈물도 나지 않았다.

"등신 같아."

돌멩이를 보며 중얼거렸다. 민주와 성균선배가 그렇고 그런 관계라는 걸 나만 몰랐던 걸까. 두 사람은 나를 보며 여태까지 무슨 생각을 했을까. 비웃었을까, 놀렸을까, 안타까워했나. 왜 이제 와서 이런 방법으로 알아야 하는 건데…… 결국 선배도 아버지랑 똑같아. 나중에 와서 뒤통수를 치고 말았어. 나는 정신이 나간 사람처럼 혼잣말을 하며 한동안 그 자리에 서 있었다.

바람이 불자 팔뚝 위로 오소소 소름이 돋았다. 주위를 둘러

보았다. 드문드문 박힌 오렌지빛 가로등 아래로 익숙하면서도 낯선 풍경이 보였다. 낮에 무연고 무덤을 판 발굴현장이었다. 정처 없이 걷다 보니 여기까지 온 것이다. 너른 벌판에 크고 작은 구덩이들이 움푹움푹 파여 있었다. 발을 잘못 디디면 깊이를 가늠할 수 없는 구멍 속으로 사정없이 떨어질 것 같았다.

무연고 무덤이 있던 자리는 직사각형의 관 모양으로 파여 있었다. 세로 길이가 어림잡아 성인남자의 키 정도로 보였다. 구덩이에서 파낸 흙이 쌓여있고, 앞에는 철 지난 신문지가 펼쳐져 있었다. 반병 남은 소주와 북어포, 마른오징어, 종이컵이 나란히 놓여 있었다. 이 밤중에 누가 다녀간 걸까. 연고를 모르는 묘라고 했는데. 종이컵에는 방금 따른 듯한 술이 담겨 있었다.

그 순간, 현장의 다른 구덩이에서 사람이 나타났다. 나는 너무 놀라서 흙바닥에 주저앉아 버렸다. 엉덩이뼈가 돌멩이와 부딪치며 명치끝까지 아려왔다. 헛것을 봤나 싶었다. 현장에서 귀신을 봤다는 이야기는 심심찮게 들었다. 미신이라 할지라도 가족 중 아이를 가진 사람이 있으면 무덤발굴을 하지 말라고 권했다. 피치 못해 하게 된다면 임신부 근처에도 가지 말라는 암묵적인 룰이 있었다. 나는 얼음기둥이 된 듯 꼼짝도 할 수 없었다. 쿵쾅거리는 내 심장 소리만 귓가에서 맴돌았다.

구덩이에서 나온 사람은 제집처럼 현장을 누볐다. 묏자리에 앉았다. 단단하게 불다짐을 한 곳에 누웠다. 잎사귀들을 모아

화로 구덩이에 밀어 넣고 쪼그려 앉아 곁불을 쬐는 흉내를 냈다. 돌로 나뭇가지를 내려치기도 했다. 그 행동이 꾸밈없이 천연스러워서 오히려 더 믿을 수 없었다. 다시 구덩이 쪽으로 갔다. 허리를 구부정하게 숙이고 팔을 쑥 넣어 뭔가를 건져 올렸다. 둥그스름한 물체를 하늘을 향해 번쩍 들었다. 밤하늘에는 노란 달이 떠 있었다. 달빛은 조명탄을 쏘아 올린 것처럼 주위를 환하게 밝혔다. 정교수님이었다. 달빛에 비친 남자는 툭 튀어나온 광대뼈와 가늘고 긴 눈매를 가진 고고학계의 전설, 정교수님이었다. 더 놀라운 것은 교수님이 실오라기 하나 걸치지 않은 알몸이라는 사실이었다. 노란 달빛이 교수님의 마른 어깨 위로 흘러내렸다. 손에는 돼지감자토우가 들려 있었다.

"교⋯교수니임⋯⋯."

나는 구덩이를 향해 한 걸음 내딛다가 멈춰 섰다. 정교수님은 밤중에도 발굴을 하고 계신 걸까. 엄지와 검지로 오른뺨을 꼬집었다. 주사를 맞은 듯이 따끔하면서 얼얼했다. 그럼에도 텔레비전 드라마나 영화 속의 한 장면을 보고 있는 것 같았다. 교수님은 신생아를 다루듯 돼지감자토우를 안고 발굴현장을 걸었다.

메마른 땅 위로 푸른 나무들이 가지를 키워 올렸다. 비옥한 대지가 황토색 카펫처럼 눈앞에 펼쳐졌다. 어두컴컴한 현장이 대낮같이 밝아졌다. 그러니까 교수님은 묏자리가 생겼던 그때로 돌아가 있었다. 집터가 생겼던 그 시대의 사람이었다. 분명 나와 같은 공간에서, 같은 공기를 마시고 있지만, 내가 가닿을 수 없는 시공간에 존재하고 있었다. 이곳과는 다른 곳에 머물고 있었다. 그 시대로 돌아가면 정교수님이 들고 있는 것이 돼지감자인지, 토우인지, 사람인지 알 수 있을까. 아버지가 문방구 아주머니와 어떤 사이였는지, 민주와 선배는 어떤 관계인지. 나는 선배와 어떻게 될지, 교수님을 따라가면 알 수 있는 걸까? 모든 것이 의문투성이였다. 나는 정교수님의 세계로 뛰어 들어가 묻고, 묻고 또 묻고 싶었다.

목울대가 시큰해졌다. 입안이 다 데일 만큼 뜨거운 느낌이었다. 난데없는 감정에 당혹스러웠다. 지금의 이 감정은 누구도 이해하지 못할 거란 생각이 들었다. 내 안의 의문과 물음들이 울음이 되어 떨어졌다. 달빛 아래, 나신의 정교수님이 나를 보고 있었다. 나를 향해 돼지감자토우를 내밀고 알듯 말 듯한 미소를 짓고 있었다.

칼

지평선 너머로 해가 지자

"칼이 사라졌어요."

여자가 말했다. 화덕 앞에는 죽은 멧돼지가 놓여 있었다. 푸성귀처럼 길게 자란 털 사이로 검은 눈동자가 번쩍거렸다. 죽은 짐승의 것이라고 하기에는 매우 위압적인 눈이었다. 명료한 눈동자와 다르게 다리가 잘린 멧돼지의 몸은 거대한 살덩어리였다. 흙벽 틈으로 바람이 새어 들어왔다. 바람 소리는 죽어가는 여우의 울음처럼 가늘고 신경질적이었다.

소녀가 바람이 부는 쪽으로 손을 내밀었다. 물기를 머금은 바람이었다. 화덕 속의 불꽃이 바람에 일렁거렸다. 멧돼지 몸통 위로 검은 그림자들이 춤을 췄다. 남자의 털모자와 여자의 뱀 가죽 목걸이가 검은 탈을 쓰고 흐느적흐느적 춤을 췄다. 춤은 바람의 세기에 따라 때론 느리게, 때론 빠르게 진행되었다. 검은 탈이 멧돼지 몸통에 난 창구(創口)에서 멈췄다.

창구는 바닥을 알 수 없는 호수처럼 검고 깊었다. 소녀는 창구 안으로 손을 넣어 보고 싶었다. 연하면서도 단단한 살집 사이로 손을 넣어 칼이 지나간 자리의 질감을 생생히 느껴보고 싶었다. 엄지손톱만 한 파리들이 창구에 들러붙어 살점을 핥았다. 입을 대고 빨수록 살가죽 아래 피의 농도는 더 짙어졌다. 가죽이 찢어지면 붉은 핏덩어리가 고름처럼 쏟아질 것 같았다. 살 썩는 냄새가 났다.

"칼이 사라졌다니."

남자의 음성은 낮고 단호했다. 여자의 얼굴이 새파랗게 질렸다. 입술을 바들바들 떨더니 풀죽을 푸고 있던 오른손까지 떨기 시작했다. 방사형 무늬의 토기에 멀건 죽이 담겨 있었다.

"방금 전까지만 해도 있었어요. 요 옆에 두고 죽을 끓였는데……."

오늘 사냥에서 남자는 바위만 한 멧돼지를 잡아 왔다. 마을 사람들에게 다리를 잘라 나눠주고 인사를 받는 동안, 여자에게 칼을 맡겼다. 여자는 다른 사람이 손을 대지 못하게 칼을 화덕 옆에 두고 죽을 끓였다. 남자가 돌아오면 죽과 함께 불에 구운 멧돼지 고기를 대령해야 했다.

남자는 마을에서 사냥을 가장 잘했다. 남자가 철칼을 들고 구릉 너머 사냥터로 가면 마을 사람들이 돌칼과 대나무창을 들고 따라왔다. 수풀이 바람의 반대 방향으로 흔들렸다. 곧이어 멧돼지가 나타날 것이다. 남자가 차고 있던 철칼을 뽑아 과녁을 향해 던졌다. 칼은 조금의 망설임도 없이 날아가 정확하게 꽂혔다. 쿵. 멧돼지 쓰러진 소리가 온 숲에 울렸다. 땅이 흔들렸다. 나뭇가지에 앉아 있던 주둥이가 긴 새와 붉은 꼬리 새가 하늘로 날아올랐다. 남자가 멧돼지 앞으로 천천히 다가갔다. 허리에 꽂힌 철칼을 뽑아 심장과 목덜미를 빠르고 강하게 두 번 찔렀다. 힘을 조절하지 못하면 칼끝이 튕겨 나온다. 녀석의 살가죽은 이 숲의 어떤 짐승보다 질기고 단단하다. 멧돼지가 몸을 떨며 눈알을 희번덕거렸다.

다시 한 번 심장을 찔렀다. 처음보다 더 깊고 넓게, 오랫동안 찔렀다. 칼을 쥔 손목을 오른쪽으로 힘껏 비틀었다. 칡넝쿨처럼 심장을 감싸고 있던 혈관과 힘줄들이 툭툭 끊어졌다. 칼끝을 따라 녀석의 죽음이 고스란히 전해 왔다. 멧돼지가 마지막으로 크고 처량하게 포효했다.

멀리서 피 냄새를 맡은 늑대가 울었다. 까마귀 떼가 하늘을 뒤덮으며 날아왔다. 혈구(血溝)를 따라 녀석의 피가 흘러내렸다. 남자가 입을 대고 피를 받아 마셨다. 짙붉은 피를 입가에 묻히고 나무 뒤에서 떨고 있는 마을 사람들을 쳐다봤다. 사람

들의 눈은 공포와 경이로움, 두려움과 신이함으로 가득 차 있
었다.

"죽을 끓이면서 같이 넣었나? 내가 칼을 먹지도 않았는데 어
디로 사라진 거지, 다시 한 번 찾아볼게요. 광주리 속에 넣어두
고 깜박한 건지도 몰라요."

여자가 누런 이를 드러내며 변명을 늘어놓았다. 주절거리는
여자의 모습은 입으로 산란하는 도롱뇽 같았다. 정제되지 않은
침과 가래가 까만 눈이 박힌 도롱뇽 알처럼 입가로 흘러내렸다.

남자의 시선이 소녀에게 멈췄다. 소녀는 허리를 꼿꼿이 세우
고 남자를 마주 보았다. 남자의 눈은 먹잇감을 발견한 독수리
의 눈처럼 매섭고 날카로웠다. 남자는 소녀의 눈빛을 좋아하지
않았다. 검다 못해 파래 보이는 소녀의 눈동자는 갓난아이의 무
구한 눈빛 같으면서도 모든 것을 다 아는 노파의 눈빛 같았다.

소녀가 두 주먹을 꽉 쥐었다. 이럴 때 소년은 흙바닥을 왼발
로 탁탁 치며 다리를 떨었다. 소년이 긴장하거나 겁에 질렸을
때 하는 행동이었다. 남자는 소년이 두려움이라는 감정을 가
지는 것을 좋아하지 않았다. 어쩌면 좋아하지 않는 것이 아니
라, 이해하지 못하는 것인지도 몰랐다. 남자는 이 숲에서, 마을
에서 두려운 것이 없는 유일한 존재였다. 이 숲의, 마을의 모든
생물들이 남자를 두려워할 뿐이었다.

소녀도 소년처럼 다리를 떨고 싶었다. 그렇게 해서 무서움을 떨칠 수 있다면, 백 번이고 천 번이고 다리를 떨 수 있을 것 같았다. 햇볕을 받지 않은 소녀의 다리는 비정상적으로 가늘고 하였다. 다리는 중력의 힘을 받아본 적이 없다. 소녀는 자신의 몸집이 어느 정도인지, 키가 얼마인지 알지 못했다.

"더러운 년."

남자가 말했다.

"살려주세요, 제발. 칼을 꼭 찾아 놓을게요. 그러니까 목숨만 붙어있게 해 줘요."

차가운 흙바닥에 무릎을 꿇은 여자가 두 손을 비비면서 애원했다. 여자는 남자가 말한 더러운 년이 자신을 가리키는 거라고 생각했다. 여자의 입과 눈에서 수천 마리의 도롱뇽 알이 쉬지 않고 쏟아져 나왔다. 도롱뇽 알은 농도가 한결 연해져서 물처럼 흘러내리고 있었다.

"칼을 찾아야 한다, 해가 뜨기 전까지."

단호하고 엄격한, 그러면서도 굳은 결의가 담긴 목소리였다. 해가 뜨면 남자는 철칼을 들고 다시 사냥을 하러 가야 한다. 마을 사람들이 칼이 사라졌다는 사실을 알게 되면 남자의 자리를 노릴 것이다. 여자는 이마가 땅에 닿도록 머리를 숙이며 반드시 칼을 찾아 놓겠다고 몇 번이나 말했다. 소녀는 아무 말 없이 입술을 깨물었다.

흙벽 너머로 비가 오기 시작했다. 누런 흙벽이 물기를 머금고 눅눅해져 갔다.

"칼을 찾아야 한다."

남자가 자리에서 일어났다. 여자도 자리에서 일어났다. 해가 뜨기 전까지 칼을 찾아놔야 했다.

낮이 밤처럼 어둡던 시간에

소녀는 남자가 사냥하는 모습을 본 적이 없다. 이제껏 보아 온 것이라고는 무너져 가는 천장과 바람이 새는 흙벽, 기생충이 들끓는 짚자리뿐이다. 소녀는 두 팔로 땅을 딛고 마른나무 같은 다리를 질질 끌며 흙집 속에서 자랐다. 사람들이 흙집을 방문하면 여자는 넝쿨 바구니 속에 소녀를 집어넣었다. 가장 강한 남자의 집에 가장 약한 소녀가 산다는 건 알려져서는 안 되는 금기였다. 빨갛고 파란 줄기로 만든 바구니 속에 소녀는 목각 인형처럼 누워 있었다.

남자가 자작나무를 깎아 지팡이를 만들어 왔다. 나무껍질을 벗긴 지팡이는 상아처럼 희고 단단했다. 남자가 소녀에게 지팡이를 주며 걸어보라고 말했다. 소녀가 두 손으로 지팡이를 건네받았다. 목덜미를 따라 땀이 끈끈하게 흘러내렸다. 소녀는 지팡이를 쥐고 직립의 세계로 가기 위해 안간힘을 썼다. 직립의 세계는 네다리로 기어 다니는 흙집 바깥의 짐승들과 소녀가 다르다는 것을 증명할 수 있는 유일한 방법이었다. 칼과 창, 토기와 광주리를 만들 수 있는 족속에게만 허락된 신의 은총이었다.

휘이처어엉. 소녀의 몸이 땅으로 곤두박질쳤다. 다시 지팡이를 잡고 일어서려 했다. 넘어졌다. 지팡이를 잡았다. 또다시 넘어졌다. 소녀가 넘어질 때마다 뽀얗게 흙먼지가 일었다. 화가 난 남자가 소녀를 밖으로 내몰았다. 자신의 이름을 욕되게 하는, 걷지도 못하는 계집 따위는 필요하지 않았다. 남자는 자신처럼 기골이 크고 담력이 센 사내아이를 원했다. 소녀는 차가운 돌바닥 위로 내동댕이쳐졌다. 여자가 소녀를 일으켜 세우려 하자, 남자가 철칼을 가져와 여자의 목에 겨누었다. 남자의 칼 앞에서 여자와 소녀는 한갓 미물에 지나지 않았다.

소녀는 그 상태로 사흘을 눈도 뜨지 않고 누워 있었다. 여자는 소녀가 죽은 줄 알고 커다란 항아리 두 개를 가져와 장례 준비를 했다. 항아리 속에 소녀를 넣고 입구를 봉하려 할 때 소녀가 눈을 떴다. 여자가 소리를 질렀다. 소리는 기쁨의 함성이라기보다는 끔찍한 악몽을 꾸었을 때의 비명에 가까웠다. 부러진 뼈가 붙는 동안 달이 두 번 꽉 차올랐다. 소녀는 낮과 밤을 가리지 않고 잠을 잤다. 밤과 낮을 가리지 않고 눈을 떴지만 암흑밖에 보이지 않았다.

잠을 자는 동안 소녀는 많은 사람을 만났다. 남자가 사냥하는 모습을 보았고, 앞집 아이가 태어나는 모습도 보았다. 뒷집 노파가 바람의 계곡에서 떨어지는 것을 보았고, 소년도 보았다. 소년은 남자에게서 철칼을 물려받았다. 칼을 든 소년이 멧돼지를 향해 돌진했다. 쨍. 상아와 칼이 만났다. 소년과 멧돼지가 가까워졌다 멀어졌다. 그때마다 상아와 칼이 쨍쨍거리면서 울었다. 어느 쪽도 물러서지 않겠다는 기세였다. 쨍쨍. 쨍쨍째앵. 상아와 칼이 더 큰 소리로 울었다. 울음소리는 멧돼지가 내는 것인지, 소년이 내는 것인지 분간하기 힘들었다. 째에에엥. 칼이 멧돼지 상아에 부딪혀 공중으로 날아갔다. 소년이 고개를 들어 사라지는 칼을 보았다. 그 순간 소년의 몸이 동물의 가죽처럼 찢어졌다.

잠에서 깬 소녀는 소년에게 멧돼지를 조심하라고 했다. 말을 들은 소년이 다리를 심하게 떨었다. 남자가 불길한 소리를 한다며 크고 두꺼운 손으로 소녀의 뺨을 후려쳤다. 그 모습을 본 소년이 자신의 허벅지를 꼬집었다. 하얀 허벅지에 손톱자국이 선명하게 났다.

"가자."

남자는 소년을 앞장세워 숲으로 갔다. 소년은 남자의 말을 거역할 수 없었다. 남자의 말은 호랑이의 발톱이나, 독수리의 부리보다 무서웠다. 아니, 그보다 무서운 건 칼이었다. 아무리

사나운 짐승이라도 남자의 칼 아래서는 더러운 쥐에 불과했다. 남자는 마을에서 유일하게 철칼을 가지고 있었다. 그건 돌만 만질 수 있는 사람들과는 완전히 다른 세계의 일이었다. 남자의 칼은 바다로부터 올라온 물고기처럼 이제껏 보지 못한 새로운 존재였다. 그날 소년은 멧돼지 사냥 도중 죽었다.

꿈을 꾼 날이면 소녀는 다리가 아프고 저렸다. 발가락 끝에서부터 무릎을 지나 허벅지까지 올라온 고통은 순식간에 몸 전체로 퍼졌다. 마치 누군가가 다리를 칼로 자르는 것 같았다. 고통이 너무 커지면 허리 아래가 텅 빈 것처럼 무감각해졌다. 고통의 크기만큼 흔적을 만들어내면 고통이 그만큼 줄어들 것 같았다. 발가락에서 무릎을 지나 허벅지까지 올라온 고통이 배꼽에서 어깻죽지를 지나 손가락 끝에 오면, 손에 쥐고 있는 나무칼을 통해 줄줄이 빠져나갈 것 같았다. 소녀는 나무칼을 꼭 쥐고 흙벽에 그림을 그렸다. 흔적을 남기고 나면 아픔이 조금 가셨다. 적어도 그림을 그리는 동안만은 고통에서 벗어날 수 있었다.

주위를 둘러보았다. 남자와 여자는 칼을 찾기에 여념이 없었다. 소녀는 재빨리 품속에서 손가락 두 마디 정도 되는 나무칼을 꺼냈다. 칼끝에 침을 발라 나뭇결을 정돈했다. 입바람을 불어 먼지와 흙을 털어냈다. 멧돼지 한 마리를 그렸다. 오늘 남자가 잡아 온 사냥감이다. 남자의 칼끝에서 죽어간 생명들이 밤마다 나타나 울었다. 그들이 우는 소리에 잠을 잘 수 없었다. 형체를 알 수 없게 난도질 된 생물들이 살려달라고 애원했다.

소녀는 그림을 그리면서 어떠한 전율을 느꼈다. 공포감이나 무서움, 두려움과는 다른 성정의 느낌이었다. 자신을 둘러싸고 있는 주변의 공기가 차츰 따뜻해지는 것을 알 수 있었다.

입바람이 어느 순간 휘파람으로 변했다. 소녀는 입술 사이로 나오는 맑고 청아한 소리에 놀랐다. 터지고 찢어진 입술 사이로 그렇게 깨끗한 소리가 나올 수 있다는 사실을 처음 알았다. 즐거웠다. 신이 났다. 그러다가 멈칫, 했다. 남자와 여자가 들으면 화를 낼 것 같았다. 뒤를 돌아다보았다. 밀쳐두었던 판자를 끌어와 흙벽의 그림을 가렸다. 나무칼을 품속에 숨겼다.

어둠 속에서 늑대가 우는데

"칼을 찾아야 한다."

남자는 칼이 없어졌다는 사실을 알게 된 이후로 같은 말을 되풀이했다. 처음에 그 소리는 여자와 소녀에게 내리는 명령으로 들렸다. 그러나 시간이 흐를수록 반복되는 남자의 말은 명령보다는 스스로에게 거는 최면에 가까웠다.

남자는 흙집 구석에서부터 칼을 찾기 시작했다. 산열매와 곡식을 담아둔 광주리, 도토리와 씨앗이 든 망태기, 화덕 근처를 살폈다. 광주리와 망태기, 화덕은 여자의 영역이었다. 남자는 평소에 광주리 근처에도 가지 않았다. 광주리 속에서 열매가 악취를 풍기며 썩어 갈 때에도 모르는 척했다. 여자가 씨앗을 줍다가 가시에 찔려 손에서 고름이 나도 음식을 만들지 않았다. 그런 날에는 소녀가 음식을 만들었다. 끝이 뾰족한 토기에 도토리와 개암나무 열매를 넣고 돌로 찧어 빻았다. 반죽을 빚어 불에 굽거나 물을 넣고 끓여 죽을 만들었다. 여자가 음식을 만들 때보다 시간이 두 배 이상 걸렸다. 형편없는 맛이었지만 남자는 입속에 음식을 집어넣었다.

 남자가 망태기를 뒤집어 도토리를 다 쏟아 냈다. 도토리 떨어지는 소리가 천둥소리처럼 크게 들렸다. 망태기 속에는 칼이 없다. 남자가 신경질적으로 망태기를 던져 버렸다. 남자 주위로 빈 광주리와 망태기, 그 속에서 나온 열매와 곡식들이 쌓여 갔다. 작고 앙증맞은 열매가 판자 앞에 앉아있는 소녀 쪽으로 굴러 왔다. 소녀가 얼른 집어 입안에 넣었다. 도토리를 씹을 때마다 '오도독오도독' 소리가 났다. 소리는 마을 아이들이 부르는 노래의 후렴구와 같았다.

 남자가 태어나기도 훨씬 전에 푸른 눈의 사내가 칼을 훔친 일이 있었다. 사내의 아버지가 칼을 물려 줄 때까지의 시간을 기다리지 못해서였다. 사내는 마을의 청년들을 모아 놓고 자신이 가장 강한 사내가 되었음을 선포했다. 사내의 푸른 눈동자만큼 하늘이 푸른 날이었다. 청년들이 사내를 목말 태워 마을 어귀의 고목 앞으로 갔다. 칼은 고목의 가지 사이에 숨겨 있었다. 사내의 아버지가 미리 와서 기다리고 있었다.

고목에 묶인 사내는 온몸이 칼에 찔려 죽었다. 칼이 지나간 자리마다 퍼렇게 철독이 퍼졌다. 굶주린 까마귀 떼와 수리가 날아와 시신을 뜯어 먹었다. 아이들이 손가락뼈를 동강 내 소꿉장난을 했다. 배가 고프면 손가락 한 마디를 입에 넣고 오도독오도독 소리가 나게 씹어 먹었다. 언제부터인가 아이들은 소꿉놀이가 하고 싶을 때면 오도독오도독 놀이를 하자며 노래를 불렀다.

남자는 광주리, 망태기에 이어 옷을 만들기 위해 가죽을 반쯤 벗긴 암사슴을 살펴보았다. 남자는 칼을 훔친 범인이 여자일 거라고 여기는 듯했다. 여자가 아니고는 흙집 안에서 칼을 숨겨놓을 사람이 없었다. 해가 진 이후로 마을 사람들은 흙집을 방문하지 않았다. 소녀가 의심스러웠지만 걷지도 못하는 계집애 따위가 칼을 훔칠 수 있을까 생각했다.

살가죽이 반쯤 뜯긴 암사슴의 몸에 구더기가 들끓었다. 남자가 사슴의 몸을 뒤적이자 가죽 뒷면에 붙어있던 하루살이들이 벌떼처럼 날아올랐다. 갑작스러운 하루살이의 출현에 남자는 엉덩방아를 찧으며 넘어졌다. 도토리를 먹고 있던 소녀가 그 모습을 보았다. 입술 사이로 웃음이 스며 나왔다. 남자가 서둘러 주위를 둘러보았다. 제 모습을 본 사람이 없다고 여기는지 안도의 숨을 내쉬었다. 다시 암사슴의 가죽을 꼼꼼히 살펴보았다. 그러더니 갑자기 맨주먹으로 바닥을 내리쳤다.

"칼을 찾아야 해! 칼을, 칼을, 칼을!"

남자의 외침이 적막한 흙집을 가득 메웠다.

멀리서 굶주린 늑대가 울부짖었다. 비가 오는 날이면 늑대의 울음은 더 황량하고 슬프게 들렸다. 빗방울을 타고 울음소리가 산속 깊은 골짜기까지 날아갔다. 비는 울음의 전령사다. 비가 오는 밤이면 숨어있던 들짐승들이 밖으로 나와 울부짖었다. 숲은 야생동물의 무대가 된다. 마을 사람들은 움집 밖으로 나가지 않는다. 담력을 과시하기 위해 밖에 나갔다가는 육식 동물의 산 제물이 된다. 육식 동물은 이빨로 먹잇감을 찢어 먹었다. 그들은 박쥐처럼 피 따위를 빨아 먹는 일은 하지 않는다. 먹잇감의 죽음을 지연시켜 고통에 빠지게도 하지 않는다. 그들은 강하고 첩경(捷勁)하다. 철칼을 발톱과 부리에 숨기고 다닌다. 필요할 때는 언제든지 꺼내 사용하고 쓰지 않을 때는 잊지 않고 숨겨둔다. 늑대가 낮은 소리로 울었다. 들개가 늑대를 따라 울었다.

소녀는 도토리를 하나 더 집어 먹었다. 입안에서 깍정이가 툭, 하고 터졌다. 마치 어린 짐승의 머리가 터진 것 같았다.

여자는 조금 전부터 화덕 앞에 앉아 있었다. 칼을 마지막으로 본 곳이 어딘지 되새김질해 보았다. 남자가 여자에게 칼을 맡기고 인사를 받으러 갔다. 여자가 칼을 받아 화덕 옆에 두고 고기를 보았다. 살집이 깊은 맛있는 고기였다. 고기를 화덕 옆에 놓고 불을 피워 죽을 끓였다. 나무 그릇에 죽을 푸려고 보니 칼이 사라졌다. 칼은 어디로 사라진 걸까. 여자가 죽을 끓인 토기를 물끄러미 바라보았다. 순간 얼굴이 환해졌다. 나무 그릇에 죽을 부었다. 죽을 마셨다. 다시 그릇에 죽을 부었다. 죽을 먹었다. 여자의 배가 임신부처럼 불룩해졌다.

"혹시 토기 속에 칼이 들어있을까 해서……."

여자가 말을 하자 입 주위로 풀죽이 흘러나왔다. 시큼하고 역한 냄새가 났다.

소녀가 손가락으로 입 주위를 가리켰다. 여자가 손등으로 풀죽을 닦은 후 핥아 먹었다.

"그냥 버리기는 아깝잖아."

여자가 말을 할 때마다 커다란 배가 오르락내리락했다.

"없어, 없어, 여기도 없어…… 혹시 불 때문에 칼이 다 녹아버린 건가."

여자의 눈이 커다래졌다. 자리에서 벌떡 일어났다. 자신의 배를 두 주먹으로 힘껏 내리쳤다. 죽을 토해내야 한다. 뱃속의 철칼을 끄집어내야 한다.

"내 배를 때려!"

여자가 다급하게 말했다. 소녀는 그럴 수 없다며 고개를 세차게 흔들었다. 여자가 다시 재촉했다. 소녀는 여자의 혈액 속을 떠다니는 철 조각들을 떠올렸다. 소나무 잎처럼 잘게 쪼개진 철조각이 여자의 자궁에서 멈췄다. 소녀는 핏덩이 속에 섞여 다리에 철 조각을 박고 태어났다. 불에 덴 듯 다리가 화끈거렸다.

소녀가 기어서 여자 앞으로 갔다. 오른손에 힘을 실어 여자의 배를 때렸다. 여자가 고개를 저었다. 다시 한 번 때렸다. 이번에는 오른손과 왼손을 동시에 사용했다. 여자의 미간이 좁아졌다 펴졌다. 배가 아팠지만 죽을 토해 낼 정도는 아니었다.

남자가 여자와 소녀를 향해 성큼성큼 걸어왔다. 오른발을 들어 여자의 배를 강타했다. 욱. 여자가 허리를 숙이며 고꾸라졌다. 입과 코에서 풀죽이 쏟아져 나왔다. 바닥에 떨어졌다 튀어오른 토사물이 여자의 얼굴에 들러붙었다. 여자는 몸을 일으켜 주먹으로 제 가슴을 두드렸다. 미처 나오지 못한 풀죽을 게워냈다. 침이 섞인 묽은 죽이 가래처럼 보였다.

"없어? 칼이 안 보여?"

죽을 다 게워낸 여자의 배가 홀쭉했다. 토사물에는 소화 안된 도토리 가루 덩어리와 열매 사이에 섞여 들어간 소나무, 잣나무 잎만이 들어 있을 뿐이었다. 허탈해진 여자가 바닥에 주저앉았다.

쿵. 문밖에서 육중한 무언가가 떨어지는 소리가 났다. 남자와 여자, 소녀가 일제히 문을 주시했다. 선뜻 문을 여는 사람이 없었다. 비바람 소리가 곡(哭) 소리처럼 들렸다. 여자가 남자의 등 뒤에 숨었다. 남자가 발을 떼지 못했다. 여자가 소녀에게 문을 열어보라는 눈짓을 보냈다. 소녀는 머뭇거리다가 두 손과 두 다리로 기어 문 앞으로 갔다. 나무문을 손으로 힘껏 밀었다. 집 안으로 찬바람이 불어 들어왔다. 불꽃이 바람에 흔들렸다. 무언가에 찔려 죽은 멧돼지가 문 앞에 놓여 있었다.

밤이 낮처럼 환할 어느 날에

그날 남자는 멧돼지 대신에 소년을 안고 집으로 왔다. 나무문을 거칠게 열고는 흙벽 앞에 앉아 있는 소녀를 향해 소리쳤다.

"네년이 죽였어. 네년이! 죽어야 하는 건 바로 네년인데!"

남자의 머리 뒤로 해가 지고 있었다. 길게 늘어진 검은 그림자가 울고 있었다. 소녀는 남자의 품에 안긴 소년을 보았다. 이제 너는 다리를 떨지 않아도 되는 걸까, 다리를 떨지 않아도 돼서 좋은 걸까. 소녀는 오랫동안 소년이 곁에 있어 줬으면 했다. 소녀가 알지 못하는 흙집 바깥 세상에 대해, 흙의 질감에 대해 다정하게 이야기해 주기를 바랐다.

소녀는 몸 안의 수분이 다 빠져나갈 정도로 울었다. 남자가 자신의 말을 듣지 않아서 소년이 죽었다고 생각했다. 남자는 이전에도 비의 시간이 올 거라는 말과 여우 떼의 이동이 있을 거라는 말을 듣지 않았다. 남자가 말을 듣지 않아서 마을이 물에 잠기고, 여우 떼가 먹이를 찾아 마을까지 내려왔다. 그래도 남자는 도움을 요청하지 않았다. 오히려 소녀의 입에 가죽 뭉치를 쑤셔 넣으며 조용히 해! 라고 위협할 뿐이었다. 소녀가 큰 소리로 울자 남자는 더 큰 소리로 화를 냈다.

"네년 때문에 죽은 거야, 네년이 허튼소리를 해서!!"

화가 난 남자가 옆에 있던 옹기를 들어 소녀를 향해 던졌다. 피할 겨를도 없이 옹기는 소녀의 다리 위로 떨어졌다. 조각난 옹기처럼 소녀의 다리뼈도 부서졌다. 몸 여기저기에 옹기 파편들이 철심처럼 박혔다. 남자는 정신을 잃은 소녀를 그대로 방치했다. 저대로 소녀가 죽어야 한다고 말했다. 소녀를 도와주는 이가 있다면 살려두지 않겠다고 엄포를 놓았다. 소녀는 잠들고 싶지 않았다. 만약 또 다시 꿈을 꾸어야 된다면 영원히 깨어나고 싶지 않았다.

철칼과 철로 만든 무기가 비처럼 쏟아졌다. 하늘과 바다에서 불이 났다. 땅 위에서 수천 명의 아이들이 부모를 잃고 굶어 죽었다. 여자들이 아버지를 알지 못하는, 혹은 아버지가 수십 명인 아이를 낳았다. 근원을 알 수 없는 역병이 돌았다. 짐승들이 먹을 것이 없어 굶어 죽었다. 물고기들이 흰 배를 보이며 수면 위로 떠 올랐다. 심한 고열과 갈증 끝에 사람들이 말라 죽어 갔다. 고기를 너무 많이 먹은 사람도 죽었다. 칼을 만졌던 손이 문둥이처럼 썩었다. 코와 귀, 항문과 성기로 녹물이 거머리처럼 파고들었다. 땅과 하늘이 무너져 내렸다. 모든 것이 불타버렸다.

상상할 수 없는 일이 벌어지고 있었다. 소녀는 그렇게 많은 사람들이 한꺼번에 죽는 일을 본 적이 없었다. 꿈속에서 많은 사람들을 만났지만, 대부분 소녀가 아는 얼굴들이었다. 이번에는 달랐다. 얼굴도 모르는 사람들이 오래된 비석처럼 쓰러졌다. 사람들이 쏟아 내는 피가 강이 되어 넘쳤다. 수많은 사내들이 철로 만든 무기를 들고 있었다. 남자의 아들, 남자의 아들의 아들, 남자의 아주 먼 아들, 시대의 일이었다.

소녀는 남자보다 더 강한 사내가 있다는 생각을 해 본 적이 없었다. 평범한 사람들처럼 남자가 언젠가 죽을 것이라는 생각도 해 본 적이 없었다. 남자보다 강한 사내들의 무기가 머릿속을 가득 채웠다. 그럴수록 다리가 아팠다. 조각난 뼛조각이 혈액을 타고 몸속 여기저기 흘러 다녔다. 혈관을 찢고 나가 쥐새끼처럼 살점을 갉아 먹었다. 하얀 살갗 위로 퍼런 멍들이 꽃처럼 피어났다.

사람들을 살려야 된다는 생각과 남자가 죽어버렸으면 하는 마음이 머릿속에서 교차했다. 눈동자가 없는 사람들이 밤마다 찾아와 살려달라고 비명을 질렀다. 간혹 소녀의 목을 조르거나, 가슴에 날카로운 창을 겨누는 이도 있었다. 개와 닭, 고양이, 소들이 산 채로 매장되었다. 흙더미 속에서 동물들이 울부짖었다. 불 속에 갇혀 있는 것처럼 온몸이 뜨거웠다. 정신이 몽롱한 중에도 소녀는 남자가 병든 자신을 내다 버리라고 말하는 것을 들었다. 할 수만 있다면 당신도 언젠가 죽을 것이며, 당신보다 더 강한 사내가 있다는 사실을 말해주고 싶었다. 당황해하는 남자를 보며 목젖이 보이도록 크게 웃고 싶었다.

소녀는 몸을 움직일 수 있게 되자 제일 먼저 흙벽 앞으로 갔다. 세워두었던 판자를 옮기고 품속에서 나무칼을 꺼냈다. 비밀을 누설하듯 기억나는 장면을 그렸다. 비에 젖은 것처럼 땀이 흘러 내렸다. 숯으로 윤곽을 또렷하게 하고, 빗금을 쳐 음영을 만들었다. 붉은 황토와 흰 돌가루를 개어 색을 칠하고 싶었지만 하지 않았다. 너무 화려해진 그림은 남자와 여자에게 들

킬 염려가 있었다. 그림을 다 그리고 나서 꿈도 꾸지 않고 단잠
에 빠져들었다.

지평선 너머에서 해가 떠오르기 전에

"문을 닫아, 빨리."

남자가 소리쳤다. 비바람이 집 안으로 몰려들어 왔다. 소녀
의 눈과 코, 입 위로 차가운 비가 내리쳤다. 눈을 뜰 수가 없었
다. 밖은 암흑, 그 자체였다. 소녀가 엉금엉금 기어 문을 닫았다.

"칼을 찾아야 해, 칼을!"

남자의 눈은 광기에 사로잡힌 것처럼 번쩍거렸다. 미친 듯이
집 안 여기저기를 뛰어다니다가 잡히는 물건마다 들춰 보고는
던져 버렸다. 그리고는 무슨 생각이 들었는지 광주리 쪽으로
빠르게 걸어갔다.

남자는 가죽을 벗겨 만든 옷을 꺼내 입고 털모자를 썼다. 나
뭇잎 신을 신고 가죽신을 꺼내 그 위에 덧신었다. 물이 담긴 토
기까지 발꿈치를 들고 걸어갔다. 바가지 가득 물을 퍼서 급하
게 마셨다. 입술 사이로 물이 흘러내렸다. 남자는 두려워하고
있었다. 칼이 없어졌기 때문에 두려운 것보다는 칼이 어디에서
나타날지 모르기 때문에 두려워하고 있었다. 칼은 흙집 어딘가

를 유령처럼 떠돌다가 불쑥 나타날지 몰랐다. 흙바닥에서 솟아 오를 수도 있고, 천장에서 떨어질 수도 있었다. 어쩌면 마을의 한 사내가 칼을 들고 나타날지도 몰랐다. 남자가 칼의 희생물이 될 수도 있었다. 칼을 갖지 못한 남자는 마을의 별 볼 일없는 사내들과 다를 바 없었다. 가죽신을 여러 켤레 신은 남자의 발이 기괴할 정도로 커 보였다.

남자와 소녀의 눈이 마주쳤다. 남자의 얼굴은 얼음처럼 창백했다. 소녀가 희미한 미소를 지었다. 남자가 황급히 고개를 돌렸다. 소녀는 검고 힘없는 자신의 발을 만져 보았다. 앉아 있거나, 기어 다녀야 하는 소녀에게 가죽신은 필요 없었다. 설사 칼이 바닥을 뚫고 올라온다고 해도 겁나지 않았다. 흙바닥의 아주 미세한 부분까지 소녀는 알았으며, 흙벽의 가장 예민한 위치까지 알았다. 천장의 어느 부분이 무너져 가고, 어느 부분이 아직 튼튼한지 전부 알았다.

"공격이 시작될지 몰라요."

여자가 울먹이며 말했다. 가죽신을 덧신은 남자의 태도는 여자가 아는 그의 모습이 아니었다. 차라리 자신에게 칼을 찾아 놓으라고 화를 내기를 바랐다. 난도질 된 멧돼지는 선전포고용인지도 몰랐다. 철칼이 아니고서는 멧돼지의 두꺼운 가죽이 나뭇잎처럼 잘게 찢어질 리 없었다. 약점은 감추려고 해도 쉽게 드러난다. 일인자의 자리는 언제나 위협을 받는다. 남자의 자리를, 철칼을 갖기 원하는 이들이 호시탐탐 엿보고 있다. 그들은 발톱을 감춘 짐승과 같다. 해가 뜨기 전까지 칼을 찾아 놔야한다. 이 밤이 끝나기 전에 칼을 가진 누군가가 흙집을 공격을 해 올 것이다.

여자가 물을 끓였다. 이대로 무너질 수는 없었다. 장작을 때면서 나오는 검은 연기가 집 안을 감쌌다. 매운 연기에 눈앞이 뿌옇게 흐려졌다.

남자가 흙벽을 만졌다. 갈라진 틈 사이로 비바람 소리가 새어 들어왔다. 양손으로 두 귀를 막았다. 바람에 늑대 울음소리가 실려 오면 안 된다. 하루살이의 날개도, 죽은 여우의 혼도 집 안으로 들어와서는 안 된다. 남자가 토기에 진흙을 퍼 담아 흙벽 앞으로 갔다. 틈이 난 부분에 진흙을 발랐다.

소녀가 남자의 다리를 잡았다. 소녀의 등 뒤에는 판자로 가려놓은 그림이 있었다.

"저리 비켜."

남자가 소녀를 밀쳤다. 소녀는 중심을 잃고 비틀거리더니 왼쪽으로 넘어졌다. 남자가 진흙을 손바닥 가득 묻혀 흙벽에 바르려 했다. 소녀가 다시 몸을 일으켰다. 남자의 손목을 잡았다. 지금 손을 놓지 않으면 죽여 버리겠다고 남자가 말했다. 주먹으로 소녀의 머리를 내리쳤다. 퍽. 둔탁한 소리가 났다. 어지러웠다. 소녀는 손을 떼지 않았다. 오히려 더 힘을 주며 완강하게 버티었다. 남자의 손목을 있는 힘껏 깨물었다. 손목에 송곳니 자국이 선명하게 났다. 남자가 비명을 지르며 자리에서 일어섰다. 등, 허리, 팔, 다리, 얼굴, 보이는 곳은 닥치는 대로 걷어찼다. 소녀는 또다시 흙집 밖으로 쫓겨나는 게 아닌가 싶었다. 이번에 또 쫓겨난다면 다시는 눈을 뜨지 않겠다고 다짐했다. 소녀는 맞으면서도 흙벽 앞을 지켰다.

화가 난 남자가 끓고 있는 물을 바가지 가득 퍼 와 소녀에게 들이부었다. 불 속에 들어간 것처럼 온몸이 쓰라렸다. 살갗이 뱀 껍질처럼 흐물흐물 녹아내릴 것 같았다. 소녀는 두 손, 두 다리로 엉금엉금 기면서 물을 찾았다. 여자가 바가지를 들고 토기 앞으로 뛰어갔다. 밑바닥까지 긁어 보았지만 텅 빈 토기 안에 공명만 울릴 뿐이었다. 여자는 마른 잎사귀를 가져와 소녀의 몸을 닦았다. 이미 익어버린 살점은 잎사귀로 닦아내어도 소용없었다.

남자가 흙벽 앞으로 갔다. 손가락 전체에 진흙을 발라 벽의 틈새를 막았다. 틈 사이로 들어오던 바람 소리가 조금씩 잦아졌다. 남자는 흙집 안의 모든 구멍과 틈만 막고 나면 괜찮아질 거라고 생각했다. 흙벽이 단단해질수록 조금씩 안정을 찾아갔다.

이제 판자에 가려진 부분만 끝내면 흙집은 가장 안전한 요새가 된다. 어떤 사람도 들어올 수 없고, 어떤 무기도 침투하지 못한다. 남자가 판자를 걷어 내었다. 진흙을 곱게 펴 미세한 틈들을 메워 나갔다. 판자 뒷부분은 다른 벽에 비해 굴곡이 심했다. 예리한 칼로 무언가를 표시해 놓은 것처럼 울퉁불퉁했다. 남자는 굴곡진 부분을 따라 진흙을 발랐다. 갑자기 하던 일을 멈추고는 흙벽에서 뒤로 한발 물러섰다.

남자를 막아야 한다. 그가 그림을 보아서는 안 된다. 그러나 소녀의 몸은 조금도 움직이지 않았다. 돌덩이를 올려놓은 것처럼 몸이 무거웠다. 자꾸만 눈꺼풀이 감겼다.

여자가 소녀의 등을 닦아주다 그림을 봤다.

"아……."

메마른 입술 사이로 짧은 탄성이 흘러나왔다. 그림 속에는 남자와 똑같은 모습의 사내가 있었다. 사내는 수많은 띠와 장식물, 짐승의 털, 뱀, 괴물 모형의 인형이 달린 가죽옷을 입었다. 새의 깃털로 장식을 한 모자를 쓰고 날카로운 철칼을 들었다. 칼 앞에는 개와 늑대, 셀 수 없이 많은 들짐승이 쓰러져 있었다. 그리고 철칼이 비처럼 쏟아지고 있었다. 남자가 진흙을 바른 부분은 그림 속의 사내가 들고 있는 칼 끝부분이었다. 진흙을 바르자 날카롭던 칼끝이 뭉툭해졌다.

남자의 손이 떨렸다. 그림 속에서 자신보다 강한 사내들이 전쟁을 벌이고 있었다. 소녀를 죽여 버리고 싶었다. 소녀가 칼을 숨겼다고 생각했다. 그림 속의 사내들이 그것을 증명한다고 여겼다. 남자는 소녀의 눈동자가 싫었다. 그 눈은 겁에 질려 있으면서도, 저 너머의 것을 보고 있는 것처럼 평온했다. 남자를 무서워하면서도, 비웃고 있는 것처럼 보였다. 소녀가 말하는 일이 현실로 드러날 때마다 남자는 겁이 났다. 걷지도 못하는 계집애가 자기가 알지 못하는 일을 이야기하며 조심하라고 말할 때마다 무서웠다.

오늘 소녀는 소년에 이어 자신까지 죽이려고 한다. 남자가 소녀 앞으로 갔다. 여자가 남자를 가로막았다. 남자가 여자를 밀치고 소녀 앞에 섰다. 소녀가 눈을 꼭 감았다. 이대로 끝나면 좋겠다고 생각했다. 남자가 소녀를 들어 힘껏 집어 던졌다. 작은 몸은 흙벽에 날아가 부딪혔다. 털썩. 땅에 떨어졌던 몸이 튀어 올랐다. 뼈들이 또 부서졌다. 남자가 다시 소녀를 들어 벽에 던졌다. 머리가 터지면서 피가 사방으로 튀었다. 소녀의 피가 흙벽에 튀었다. 철로 만든 무기와 핏비가 하늘에서 떨어졌다. 소녀가 칠하지 못한 붉은 색들을 입혀 주었다. 흙벽이 무너져 내렸다.

백과사전 만들기

받은 편지함에는 읽지 않은 메일이 56통 있었다. 스팸이거나 가입해 놓은 사이트에서 보낸 광고 메일이었다. 스크롤바를 쭉 내려서 '전체선택하기'를 클릭한 다음 삭제 버튼을 눌렀다. 한 번에 10통씩 휴지통 속으로 사라졌다. 클릭, 삭제. 클릭, 삭제. 반복하던 손놀림을 멈춘 건 도발적인 제목 앞에서였다.

「너, 김일성이랑 생일이 같은 애 맞지?」

스팸 메일 치고는 상당히 정치적인 제목이었다. '오빠, 오늘 밤 뭐해? 예쁜 여우에게 연락 주세요.'등 보낸 사람은 선정적이라 여겼겠지만, 받는 사람에게는 짜증만 일으키는 그런 흔해빠진 제목과는 달랐다. 인류의 평화와 안녕을 말하는 시대에 김일성이라니. 그것도 김일성과 생일이 같은 애는 무슨 뜻인지.

열어 보면 뻔할 줄 알면서도 내용을 확인하고 싶었다. 보낸 사람은 '예쁜 여우'가 아니라 '최준석'이었다.

"자자, 오늘 작업한 거 웹디스크에 올리고 퇴근하세요."

실장의 말에 좀비처럼 앉아 있던 사람들이 하나둘 일어섰다. 하루 8시간씩 모니터 앞에 앉아 타이핑만 하는 이들이었다. 내가 하는 일은 사전을 만드는 공정 중 가장 기본적인, 연구자들이 해석해 놓은 중세시대 단어를 가나다순으로 정리해서 문서화하는 작업이다. 전각기호로만 알았던 표식이 그 시대에는 글자였으며, 생전 처음 보는 단어가 당대의 유행어이기도 했다. 그렇다고 해서 중세국어에 흥미가 생긴 건 아니었다. 옆자리 직원이 그렇듯 나는 이어폰을 꽂고 기계적으로 자판을 두드렸다. 간혹 오타가 나거나 전화가 와서 작업이 잠시 중단되기라도 하면 모니터에 떠 있는 단어를 눈여겨볼 뿐이었다. 내 관심은 오직 밥벌이인 이 자리에 얼마나 오랫동안 붙어있을 수 있느냐였다.

최준석이라는 이름이 낯설지 않았다. 인터넷 세계의 예쁜 여우, 카리스마 리만큼 오프라인상에서 흔한 이름이지만 단순히 스팸 메일이라고 치부하기엔 무언가 끌리는 데가 있었다. 실장은 빨리 정리한 후, 퇴근하라고 재촉했다. 나는 최준석을 제쳐 놓고 서둘러 작업해둔 내용을 웹디스크에 올렸다.

실장은 모니터 앞에 바싹 붙어 앉은 아르바이트생, 신입사원과 달리 의자를 벽 쪽으로 쭉 빼고 거의 누운 듯이 앉았다. 팔을 뻗어 자판을 치려면 세 겹으로 접힌 뱃살이 키보드에 먼저가 닿을 것 같았다. 어느 누구도 실장의 컴퓨터에서 어떤 일이벌어지는지 알 수 없었다. 분당 10번씩 마우스를 클릭하는 걸보면 인터넷 게임을 하는 듯했고, 말없이 목이 벌겋게 달아오를 때면 성인동영상을 보는 것도 같았다. 한 가지 확실한 건 알바생인 J와 그렇고 그런 관계라는 거였다. J는 2시간 지각을 하든 3시간 일찍 퇴근을 하든 항상 8시간 일한 것으로 인정됐다. 그리고 실장이 오늘처럼 빨리 퇴근하라고 재촉하는 날엔 어김없이 사무실에 남았다. 실장은 J이외에는 모든 아르바이트생을 유령 취급했다. 알바생들은 J의 부도덕성과 실장의 불공평한 처사를 비난했다. 알바생에서 이제 정식 직원이 된 지 겨우3개월이 된 나는 월급을 제날짜에 정확하게만 받을 수 있다면, J가 실장과 데이트를 하건, 사장과 비밀여행을 가건 관심 없었다. 다만, 시급 6500원 하는 아르바이트비를 그런 방법으로 벌려 하는 J와 그걸 미끼로 J를 유혹하는 실장이 혐오스러울 뿐이었다.

　실장의 목소리가 점점 더 크고 거칠어졌다. 여기서 더 어물거리다가는 실장에게 찍힐 것 같다. 재빨리 컴퓨터 전원을 끄고, 건물을 빠져나왔다. 밖은 아스팔트 지열로 후끈거렸다. 플라타너스 나무 위에서 매미들이 시끄럽게 울었다. 소매를 걷어

올린 군복 차림의 남자가 버스를 보고 달려갔다.

*

엄마는 육군 장교였던 아빠와 결혼하여 전역하기까지 무려 16번의 이사를 했다. 당연히 군인 아버지를 둔 나는 초등학교를 졸업할 때까지 9번 전학을 했다. 내 생활기록부는 반에서 가장 지저분했고 복잡했으며 너덜너덜했다. 4학년이 되기 전에 학교와 반, 번호를 적는 칸을 다 채웠고, 전 담임 이름을 볼펜으로 직직 그은 다음 새 담임의 이름을 덧입혔다. 반 친구들의 이름을 웬만큼 외우게 될 때쯤이면 다시 이삿짐을 쌌다. 13번째 이사할 때이든가, 부엌살림을 챙기며 엄마는 제주도만 찍으면 전국팔도를 다 채운다고 말했다.

우리집은 부대 옆에 있는 5층짜리 아파트였다. 베란다에는 멀리서 봐도 군인관사라는 걸 알 수 있는 진초록의 국방색 비닐이 쳐 있었다. 국방색 집에 사는 아이들은 학교 안에서도 더 끈끈한 동지 의식을 나누었다. 군부대 주위의 가겟집 아들딸과 달리, 우리는 나라를 위해 충성을 다하는 용감하고 늠름한 아버지를 가졌다는 자부심 때문이었다. 하굣길에는 누구든 자신의 아버지가 속한 부대의 차가 지나가면 메스게임을 하듯 팔을 높이 들고 흔들었다. 그러면 어김없이 차가 멈추고 우리들은 우루루 몰려 짚차에 올라탔다. 누가 말하지 않아도 아이들은 어느 집 아빠 계급이 높고, 낮은지 신기하게 알았다. 그리고 아버지의 계급에 따라 소꿉놀이에서 엄마와 아빠를 정했다.

최준석은 우리집 위층에 사는 같은 반 친구였다. 또래 남자애들에 비해 한 뼘 더 큰 키에 신중한 태도, 조용한 듯하면서 상대를 압도하는 저음의 목소리는 3학년 답지 않게 어른스러웠다. 그러면서도 점심시간에 하는 피구, 발야구에서는 누구보다도 더 적극적으로 열심히 뛰었다. 반에서 생기는 크고 작은 싸움을 중재하는 것도 그 애의 몫이었다. 남자애들은 그런 준석을 형처럼 따르면서 친하게 지내고 싶어 했다. 여자애들의 인기투표에선 언제나 1위를 차지했다. 준석 아버지는 우리 아빠보다 두 계급이 높았고 육군방송에도 나올 정도로 능력을 인정받는 장교였다. 그 애 어머니는 꼭 서울로 미용실을 다녔고 준석에게는 언제나 유명 브랜드 옷을 입혔다.

엄마가 그런 준석이 어머니한테 기가 죽지 않는 이유는 내가 그 애보다 공부를 잘했기 때문이다. 아버지의 계급이 어머니의 계급이고, 어머니의 계급이 아이들의 계급으로 통하는 독특한 사회였지만, 공부라는 무대 위에선 그 모든 것이 무화(無化)되었다. 40분 동안 25문제를 공평하게 풀어야 하는 중간, 기말고사에서 우리는 모자 정중앙에 붙은 계급장을 떼고 알몸으로 만났다. 한 문제 틀릴 때마다 공정하게 4점씩 깎였다. 담임선생님이 빨간 색연필로 동그라미와 가위표를 만들 때마다, 아이들은 모두 침을 꼴깍꼴깍 삼켰다. 우리는 선생님이 만들어 내는 동그라미 위의 한 점이었다. 중심에서 원주까지 반지름의 길이는 같았고, 내압과 외압의 힘 역시 동일했다. 어느 반지름은 길고, 어느 반지름이 짧은 일은 벌어지지 않았다. 준석은 성적표를 받은 날이면 내 점수를 물었다. '한 개 틀렸어.' 내가 자신 있게 점수를 말하면, 그 애는 매번 '그으래에' 하곤 제자리로 돌아섰다. 나는 '그으래에'의 의미도 모른 채, 점수 때문만이라도 준석이 먼저 말을 걸어주는 게 좋았다. 물론 준석을 좋아한다고 떠들고 다녔던 짝꿍 미화는 이런 내 마음을 알 리 없었다.

*

집 안에 들어서자 신발장 위에 놓인 군화가 먼저 눈에 들어왔다. 아버지는 오늘도 왁스로 광을 내며 군화를 닦았을 거다. 2~3주씩 훈련 나가던 현역 때처럼, 선배 군화까지 닦아야 했던 생도시절처럼. 아버지가 GOP에 들어가는 날이면 엄마는 새벽에 일어나 군화를 닦았다. 한 시간도 지나지 않아 흙투성이가 될 텐데도 티끌 한 점까지 샅샅이 털어 냈다. 군화를 신고 충성!을 외치는 아버지는 세상 어느 아버지에게 비할 수 없이 용감했고 든든했다. 아버지가 나와 엄마, 남동생을 위해 나라를 지키기 때문에 내가 따뜻한 방에서 편하게 잘 수 있다고 생각했다. 아버지는 할머니와 할아버지를 지켰고, 담임선생님과 친구들을 보호했다.

"컴퓨터 좀 바꿔요. 이런 구식 컴퓨터 쓰는 집은 우리집 밖에 없을 거예요, 예?"

남동생은 교복도 벗지 않은 채 거실에 주저앉으며 말했다. 짧은 곱슬머리가 땀에 젖어 더 고불거렸다. 동생의 큰 소리에 잠이 깬 아버지가 입가에 묻은 침을 훔치며 자리에 앉았다. 방금 잠에서 깨어나도 아버지는 금방 곧은 자세가 되었다. 절대 실장처럼 비스듬히 앉는 법이 없었다.

"그게 한두 푼 하는 것도 아닌데 어떻게 덜렁 사니. 그리고 집에 컴퓨터가 없는 것도 아니고…… 그거 사면 너 공부 안하고 게임만 할 거 아냐."

된장 끓는 소리가 요란했다. 엄마는 익숙한 솜씨로 애호박을 썰어 뚝배기 안에 넣었다. 그리고는 달걀을 풀어 김치를 넣고 계란말이를 만들었다.

"엄마, 저거 쓰레기 재활용 통에서 가져와 놓고… 컴퓨터가 있다고 말할 수 있어요? 게임은 하고 싶어도 할 수가 없어요. 속도가 나와야 게임을 하든지 말든지. 스피커도 없는 컴퓨터 가지고…… 그리고 교육방송이랑 인터넷 강의 들을 거예요. 다른 애들은 태블릿pc나 노트북 들고 다니면서 동영상 보는데 우리 집은 이게 뭐예요? 쪽팔리게."

동생은 거실에, 엄마는 부엌에, 아버지는 안방에, 나는 작은 방에 있었지만 동생과 엄마의 대화는 코앞에서 말하는 것처럼 또렷하게 들렸다. 18평 연립주택에서 방과 방 사이의 구분은 원에서 앞과 뒤를 찾는 것만큼 무의미했다.

"…… 교육방송 그게 그렇게 필요한 거냐? 그거 없으면 공부 못해?"

"당연하죠. 다른 애들은 EBS 뿐 아니라 돈 들여 인강도 듣고, 과외도 하는데. 나는 주워 온 자식도 아니고 이게 뭐예요. 교과서만 가지고 공부하는 애가 요즘 세상에 어디 있어요?"

울분을 토하는 동생의 항의를 들으며 엄마는 저녁상을 차렸다. 아버지는 아무 말이 없었다.

"컴퓨터는 좀 더 생각해 보자."

엄마가 숟가락을 놓으며 말했다. 된장찌개와 계란말이, 배추김치가 놓인 단출한 저녁상이었다. 내일 일찍 출근해서 준석의 메일을 확인해야겠다. 집에서는 메일을 확인하고 싶어도 확인할 방법이 없었다.

*

준석이 집에는 그 애 아버지의 계급만큼이나 우리가 범접할 수 없는 것이 많았다. 소파 위의 새하얀 양털 방석이며, 메트로놈이 놓인 피아노, 베란다에 일렬로 늘어선 수석들은 텔레비전에서나 보던 것이었다. 그중에서도 제일 눈을 끄는 건 준석이 방의 두 면을 채우고 있는 동서양 위인전집과 백과사전이었다. 위인이라곤 유관순과 이순신 장군이 전부라 여겼던 우리들과는 전혀 다른 세계였다. 내게는 '공산당이 싫어요!'를 외치며 장렬하게 전사한 이승복 어린이도 대단한 위인 중의 한 명이었다. 나는 준석이 방에 있는 발음하기도 어려운 위인들이 부러웠다.

우리는 B4 크기 시험지 앞에서 평등했지만, 방학 숙제 앞에선 그렇지 못했다. 과산화수소에 죽은 매미와 잠자리를 넣고 말려 곤충채집 숙제를 해도, 매미의 일생과 잠자리가 알을 낳는 방법은 알 수 없었다. 그건 준석이 집에 있는 백과사전을 통해서만 알 수 있었다. 나는 며칠을 고민하다 그 애를 찾아가기로 결심했다. 그건 반 1등이 자존심을 꺾고 2등한테 수학문제를 가르쳐 달라고 하는 것만큼 용기가 필요한 일이었다. 더구나 좋아하는 남자애 집에 혼자 찾아가는 일이기도 했다.

나는 현관문을 열고 나가 계단에 올라섰다. 이 층과 삼 층 사이는 생각보다 가까웠다. 올라갈까, 내려갈까를 몇 번 읊조리는 사이 준석이 집 앞에 서 있었다. 다리가 후들거렸다. 티셔츠 정중앙에 그려진 주근깨투성이의 캔디가 유달리 촌스럽게 느껴졌다. 벌겋게 부풀어 오른발등의 모기 자국과 넘어져서 생긴 시퍼런 멍이 보일까 봐 신경 쓰였다. 하지만 이대로 내려갈 순 없었다. 반 1등의 명예를 방학숙제 때문에 뺏길 수 없었다. 용기 있게 벨을 눌렀다. 준석이 문을 열었다.

준석은 순순히 백과사전을 빌려줬다. 자신은 방학숙제를 다 했다며, 제가 한 숙제를 보여주기까지 했다. 나는 백과사전을 빌려주는 준석의 친절한 마음씨에 감동하면서도 집 안에 단둘이 있는 것이 부끄러워 서둘러 인사를 했다. 반 아이들이 이 사실을 안다면 준석과 연애한다고 놀릴 게 뻔했다. 고맙다는 말을 하고 나오는데 준석이 불렀다.

"맥주 땅콩 다섯 번만 하자."

맥주? 땅콩? 순간 그 애가 하는 말이 무슨 뜻인지 몰라 어리둥절해졌다.

"책 빌려 가면서 그 정도는 해야 되는 거 아냐? 설마 공짜로 빌려 가려고 했던 건 아니지?"

준석은 1등에게 책을 빌려주는 2등의 여유로운 몸짓으로 내게 다가왔다. 그리고는 검지와 중지를 반으로 접어 내 코를 잡고는 사정없이 비틀었다. 오른쪽, 왼쪽. 한 번. 두 번. 세에버언. 준석이 코를 비틀 때마다 천천히 숫자를 셌다. 내가 지금 무슨 일을 당하고 있는 거지? 준석은 뭘 하고 있는 걸까? 두 개의 물음표를 머릿속에 떠올리는 사이 네에버언. 다섯뻐어언.

하고 맥주 땅콩이 끝났다. 마지막 다섯 번은 처음보다 강도가
세고 시간도 길었다. 마침표를 찍는 것처럼 그 애가 마지막에
콧등을 꾹 누른 뒤에 검지와 중지를 코에서 뗐다.

"이제 됐어. 백과사전은 오랫동안 봐도 상관없어. 아까 말했
다시피 나는 숙제를 다 했거든."

그렇게 말하는 준석은 여태까지 내가 알고 있던 의젓하고 듬
직한 모습의 친구가 아니었다. 치마를 들치며 아이스께끼 하고
도망가는 병철이나 고무줄을 끊는 민호와는 비교할 수 없을 만
큼 영악하고 엉큼해보였다. 아니, 영악이나 엉큼이라는 단어로
단순하게 말할 수 없는 거대한 무엇으로 느껴졌다. 그것은 어
른의 세계에서 일어나는 은밀한 거래나 일종의 계약 같은 것처
럼 여겨졌다. 가진 자가 없는 자에게 강요할 수 있는, 없는 자
는 가진 자의 제안에 승복할 수밖에 없는 그 무엇. 때를 노리던
이인자가 보스를 제압하고 반란을 일으키는 것. 만년 2등의 서
러움을 전복시킬 수 있는 절호의 기회. 준석은 어린 나이에도
벌써 적절하게 힘을 사용하는 방법을 아는 것 같았다. 내 얼굴
이 홍당무처럼 빨갛게 달아오르는 걸 느꼈다.

당황한 나는 인사도 하지 않고 황급히 밖으로 나왔다. 올라
갈 때와 똑같은 개수의 계단인데 그 사이에 100배나 늘어난 것
같았다. 가슴이 심하게 울렁거렸다. 조심스레 코를 만졌다. 방
금 전까지 준석이 잡았던 코. 아직도 준석의 손길이 남아있는

듯했다. 창피하고 부끄럽고 모욕을 당한 것 같기도 해서, 아주 복잡한 기분이 들었다. 눈물이 찔끔찔끔 났다. 왼쪽 손에는 빌려온 백과사전이 들려 있었다. 나는 울지 않으려고 어금니를 세게 깨물었다.

빌린 백과사전으로 방학숙제를 성공적으로 끝냈다. 내가 그 애에게 책을 빌린 건 누구에게도 말하지 않았다. 맥주 땅콩을 다섯 번 당하고 책을 빌린 치욕은 백과사전, 위인전이 없어도 1등 할 수 있다는 엄마, 아빠의 자존심에 시속 150km의 직구를 날리는 격이었다. 하지만 엄마에게 숨기고 싶은 마음과 달리 내 코는 그렇지 못했다. 그건 마치 거짓말을 하면 코가 길어지는 피노키오와 같았다. 맥주 땅콩 다섯 번에 내 코는 딸기처럼 붉어지다가, 어느 순간 농익은 포도만큼 검붉어졌다. 엄마와 아버지는 시퍼렇게 멍이 든 코를 보고 무슨 일이냐고 다그쳤다. 나는 준석에게 당한 일을 사실대로 말했다. 이야기를 듣고 있던 엄마와 아버지의 얼굴이 심하게 일그러졌다.

"백과사전이 얼마쯤 하지?"

아버지가 물었다.

"글쎄요. 정확히 모르지만 꽤 비쌀 텐데……."

엄마가 연고를 발라주며 말했다. 살살 바른다고 했지만, 약을 묻힌 손가락이 움직일 때마다 쓰리고 아렸다.

"그게 비싸다고 해봤자 얼마 하겠어. 출판사에 전화해서 배달해 달라고 해."

다음날 엄마는 출판사에 전화를 했다. 판매원은 특수 코팅된 최첨단 종이를 사용해서 백 년이 지나도 썩지 않는다는 보존판을 강력하게 권했다. 거기다 이번에 나온 보존판은 컬러 화보에다 보급판에 빠진 내용까지 추가한 '개정판'이라고 했다. 엄마는 잠시 고민을 했다. 준석이 집의 백과사전은 보존판이 아닌 보급판이었다. 엄마는 아버지에게 어떻게 해야 할지 전화를 걸어 의논했다. 잠시 뒤, 아버지는 36개월 할부로 보존판을 사라고 말했다. 32권짜리 백과사전이 들어오던 날 아버지는 삼겹살을 사 왔다. 저녁상에 둘러앉은 우리 가족은 돌아온 자존심과 1등의 영예를 자축했다.

*

준석을 만나기 위해 오전 근무를 끝내고 조퇴 신청을 했다. 만나고 싶다는 메일을 확인하고 나는 묻어 두었던 그 시절이 생각나서 잠깐 망설였다. 어린 시절의 준석은 내게 왕자면서 악당이고 라이벌이면서 대장이었다. 실장은 에어컨 밑에서 돼지기름 같은 땀을 흘리고 있었다. 오늘만 특별히 봐주는 거야. 나는 '고맙습니다'하고 고개 숙여 인사를 했다. J는 자리에 보이지도 않는데 알바 기록부에 이미 8시간이라고 적혀있었다.

카페는 시외버스 터미널 근처에 있었다. 밖에서 보던 것과는 달리 실내는 아담하고 깨끗했다. 창가 자리에 짧은 머리의 남자가 앉아 있었다. 무엇을 쳐다보는지 기린처럼 목을 쭉 빼고 있었다. 준석, 이었다.

"오랜만이야."

준석이 나를 올려다봤다. 볼살이 빠진 야윈 얼굴, 검은 피부와 반짝거리는 안경. 어릴 적 모습이 남아 있었지만, 낯설게 느껴졌다. 하긴, 우리가 떨어져 있던 시간을 생각하면 낯선 게 당연한 일인지도 몰랐다.

"놀랐지? 갑자기 연락해서."

김일성과 생일이 같은 아이는 나였다. 도시 아이들은 몰라도 강원도 최전방에 살았던 우리는 알았다. 우리는 도덕 시간에도 반공교육을 받았다. 도시 아이들이 '후레시맨'과 '베르사유의 장미'를 볼 때, 우리는 정훈장교 아저씨가 틀어주는 '빨간 마후라'와 '돌아오지 않는 해병'을 봤다. 4월 15일. 내 생일이 김일성과 같다는 걸 안 이후로 아이들은 나를 빨갱이라 놀렸다. 나는 빨갱이가 아니었기 때문에, 그렇게 놀리는 애들이 원망스러웠다. 간첩이 넘어올 때마다 아버지들은 비상이었다. 엄마들은 교회와 절로 가서 남편의 무사안전을 빌며 밤새 기도했다. 6월 25일이 되면 학교에선 반공 포스터, 표어, 글짓기 대회를 했다.

나는 빨갱이가 아닌 걸 증명하고 싶어서, 더 열심히 그림을 그리고, 표어를 만들고, 글을 썼다.

"휴가 나왔어. 가기 싫어서 대학 졸업하고 대학원까지 가서 미룰 수 있을 때까지 미뤄 보려 했는데…… 아버지가 나 모르게 밀어 넣어 놨지, 뭐야 …… 전방으로 가니까 네 생각나더라."

준석은 메일에서도 그랬다. 100일 휴가를 나왔는데, 한 번 볼수 있겠냐고. 내가 괜찮다면 자기가 여기까지 오겠다고.

"아버지는 계속 근무하시지?"

내 물음에 준석이 씁쓸한 웃음을 흘렸다. 눈 밑의 다크서클탓인지 많이 지쳐 보였다.

중학교에 입학할 무렵, 아버지는 군복을 벗었다. 가족을 전국 여기저기로 끌고 다닐 수 없다는 게 가장 큰 이유였다. 거기에는 내가 중학생이 되는 것도 한몫했다. 아버지는 조금 더 나은 환경에서 자식을 공부시키고 싶어 했다. 주위 사람들이 말렸지만 아버지의 결심은 단호했다. 엄마는 늘 그래왔던 것처럼 순순히 이삿짐을 쌌다. 중년의 아버지를 받아 줄 곳은 아무 데도 없었다. 퇴직금을 받아 변두리에 치킨집을 열었다. 엄마가 닭을 튀기고 아버지는 오토바이를 타고 배달을 다녔다. 하지만 치킨집은 오래가지 못했다. 치킨집 다음에는 쌀가게를 열었다. 쌀집 다음에는 미니슈퍼를 했다. 미니슈퍼는 그나마 잘 되었지만 길 건너에 생긴 대형할인마트 때문에 문을 닫았다. 신문과 방송에서는 IMF가 왔다고 난리들이었다. 내 성적은 계속 떨어졌다. 도시아이들 어느 누구도 백과사전만으로 공부하지 않았다. 미니슈퍼가 망하자 엄마는 길 건너 대형할인마트의 캐셔로 취직했다.

"아버지는 늘 '남자는 강해야 한다. 힘이 있어야 한다. 세상은 강한 자의 편이다.'라고 말했어. 어렸던 나에게 아버지의 말은 바로 신앙이 되었지. 아버지는 누구보다도 강하고 힘이 셌으니까. 자신이 원하는 건 다 얻을 수 있었으니까 …… 지금 와서 이런 말 하면 네가 어떻게 생각할지 모르겠지만."

준석이 말을 멈추고 나를 물끄러미 바라보았다. 준석의 갑작스런 행동에 어색해져 고개를 숙였다.

"네게도 그랬던 것 같다. 내가 강해지면 너도 날 좋아할 거라고, 내가 얼마나 강한지 네게 보여주면 너도 날 좋아하게 될 거라고 말야."

준석은 그렇게 말하면서 코 옆으로 검지와 중지를 붙여 코를 비틀었다.

"맥주 땅콩."

나도 모르게 말이 튀어나왔다. 갑자기 코끝이 화끈거리는 거 같았다. 맥주 땅콩을 당한 이후로 준석은 더 이상 내가 좋아하는 친구가 아니었다. 그건 코를 비틀렸다는 모멸감과 함께, 언젠가 또 그런 치욕을 당할지도 모른다는 두려움이 동반된 거였다. 준석이 권투 글러브처럼 커진 손을 가지고 내 코를, 얼굴을, 몸을 잔인하게 뒤틀어 버릴지도 모른다는 공포감에서였다. 그리고 그해 겨울 방학에 나는 전학을 갔고 준석은 내게서 잊혀졌다.

"근데 내가 기대했던 것과는 반대로 넌 그 일 이후로 나를 경계하더라. 내가 수학 점수를 물어도 시큰둥하고 말야. 뭔가 잘못되었다고 느꼈지……그때 확실히 알았어야 했는데."

"……"

"주위에서 군인 이야기를 할 때마다 괜히 뜨끔뜨끔 한 거야. 친구들 아버지가 의사, 교사, 회사원인 것처럼 내 아버지는 직업이 군인일 뿐인데 말이야."

준석이 내 이야기를 하는 것 같았다. 고등학교에 들어가고 대학은 자연스레 멀어졌다. 더 이상 나는 공부 잘하는 큰딸이 아니었다. 엄마도 아버지도 공부하라는 말을 하지 않았다. 공부보다는 눈앞에 닥친 먹고 사는 일이 더 급했다. 엄마는 아버지의 말을 믿지 않게 되었다. 집을 옮기고, 가전제품을 사고, 생활비를 걱정하는 건 엄마의 몫이 되었다.

"진짜 가기 싫다. 다른 애들이 군에 가기 싫어하는 이유와는 다른, 뭐랄까 그 속에 들어가 있으면 아버지가 수백 명 있는 것 같아. 수백 명의 아버지가 내 목을 조여 오는 것 같은 기분이 들어."

이 아이가 무슨 일이건 자신 있게 해내고, 또래들 사이에서 형 노릇을 하던 애였던가. 그래서 선생님과 친구들의 신임을 한 몸에 받았던 그 애가 맞는 걸까. 작고 여려진 초등학교 동창에게 나는 무슨 말을 해 주어야 될까. 카페에 들어섰을 때의 낯설음이 비단 변한 외모 때문만은 아니었다. 나를 찾아 이곳까지 온 이유가 저 말을 하기 위해서였을까 하는 생각이 들었다. 단지 그 말을 하기 위해서 온 것 같지는 않았다. 그럼 뭘까. 설핏 집히는 데가 있었지만 섣불리 말을 꺼낼 수는 없었다.

나는 매점에서 캔 음료수와 초콜릿을 사서 준석에게 건넸다. 준석을 태운 버스가 시야에서 사라질 때까지 그 자리에 서 있다 터미널을 나왔다. 지하철역으로 걸어가는데 뒷모습이 익숙한 아가씨가 건물 모퉁이에 서 있었다. 곧이어 머리를 뒤로 묶은 사내가 다가와서 함께 모텔 골목으로 사라졌다. 샌들 위에서 달랑거리는 발찌가 J가 항상 끼고 다니던 모양과 같아 보였다. 언젠가 J는 화장실 세면대에 걸쳐 앉아 발찌를 차며 실장이 선물해 준 거라며 자랑했었다. 나는 근처 편의점으로 들어가서 탄산음료 한 병을 샀다. 급하게 뚜껑을 열어, 선 채로 다 마셔 버렸다. 갈증이 사라지지 않았다.

*

엄마는 24개월 할부로 컴퓨터를 샀다. 야자도 하지 않고 집에 온 남동생은 거실 한가운데를 차지하고 있는 컴퓨터를 보고 환호성을 질렀다. 전기 코드를 꽂고 전원을 켜자 모니터에 날렵하게 불이 들어왔다. 점점 환해지는 모니터가 우리를 신대륙으로 이끄는 것 같았다.

"공부 열심히 하라고 사 준 거니까 게임만 하면 안 된다. 알지?"

엄마가 퉁퉁 부은 다리를 주무르며 말했다. 다리를 주무르는 손가락도 비엔나소시지처럼 부어있었다. 붓기는 살이 돼서 좀체 빠질 줄 몰랐다. 아버지가 야위어 갈수록 엄마는 비대해졌다.

퇴근 준비를 하는데 실장이 불렀다.

"그러니까, 말이지… 음…….."

실장의 콧등이 땀으로 번들거렸다.

"실장님이 말씀하시려는 게, 제가 J 몫의 작업을 해 주면 좋겠다는 거죠?"

"그렇지. 내가 말하려고 한 게 바로 그거야. J가 사정이 있어서 맡은 분량을 다 못했거든."

실장은 민망할 정도로 비굴한 표정을 지었다. 실장은 J가 다른 사내와 모텔 골목으로 들어간 일을 알고 있을까. 알고 있어도 내게 J의 일을 부탁할 수 있을까. J의 어떤 면이 실장을 저렇게 안달 나게 하는지 궁금했다.

"타이핑을 할 순 있어요. 대신 J 몫의 수당을 주세요. 무료 봉사할 순 없잖아요."

나는 잠시 뜸을 들이다 단호하게 말했다. 순간 실장의 입꼬리가 움찔했다. 있는 듯 없는 듯 조용히 앉아 제 일만 하는 나 같은 직원은 실장이 시키면 뭐든 군소리 없이 할 거라 여긴 듯했다. 하지만 실장은 잘못 판단했다. 나는 대가 없이, 더구나 J와 실장 같은 부류들을 위해 자원봉사 따위의 바보짓은 하고 싶지 않았다. 내가 일한 만큼 정당한 대가를 받겠다.

난처해 하던 실장이 결심했다는 듯 말했다.

"수고비는 당연히 줘야지. 나도 그 생각은 하고 있었어. …… 대신 다른 아르바이트생들과 J한테는 비밀이야."

실장은 콧등을 타고 흘러내리는 땀을 손바닥으로 훔쳐냈다. 그리곤 선불이라며 지갑에서 만 원짜리 몇 장을 꺼내 내 손에 쥐여줬다. 지폐는 실장의 땀으로 눅눅했다. 나는 아르바이트비와 J에게 배정된 프린트 뭉치를 안고 집으로 향했다. 집에는 컴퓨터가 있다. 남동생이 컴퓨터로 동영상 강의를 듣는다면, 나는 아르바이트를 해서 돈을 벌 수 있다. 내일도 모레도 글피도 J 몫의 타이핑을 쳐 줄 수 있을 것 같았다.

아버지는 탈탈거리는 선풍기 앞에 앉아서 백과사전을 보고 있었다. 그 속에 새로운 세계가 있는 것처럼 일 권부터 차례대로 읽고 또 읽었다. 선풍기가 돌아갈 때마다 아버지가 펴놓은 백과사전의 책장이 팔락거리면서 넘어갔다. 백 년 간다는 종이는 장마철 곰팡이로 좀 슬었다. 수십 번이 되는 이사에도 아버지는 백과사전을 버리지 않았다. 36개월 할부가 끝났고 백과사전으론 더 이상 성적을 올릴 수 없단 걸 알아도, 이삿짐을 쌀 때마다 32권의 책을 챙겼다. 초록색 커버의 그 책들은 책장 맨 아랫단과 그 윗단에 붙박이처럼 박혔다. 방 개수가, 집의 평수가 줄어들수록 백과사전은 책장에서 장롱 위로, 신발장 위로 자리를 옮겼다. 나중에는 집 안에 들어오지 못하고 컴컴한 창고 한 구석에 박스째 놓여있기도 했다. 나와 동생, 엄마가 짐만 되는 백과사전을 버리자 했지만, 아버지는 그것들이 자식인 것처럼 절대 버리지 않았다.

"다녀왔습니다."

"이제 오냐?"

"예."

아버지는 책에서 눈을 떼지도 않고 대답했다. 텔레비전에선 대통령이 푸른색 제복을 입은 남자와 악수를 하고 있었다. 사회자가 푸른색 제복에게 축하한다는 말과 함께 객석에 박수를 청했다. 박수가 터져 나오고 남자가 마이크 앞에 서서 거수경례를 한 뒤, 고맙다는 인사를 했다. 아버지가 책에서 눈을 떼텔레비전을 쳐다봤다. 텔레비전 속의 장면을 보고 있는 아버지의 얼굴에 설핏 그늘이 지는 것 같았다. 많은 생각들이 머릿속을 교차하는 듯했고, 아무 생각 없이 멍하니 보고 있는 듯도 했다.

화면 속 얼굴이 누구인지 알 수 있었다. 준석 아버지였다. 엄마가 사모님이라 부르던 여자의 남편이었다. 내 코에 맥주 땅콩을 먹인 아이의 아버지였다. 아버지보다 두 계급이 더 높았던 사내였다. 아버지는 당신이 받지 못하는 훈장이 부러운 걸까. 아니면 훈장이 가져다주는 권위가 탐나는 걸까. 그 권위에 동반되는 지위와 재물이 새삼스레 간절해지기라도 한 걸까. 아버지는 말없이 텔레비전을 껐다. 준석 아버지의 얼굴이 신기루처럼 사라졌다. 아버지는 한편에 치워두었던 백과사전을 끌어와 다시 읽기 시작했다. 선풍기는 고장이 났는지 더 이상 돌아가지 않았다. 아버지는 러닝셔츠를 잡아당겨 이마의 땀을 닦았다.

나는 컴퓨터 전원을 켰다. 한글 프로그램을 열어 타이핑 작업을 시작했다. 조용한 집안에 타자 치는 소리만 가득했다. 탁탁 타닥타닥. 아스팔트 위에 구두가 부딪치는 소리 같았다. 'ㅇ'과 'ㅏ'가 만나서 '아'가 되었다. 나는 '아'를 만들기 위해 한 걸음 걸었다. 'ㅂ'와 'ㅣ'가 만나서 '비'가 되었다. 나는 한 걸음 더 걸었다. 단어 수가 늘어날수록 더 많이 걸었다. 타닥타닥 탁탁 타아아악. 조금은 천천히 조금은 빠르게, 미지의 행성을 찾아 나선 우주인처럼 나는 걷고 걷고 또 걸었다. 내가 더 많이 걸을 수록 지갑은 두툼해질 터였다.

메신저가 이메일이 왔다고 알려 줬다. 메일은 제2금융권의 대출광고였다. 메일을 지우고 로그아웃을 하려다 준석의 메일을 다시 읽었다. 준석을 만났던 일이 고작 며칠 전인데도 무척 오래된 것처럼 느껴졌다. 잘 지냈느냐는 인사말과 그 애의 야윈 얼굴이 겹쳐졌다. 내가 있는 곳까지 오겠다는 문장 위로 돌아가기 싫다던 목소리가 합쳐졌다. 그러다 준석이 휴가를 나왔다고 한 날과 휴가 기간이 일치하지 않다는 것을 알게 됐다. 내가 준석을 만난 건 준석의 휴가 기간이 지나고 이틀 뒤였다. 가슴이 철렁했다. 준석이 복귀 날짜를 몰랐을 리 없을 텐데. 나를 만나기 위해 복귀 날짜까지 어기고 이곳에 왔다는 것은 아무리 생각해도 이해되지 않았다. 준석은 왜 그런 엄청난 일을 저질렀을까. 내가 잘못 계산했을 수도 있다. 그렇담 다행이지만 불안했다.

예전에도 그랬다. 선생님은 자연 교과서에 나와 있는 식물에 대해 조사해 오라고 하셨다. 나는 아버지가 사 준 백과사전으로 부레옥잠에 대해 조사했다. 수업시간이 되었고, 나는 부레옥잠에 대해, 준석은 물옥잠에 대해 발표했었다. 선생님은 이

전 교과서에서 실렸던 물옥잠 사진이 개편 교과서에서 부레옥
잠으로 바뀌었다고 설명해 주셨다. 개정 전인 준석의 백과사전
은 이전의 내용을 담고 있었다. 준석은 마치 제가 잘못하여 그
릇된 정보를 가져온 양 당황하며 어쩔 줄 몰라 했다. 그리곤 나
를 노려보더니 교실을 나가 버렸다. 그 날 준석이 언제 교실로
돌아왔는지 모르겠다. 5교시가 시작되고 나타난 것도 같고, 종
례시간까지 오지 않았던 듯도 싶다. 확실한 건 준석이 담임선
생님이 만들었던 원주(圓周)를 벗어났다는 거였다. 준석은 제
몸 크기의 구멍을 만들고, 궤도를 벗어나 버렸다. 뚫린 구멍 사
이로 바람이 들어왔다. 바람은 점점 세지면서 비와 천둥, 우박
을 몰고 왔다. 원은 급속도로 무너져 내렸다. 세계는 더 이상
평화롭지 않았다. 멀미가 나는 것처럼 속이 울렁거렸다.

　아버지는 어느새 입을 벌리고 자고 있었다. 앙상한 몸통과
근육이 빠져서 흐물흐물해진 팔뚝을 낡은 속옷이 감싸고 있었
다. 검버섯이 핀 얼굴도 현역 시절에는 상상할 수 없던 모습이
었다. 엄마는 마트 회식 때문에 늦는다고 했다. 남동생은 컴퓨
터가 생겼어도 친구들과 PC방을 갔다. 나는 아버지에게 다가
갔다. 쌕쌕 숨소리를 내며 아버지는 아기처럼 잤다. 아버지가
펴 놓은 백과사전의 맨 위 단어는 '테이블 table → 탁자'였다.
다음 단어는 '테이프 tape'였다. 아버지가 찾는 단어가 무엇인
지 알 수 없었다. 나는 '테이블'를 읽고 그 다음에 나오는 '테이

프'를 읽었다.

아버지는 내가 곁에 있는 것도 모르고 계속 잤다. 잠결에 꿍얼꿍얼 잠꼬대를 했다. 추웅서엉을 하는 듯했고, 차려어엇을 하는 것도 같았다. 확실한 건 하나도 없었다. 어쩌면 입술이 말라 침을 발랐을 수도 있었다. 태블리잇피시… 아버지가 태블릿피씨를 말했던가. 나는 웅얼거리는 잠꼬대 속에서 또박또박 발음하는 알파벳 단어들을 발견했다. 그건 중세국어 사전에선 찾을 수 없고, 백과사전에서도 찾을 수 없는, 며칠 전 남동생의 입을 통해 발화된 신종 단어였다. 아버지가 찾으려고 하는 단어가 태블릿 피씨였을까. 아버지는 남동생에게 36개월 할부로 태블릿 피씨를 사 주고 싶던 걸까.

컴퓨터 앞으로 다가갔다. 인터넷 백과사전을 열어서 태블릿피씨를 검색했다.

△ 태블릿 피씨(tablet PC)- 키보드 없이 손가락 또는 전자펜을 이용해 직접 LCD(액정) 화면에 글씨를 써서 문자를 인식하게 하는 터치스크린 방식을 주 입력 방식으로 하여 프로그램을 실행할 수 있는 모바일 인터넷 기기

아버지는 백과사전 사이에 숨어 있었던 게 아니었는지 모른다. 책들이 만들어 놓은 두꺼운 벽 아래 깔려 있었던 건지도 모

른다. 아버지는 책장 너머의 세계를 보고 있었던 걸까. 책과 책 사이의 그 틈들을 보고 있었던 걸까. 그 틈이 언젠가 벌어지고 무너져 내려 새로운 세계가 도래할 것을 기대하고 있었던 걸까. 나는 종이 위에 검색된 단어의 뜻을 옮겨 적었다. 그리고는 아버지가 펴 놓은 책장 사이에 끼워 두었다. 백과사전의 쪽수가 한 쪽 더 늘어나는 순간이었다.

아버지의 백과사전은 태블릿 피씨(tablet PC)의 뜻이 나와 있는, 초록색 커버의 유일한 보존판 백과사전이었다.

밤의 행진

"쉬었다 갈래?"

앞서가던 남자가 뒤를 돌아보며 물었다. 여자가 고개를 끄덕이자 남자는 샛길로 방향을 틀었다. 소나무와 은행나무 숲을 헤치고 들어가니 커다란 너럭바위가 나타났다. 여자는 바위에 주저앉아 땀에 젖은 눅눅한 양말을 벗었다. 남자가 조잡한 플라스틱 컵에 물을 따라 건넸다. 여자는 발을 닦고 있던 손수건을 얼른 가방에 넣고 컵을 받았다. 바위 주변으로 키가 큰 나무들이 그늘을 만들고 있었다. 바람이 불자 붉고 노란 잎들이 물결처럼 흔들렸다.

딴딴따다~ 딴딴따다~

어디선가 결혼행진곡 음악이 들렸다. 난데없는 음악 소리에 여자는 눈을 크게 뜨고 주위를 둘러보았다. 음악은 남자의 손에 들린 휴대전화에서 흘러나오고 있었다.

"우리 결혼하자."

남자가 말했다.

"결혼하자구."

처음보다 목소리에 힘을 주어 천천히, 정확하게 말했다. 남자는 휴대전화를 바위 위에 올려놓고 흙바닥에 무릎을 꿇었다. 최후의 결전을 앞에 둔 무사처럼 비장하기까지 했다.

"지금… 설마 프러포즈하는 거 아니제?"

아무리 분위기 못 잡는 녀석이라 해도 프러포즈를 이런 식으로 할까. 여자는 설마 설마 하는 심정으로 남자를 바라보았다. 이건 애피타이저야, 정식 프러포즈 전에 하는 깜짝 이벤트 같은 거, 라는 말이 나오길 기대하면서. 남자의 입을 바라보는 여자의 심정은 청혼을 하고 답을 기다리는 사람이 된 것처럼 바싹바싹 타들어 갔다.

"으응…이거 맞는데, 프러포즈…….."

남자가 겸연쩍다는 듯 오른쪽 귀를 만지작거렸다. 남자의 귀가 황령산 여기저기에 물든 단풍처럼 발갛게 달아올라 있었다.

친구의 페이스북이나 인스타그램에서 티파니 다이아몬드 반지를 프러포즈로 받았다는 글을 보았다. 자동차 트렁크에 오색찬란한 풍선을 가득 싣고 하늘로 날리는 사진을 보기도 했다. 어휴, 유치하게 그게 뭐야. 그 돈으로 한우를 사 먹으면 실컷

먹고도 남겠다. 여자는 그렇게 말하면서도 꽃 한 송이쯤은 받을 수 있는 청혼을 원했다. 누군가가 프러포즈 어땠어? 라고 물으면 자신 있게 말할 수 있을 정도의 기념식을 원했었다.

여자가 자리에서 벌떡 일어나 너럭바위 위에 올라섰다. 서면 교차로 일대의 고층 빌딩과 빽빽하게 들어서 있는 아파트들, 저 멀리 보이는 공장과 SF영화의 한 장면을 연상케 하는 센텀시티까지 부산 시내가 한눈에 들어왔다. 맑은 날씨와 어울리지 않게 도시의 하늘은 스모그로 가득했다. 고층 빌딩과 공장, 자동차에서 나온 매연과 이산화탄소가 도로를 메우고도 넘쳐나, 도시의 머리까지 올라와 있었다. 여자는 실타래처럼 뭉쳐있는 스모그를 보며 손톱만 물어뜯었다. 무슨 말을 해야 될지 정리가 되지 않았다. 발을 닦은 손에서는 쉰 냄새가 났다. 남자는 대답이 없는 여자를 보며 마른 입술에 침을 묻혔다.

*

남자가 커플 벨소리를 하자며 결혼행진곡 음악 파일을 전송해 왔다. 여자는 유치한 짓은 하고 싶지 않다고 새침하게 말해놓고는, 벨소리를 바꾸었다. 볼륨을 높였다.

딴딴따다~ 딴딴따다~

결혼행진곡이 좁은 방 안에 크게 울려 퍼졌다. 여자는 남자의 손을 잡고 예식장 카펫 위를 걸어가는 자신의 모습을 상상해 보았다. 드레스 입을 때 핵심은 팔뚝이랑 쇄골, 어깨 라인이라던데. 여자는 자신의 팔뚝 살을 꼬집었다. 근육 없이 처진 살이 물컹하게 잡혔다. 지금부터라도 당장 다이어트에 돌입해야겠단 생각이 들었다. 관리를 안 했다가는 신랑보다 어깨가 더 넓은 신부라는 소리를 들을 것 같았다.

다시 문제집을 쳐다봤다. 내일은 무슨 일이 있어도 학생들에게 학습지를 내주어야 한다. 이번 중간고사 국어 성적의 승패는 '음운의 변동'에서 판가름 된다. 옆 학원보다 성적이 안 좋으면 원장이 호출을 할 것이다. 그건 학원을 그만두겠다는 학부모를 설득하는 일보다 더 성가신 일이다.

여자도 한때는 참교육을 실현하는 교사가 되고 싶었다. 〈진달래꽃〉의 애이불비 정신과 반어법을 강조하는 것이 아니라, 시를 읽는 법과 감상하는 법을 가르치고 싶었다. 그렇게 되기 위해 학자금 대출을 해 가면서 부산의 사립대학교 사범대를 진학 했다. 옆집 숟가락 개수까지 다 아는 작은 섬마을에서 이웃들은 딸아이를 부산으로 유학시킨다며 눈총 아닌 눈총을 주었다. 요즘은 딸이 효도하는 시대라 해도, 딸은 시집가면 그만이고 내 제삿밥 챙겨줄 이는 아들이라고 했다. 그러나 그녀의 부모님은 여자도 전문적으로 배워서 자신의 삶을 살아야 된다고 판단했다. 좋은 선생님이 되기 위해서는 거제도에서 배를 타고 들어가는 작은 섬에 머무는 것보다는 부산으로 가는 게 낫다고도 했다. 여자는 자신의 꿈과 부모님의 기대에 부응하기 위해, 그리고 마을 사람들의 눈총과 야유를 불식시키기 위해 대학 4년 내내 열심히 공부를 했다. 졸업과 동시에 임용시험에 합격하는 일만이 모두를 만족시키는 최고의 결과라 여겼다.

그러나 시험에 떨어졌다. 처음에는 누구나 그런 거야, 다음에 붙으면 돼. 그렇게 다짐하고 삼수, 사수를 했다. 자신의 꿈과 부모님의 기대에 부응하기 위해 이를 악물고 공부를 하는 아이들은 부산 시내에, 그리고 경상남도에, 대한민국에 너무도 많았다. 더욱이 여자처럼 이를 악물고 공부하지 않아도 편하게 진로를 결정할 수 있는 이들도 너무나 많았다. 아무개는 아버지가 동구청 장학사라서 이번에 사립 고등학교에 들어갔다더라, 한 학번 아래 후배는 기간제로 들어갔다가 발전기금 내고 정교사 됐다더라, 누구는 대학원 다니다가 의사 만나서 시집갔다더라. 과장과 거짓으로 뒤범벅된 소문이 들릴 때마다 그녀는 불안했다. 이렇게 시간을 보내다 서른, 마흔이 되는가 싶어 겁이 났다.

"어머니, 저에요."

"그래 야야, 니가 뭔일이고? 아직 방값 내려면 며칠 남았을긴데."

주인 할머니는 여자를 반가워하면서도 뭔가 경계하는 듯한 말투로 대답했다. 세입자가 집주인에게 전화를 거는 일은 집에 물이 새거나, 하수도가 막히는 등 주인으로서는 달갑지 않은 일이 생길 때였다. 집주인은 여자가 이 집, 아니 이 방을 구해서 들어오던 날부터 자신을 어머니라 부르라 하였다. 타지에서 고생하는 여자를 딸처럼 여기겠다며 그녀의 부모님께 전화 걸어 너스레를 떨었다. 그녀의 부모님은 그런 주인의 너스레에 감동하여, 철마다 미역과 굴, 멸치를 보내왔다.

"다른 기 아니고, 제가 방을 조만간 빼야 할 거 같아요."

방을 뺀다는 말에 주인 할머니의 목소리가 두 옥타브 올라갔다.

"와? 무슨 일 있나? 니 임용도 안 됐다 아이가. 이제 섬으로 내려가기로 결정한기가."

"그기 아니라 지가 조만간 결혼을 할 것 같애요. 그럼 이사를 해야 되니……."

여자는 마지막 말을 하면서 부끄러운 듯이 살짝 말끝을 흐렸다. 제 입으로 결혼한다는 말을 내뱉는 것은 처음이었다. 아직 상견례를 하지도 않았고, 청첩장이 나온 것도 아니지만. '결혼을 할 것 같아요'라고 말하니 정말인지 결혼을 한다는 실감이 생겼다. '결혼'이라는 단어를 발음하자 가슴 한 켠이 뻐근해지면서 뭔가 부드러우면서도 단단한 것으로 꽉 차올랐다.

"니 결혼하다고? 누구? 사귀던 그 총각이랑?"

집주인은 여자가 공부한 것이 아까운 건지, 좁고 허름한 방의 장기 세입자가 떠나는 것이 안타까운지 계속해서 다른 말들을 덧붙였다.

여자는 자신이 결혼을 한다는 확신이 들자 하루라도 빨리 방을 빼는 게 나을 것 같았다. 얼마 안 되는 보증금이지만 결혼자금으로 요긴하게 쓰일 거였다.

대학교 4년 내내 학교 기숙사에서 지냈다. 학년이 올라갈수록 기숙사에 남는 게 어려웠지만 여자는 입학부터 졸업까지 기숙사생으로 살았다. 성적은 매 학기 4.0이 넘었고, 사감 선생이나 조교에게 지적받을 일을 만들지도 않았다. 생활수칙을 철저히 준수했으며, 통금 시간 전에 입실했다. 고향 집에 가는 일 외에는 외박을 하는 일도 없었다. 이 부분이 남자를 속상하게 만들었지만, 그 역시 기숙사 생활을 하고 있었기에 달리 할 말이 없었다.

문제는 졸업을 하고 난 뒤였다. 더 이상 학교 기숙사에 머무를 수가 없었다. 같이 임용고시를 준비하던 동기들은 부랴부랴 짐을 싸서 노량진으로 떠났다. 인터넷강의로 듣던 유명강사의 직강 수업을 듣기 위해, 노량진 근처에 방을 구하고 공부를 했다. 고시원에서 쪽잠을 자거나, 룸메이트를 구해서 원룸 월세를 반씩 내면서 말로만 듣던 '고시생' 모드에 돌입했다. 여자도 친구들을 따라 노량진에 가 본 적이 있었다.

'좋네, 여기가 말로만 듣던 그 노량진이네.'

낡고 오래된 건물에서 머리가 새까만 이들이 개미 떼처럼 몰려 나왔다. 간혹 흰개미처럼 머리가 허옇게 셌거나, 붉고 노란 머리를 가진 이들도 있었다. 사람들은 노량진에 한번 발을 들여 놓으면 도박판에 들어간 것처럼 발을 빼기가 어렵다고 했다. 일개미같이 시간표를 정해놓고 규칙적으로 공부해도, 여왕개미가 되어 그곳을 빠져나가는 이들은 한정되어 있었다. 그럼에도 그녀는 노량진의 늪에 사정없이 빠져들고 싶었다. 이곳에 오면 임용시험도 단박에 합격할 수 있을 것 같았다.

그러나 여자는 부모님께 서울에 가겠다는 말을 하지 못했다. 거제도에서 부산으로 대학을 보낸 것만으로도 경제적인 타격을 주었는데, 대학을 졸업하고 '취직공부'를 위해 서울로 보내 달라는 말을 차마 할 수가 없었다. 부산에 남을 수 있는 것만으로도 만족해야 했다. 그녀는 부산에 남아 취직공부를 하기 위해 집을, 아니 방을 구했다.

*

원장은 양미간을 찌푸렸다. 시험기간이 끝났고 과학 선생과 수업을 바꾼다고 미리 말을 했는데도 내키지 않아 했다. 행여 학부모들 사이에 선생이 불성실한 학원이라는 말이 돌기라도 하면 어떻게 하겠냐는 표정이었다. 여자는 원장의 입을 틀어막고 싶은 충동을 억누르고는 꾸벅 인사를 하고 밖으로 나왔다. 혹여나 성적 이야기가 나오면 제시간에 남자를 만날 수 없을 게 분명했다.

학원 입구 앞에는 '입주자 여러분들을 진심으로 환영합니다!'라는 문구가 적힌 플래카드가 바람에 펄럭이고 있었다. 새로 지은 Z아파트에서 붙여 놓은 거였다. 남자는 이제 지하철을 탄다는 문자 메시지를 보내왔다. 이럴 때 중고차라도 있으면 좋을 텐데. 여자는 빨리 오라는 답신을 보내고 아파트 안으로 들어갔다.

Z아파트 단지는 광고에서 보았던 것처럼 크고 화려했다. 곳곳에 세워진 조각상과 잔디광장, 단지 한 가운데 놓인 분수대는 잘 꾸며놓은 시립 공원 못지않게 멋있었다. 아이들은 친환경 소재로 만든 놀이터에서 안전하게 그네를 타고, 술래잡기를 했다. 여자는 자판기에서 고급 밀크커피를 뽑아 나무벤치에 앉았다. 마치 자신이 아파트 광고 속의 모델이 된 것 같았다. 피트니스 클럽에서 운동을 하고 오는 길에 휴식을 잠시 취하는 사람이 된 듯한 느낌이었다. 그 느낌이 나쁘지 않아 한참 동안 풍경 속에 빠져 있었다.

"오늘 날씨가 좋죠, 사모님. 몇 동 사세요?"

남색 모자를 반듯하게 눌러 쓴 경비원이 목례를 했다.

"저… 잠깐 누구 기다리는 중인데요."

"그럼 주민이 아니세요?"

경비원은 어설픈 표준어를 구사하며 되물었다.

"이러시면 안 되죠. 안 그래도 새 아파트에 잡상인들이 들어와서 난린데, 주민인 척 이렇게 앉아있으면 어떡합니까? 여기가 개나 소나 들어와서 쉬라고 만들어 놓은 덴 줄 알아요? 나가요. 얼른!"

경비원이 침입자를 내쫓는 듯 여자를 몰아세웠다. 그녀는 가만히 앉아 있었을 뿐인데 범법자처럼 자신을 대하는 경비원의 태도에 어이가 없었다. 자신이 무균실에 들어온 정체 모를 병균이 된 것 같았다. 심장이 쿵쾅거렸다. 붉게 달아오른 얼굴로 여자가 벤치에서 벌떡 일어났다.

"아저씨, 제가 다른 일을 한 것도 아니고 그냥 앉아만 있……."

빠앙-. 경적을 울리며 검은색 벤츠가 아파트 안으로 들어왔다. 경비원이 여자를 세워두고 벤츠를 따라 뛰어갔다. 트렁크가 열리자, 재빨리 쇼핑백과 과일 바구니를 꺼냈다. 운전석에서 녹색 원피스를 입은 이가 내렸다. 할리우드 여배우들의 다이어트 프로그램으로 20킬로그램을 뺐다는 원장 사모 같았다. 여자가 손에 쥐고 있던 종이컵을 화단에 집어 던졌다. 강아지처럼 살랑거리며 뛰어가는 경비원을 보자니, 말로 설명할 수 없을 만큼 기분이 더러웠다.

　7년 전에도 그랬다. 고시학원이 밀집해 있는 서면 일대의 방값은 생각한 것 이상으로 너무 비쌌다. 주택을 개조해서 성냥갑 같은 방을 내주던 집들은 대부분 사라졌다. 사람들은 좀 더 편하고, 안락하고, 깨끗한 곳을 원했다. 이름부터 집이 아니라고 말하는 '원룸' 조차도 이전의 웬만한 '집' 값을 넘을 정도로 비쌌다. 발이 퉁퉁 붓도록 남자와 함께 방을 알아보러 다녔다. 여자는 자신이 이 사회를 위협할 치명적인 바이러스나 병균 같다는 생각을 했었다. 어느 누구도 저를 집 안에, 방 안에 들이는 것을 꺼렸다.

　부전동, 범일동, 문현동, 가야동…… 지도 위의 동그라미들은 점점 커져 갔다. 서면에 있는 임용학원이 그나마 가까우면서도 집값이 싼 곳을 알아보아야 했다. 무료정보지와 생활게시판을 챙겨보고 인터넷 부동산을 즐겨찾기 해 놓았다. 부동산에 수시로 전화를 걸었다. 방이 있다고 하는 곳은 무슨 일이 있어도 찾아가 보았다.

　"경치 좋제. 앞에 막힌 거 없이 뻥, 뚫려서 그렇다아이가."

　장기간 비워두었던 방을 보러 온 그녀에게 집주인은 과장된 친절을 베풀었다. 누군가는 이 동네를 벽화마을이라 하였고, 어떤 이는 산복도로 마을이라 하였다. 그냥 부산의 달동네라고 칭하는 이도 있었다. 젊은 사람들이 떠나기 바쁜 동네에 젊은 아가씨가 제 발로 찾아와 집을 구하는 일은 잘 없었다.

"네, 경치 좋네요."

여자는 티셔츠 손매를 잡아당겨 이마의 땀을 닦았다. 바람이 불자 선풍기를 틀어 놓은 것처럼 시원했다. 여기서 딱, 1년만 공부하자. 노량진에 간 애들보다 먼저 합격하는 거야. 여자는 그렇게 다짐했었다.

여자가 Z아파트를 나와 지하철역으로 갔다. 늦어서 미안하다며 남자가 캔 음료 2개를 사 왔다. 눈웃음을 짓는 그의 모습에 그녀는 저도 모르게 눈살이 찌푸려졌다.

"우리 이 아파트에서 살자."

여자가 Z아파트를 가리켰다. .

"아…… 여기는 담에 이사 오자. 아직은 이렇게 큰 집이 아니어도 괜찮잖아."

"왜 난 여기서 시작하고 싶은데, 그러면 안 돼?"

남자가 여자의 눈을 손으로 가리며 헤실헤실 웃었다. 여자가 신경질적으로 그의 손을 떼어냈다. Z아파트에 못 오는 이유가 정말 우리 둘이 살기에 큰 집이라서 그런 거야? 그렇게 묻고 싶었지만 꾹 참았다. 입 밖으로 내뱉으면 안 되는 말이 존재하기도 한다는 사실을 그녀는 알고 있었다.

딴딴따다~ 딴딴따다~

남자의 외투 안주머니에서 결혼행진곡이 흘러나왔다. 휴대전화 액정판에는 며칠 전 명함을 받아온 공인중개소 전화번호가 선명하게 찍혀 있었다.

*

"요즘 작은 팽수 전세는 구하기가 힘들어요. 워낙 귀해서 나오자마자 바로 나가버리고, 내보고 그냥 계약하라고 돈 맡기고 가는 사람까지 있는데, 뭘."

얇은 은테 안경을 쓴 공인중개소 소장이 이면지 위에 알 수 없는 그림을 그리며 말했다.

"그리고……아무리 전세라도, 이 돈 가지고는 집 몬 구해요. 몇년 전이라면 또 모를까, 집값이 얼매나 뛰는데."

소장은 요즘 경기가 안 좋다, 거래가 없어서 우리도 밥 먹고 살기가 힘들다, 브랜드 아파트는 분양가가 비싸도 잘 팔리는데 비메이커 아파트는 지어놔도 미분양이어서 문제다, 등등의 이야기만 늘어놓았다. 여자는 소장이 자신들을 부른 이유가 신세타령을 하기 위해서인가 싶었다. 그렇지 않고서야 이렇게 장황하게 다른 이야기를 할 필요가 없었다.

"뭐, 집이 하나 있기는 한데."

인스턴트커피를 다 마실 때쯤, 소장이 코끝에 걸친 안경을 밀어 올리며 말했다.

"내가 웬만해서는 그냥 모르는 척하려고 했는데, 두 사람이 워낙 싹싹하고 이뻐 보여서 찾아본 겁니데이."

여자는 소장의 태도가 마음에 들지 않았다. 남자는 여자의 심정을 모르는지 상체를 테이블 쪽으로 바싹 붙이면서 다음 말에 귀를 기울였다.

"요 옆 개금 사거리에서 골목시장 쪽으로 쭉 올라가면 빌라가 있는데, 빌라 1층을 지금 팔려고 내놨어요. 1층이라서 꺼리는 사람도 있는데, 뭐 신혼에 애 가지면 고층보다 낫고. 집주인이 서울 사람이라 이 동네 물가도 몰라. 그러니까 내가 말할 때 잡아 두는 게 이득이지."

소장은 자신을 만나서 두 사람이 집을 구할 수 있게 됐다며 너털웃음을 지었다.

"근데, 저희는 집을 살 생각이 없는데요."

여자의 말에 소장이 안경을 벗어 테이블 위에 올려놓았다.

"그니까 내가 말했잖아. 이 집이 전세보다는 비싸도 다른 집 매매에 비하면 훨씬 헐하다꼬. 기회 있을 때 융자 쫌만 더 내서 잡아둬. 그럼 2년 후에 이사 안 가도 되고 얼마나 편해."

소장의 말에 남자가 여자를 쳐다보며 고개를 끄덕거렸다. 그녀는 썩 내키지 않았지만 괜찮은 방법인 것도 같았다. 결혼을 해서도 2년마다 집을 알아봐야 한다는 것은 끔찍한 일이다. 이제는 '방'이 아닌 '집'에서 살고 싶었다. 조금 낡고 허름해도 인테리어를 잘 하면 얼마든지 새집처럼 보이겠지. 주인 할머니의 월세독촉 전화나, 다른 집 세입자와 비교하는 소리를 듣지 않아도 되고. 어차피 융자를 내야 하고 이자를 갚아야 한다면 내 집이 있는 것과 없는 것은 엄청난 차이가 있었다.

　1년만 살자 했던 곳에서 7년을 보냈다. 이렇게 오래 있을 줄 알았으면 좀 더 교통이 편리하고, 깨끗한 곳을 구했을 텐데. 시험은 크리스마스나 생일처럼 1년에 1번밖에 돌아오지 않았다. 여자는 불합격 통보를 받을 때마다 램프 속의 지니를 부르며 '1년만 더, 1년만 더'를 주문처럼 외웠다. 시험에 떨어지니 집에 갈 면목도 없었다. 마을 사람들은 부산에서 뭐하고 있냐고 물었다. 다음에는 붙을기야, 라며 걱정과 격려를 가장하며 비아냥거렸다. 그들에게 죄지은 사람처럼 몇 년째 취업공부한다는 말을 하고 싶지 않았다. 명절이나 제사, 부모님 생신 때도 멀다는 핑계로 거제도에 가지 않았다. 그 사이 거가대교가 생겨서 2시간 30분 만에 집에 갈 수 있게 되었지만, 여자의 심리적 거리는 지구 반대편 남미에 있는 것처럼 멀어져 갔다.

　방 앞에 막힌 게 없어서 경치가 좋다는 주인 할머니의 말은 맞았다. 별들은 밤하늘에만 있는 게 아니었다. 도시의 밤은 무수히 많은 별들로 반짝거렸다. 큰 별, 작은 별, 희미한 별, 화려한 별, 가까이 있는 별, 멀리 있는 별. 종류도 크기도 다양했다. 어릴 적 먹었던 건빵 안의 별사탕 가루를 흩뿌려 놓은 듯했다. 임용시험에 떨어진 날에는 누군가의 눈물방울처럼 보이기도 했다. 어느 것이든 도시는 반짝거렸다. 도시는 꺼지지 않는 불꽃이자 깨지지 않는 다이아몬드였다.

그녀는 그 도시 속에서 살고 싶다는 생각을 했다. 그녀의 방은 또 하나의 거제도였다. 분명 부산이라는 도시 안에 있음에도 그곳은 섬이었고, 유배지였다. 간혹 마을을 관광하러 오는 이들이 있었지만, 대부분 그곳에서 살고 싶어 하지 않았다.

87번의 이력서를 넣은 끝에 남자는 중소기업 영업사원이 되었다. 마산에 계신 남자의 부모님은 자식이 사법고시에라도 합격한 것처럼 기뻐했다. 유난스럽기는. 여자는 그렇게 생각하다가 자신은 거제도의 부모님께 그 유난스러움을 떨 기회조차 드리지 못했다는 생각에 주눅이 들었다.

남자는 안정적인 정규직이 되었으니 이제 걱정하지 말라고 했다. 여자의 방과 그다지 다를 바 없는 또 다른 방에 살았지만 앞으로 삶이 달라질 거라며 씩씩하게 말했다. 도시의 밤으로 내려갈 수 있을까? 여자는 남자와 자신이 도시의 불꽃 안에서 활활 타오를 수 있으면 좋겠다고 생각했다.

소장이 집을 보고 가라며 빌라 입주자에게 전화를 했다. 아이는 부모님이 저 혼자 있을 때 문을 열어주지 말라고 했다면서 전화를 끊었다. 소장은 위치와 주변 환경만이라도 알고 가라며, 휴대전화기를 들고 자리에서 일어섰다.

빌라로 가는 도로 양옆으로 오래된 부식가게와 잡화상, PC방이 늘어서 있었다. 창문을 열어 놓은 탓에 2층 당구장에서 나오는 욕설과 큐대에 공이 맞는 소리까지 들렸다. 아스팔트를 깐 지 오래되어 도로 곳곳이 움푹 파여 있었다. 자칫 한눈을 팔다가는 발이 걸려 넘어질 것 같았다. 남자와 여자는 소장을 따라 골목길을 올라갔다.

딴딴따다~ 딴딴따다~

핸드백 속에서 결혼행진곡이 요란하게 울렸다.

"내가 생각해 보니 아직 계약 기간이 남았데? 그래도 방 뺄 거제? 그럼 다음 사람 구해 놓고 가야 된데이. 니도 잘 알겠지만 그게 부동산법 아이가!"

주인 할머니는 제 할 말만 하고는 매몰차게 전화를 끊었다. 목소리가 너무 커서 마치 귀에 확성기를 대고 소리를 지른 것만 같았다. 집주인의 마지막 말이 메아리가 되어 귓속을 맴돌았다. 여자는 휴대전화를 가방에 넣고 구두를 벗어들었다. 장시간 구두를 신고 다닌 탓에 발뒤꿈치가 까져 있었다. 살갗이 까진 부분에 휴지를 덧댄 다음 다시 골목길을 올라갔다.

앞서가던 소장이 길 한가운데서 멈춰 섰다. 도로 오른편의 건물을 손으로 가리켰다. 고개를 돌려 건물을 쳐다봤다.

'히망비라'

건물 벽에 씌인 이름은 페인트칠을 한 지 오래되어서 'ㅡ'와 'ㄹ'이 떨어져 나가 있었다. 빌라는 이름만 빌라지 다세대 주택에 가까웠다. 독립된 주차장이나 입구가 없어서 도로변에서 출입구로 바로 들어가야 했다. 도시가스가 연결되지 않았는지 집집마다 파란색 가스통을 내달고 있었다. 가스통에 이어져 있는 호스 관이 건물 외벽을 담쟁이 넝쿨처럼 타고 올라갔다. 소장이 말한 1층 집 베란다 앞은 마을버스 정류장이었다. 베란다에 빨래를 널어놓으면 몇 시간이 못 돼서 그을음에 검어질 것 같았다.

"가자."

여자가 남자의 팔을 잡아끌었다. 소장의 행동이 괘씸해서 견딜 수 없었다. 자선사업이라도 하는 것처럼 생색을 내더니 이런 집을 보여주다니.

"기껏 생각해서 데리고 왔더니 지금 뭐 하는 짓이고? 어린 것들이 어른한테. 그 돈 가지고 어디 가서 방 한 칸이라도 구할 수 있을 것 같나? 멀쩡한 집은 택도 없다. 어디 흐름한 반지하방이라도 구하면 몰라."

소장이 바닥에 허연 가래를 퉤, 뱉고는 골목길을 내려갔다.

여자는 멀어져가는 소장의 뒤통수를 한참 동안 노려보았다.

남자는 말없이 담배필터를 깊게 빨아들였다. 아무리 머리를 굴려 봐도 답이 나오지 않았다. 아니, 너무나 명확한 답이 나와 있어서 문제였다. 연달아 담배 3대를 핀 남자는 생각하고 있던 내용을 조심스레 꺼내놓았다.

"우리 대출을 좀 더 내는 게 어떤노."

말이 떨어지기가 무섭게 여자가 크게 숨을 들이쉬었다 내쉬었다. 숨소리에 주변 건물들이 폭삭 내려앉을 것 같았다.

"여기서 어떻게 더 대출을 내노. 지금 낸 대출 이자 갚기도 버겁구만."

여자의 목소리는 이상할 정도로 차분하고 단조로웠다. 남자는 그런 여자의 태도에 오싹한 기분마저 들었다. 차라리 Z아파트에 살자며 눈을 흘길 때가 더 나았다. 그녀가 사냥개처럼 제게 달려들어 왕왕거리며 물어주길 바랐다. 그러면 여자의 성난 소리를 핑계로 복잡하고 답답하기 이를 데 없는 제 심정을 토로하고 싶었다.

"대출이라니, 대출."

여자는 정신이 나간 사람처럼 같은 말을 반복했다. 주요 내용을 잊어버리지 않기 위해 외우고 또 외우는 수험생 같았다. 그가 말하는 방법 이외에는 별달리 대안이 없다는 것을 알고 있었다. 그렇기에 화조차도 나지 않았다. 여자는 이 상황에서 화가 나지 않는 자신의 모습에 도리어 화가 날 뿐이었다.

경적을 울리며 마을버스가 정류장에 들어섰다. 남자가 여자의 팔을 끌어당겨 버스를 피했다. 엄마 등에 업혀 있던 아기가 경적소리에 놀라 울기 시작했다. 여자는 멍하니, 그 아기를 바라봤다.

*

상가 앞 계단에 주저앉았다. 살갗이 벗겨진 발뒤꿈치에서 피가 났다. 남자가 근처 약국으로 뛰어가 일회용 밴드를 사 왔다. 밴드를 붙여주는 남자의 얼굴도 피곤에 지쳐 있었다. 좁은 어깨가 유달리 더 좁아 보였고, 눈 밑의 다크서클이 도드라져 보였다. 하루 사이에 배나 늙어 버린 것 같았다. 꼬르륵. 남자의 배에서 소리가 났다. 꼬르르륵. 여자의 배에서도 소리가 났다. 평소 같으면 꼬르륵거리는 소리를 듣고 깔깔거리며 웃었을 건데. 지금은 둘 다 아무 말이 없었다.

"우리 로또라도 살까? 아님 빈집털이라도 할까?"

꼬르륵거리는 배를 잡고 이런 말을 해야 하는 상황에 쓴 웃음만 났다.

텔레비전에서는 유명 여배우가 75평 초호화 고급빌라에서 신접살림을 시작했다며 유난을 떨었다. 여성 잡지는 본지 특종이라고 대기업 이사 자제가 혼수를 적게 해 가서 파혼 당했다는 기사를 실었다. 그 결혼식의 하객이 된 듯한 착각이 들게끔 자세하게 결혼과정을 소개해 줬다. 누군가는 신혼여행으로 가는 하와이, 괌, 제주도에서 '스몰웨딩식'을 했다며, 개념 연예인이라 칭했다. 전부 다른 세계의 일이었다. 결혼도 신라시대의 골품제나 인도의 카스트제도처럼 단계나 서열이 정해져 있었다.

결혼식을 하기도 전에 진이 빠졌다. 이렇게 힘들여서 결혼을 하면 과연 잘 살 수 있을까 하는 생각이 들었다. 결혼을 한다고 해서 그 전보다 윤택한 삶을 살 거란 보장은 없다. 이미 미래는 뻔히 예상되는 시나리오를 가지고 있다. 보습학원 강사와 중소기업 말단사원 월급으로는 넉넉한 도시 생활을 할 수 없다. 매달 내야 하는 가스비와 수도세, 교통비, 통신비, 대출금 이자와 원금, 생활비. 만약 애라도 덜컥 생긴다면. 여자는 눈앞이 깜깜했다. 내가 왜 결혼을 한다고 했을까.

딴딴따다~ 딴딴따다~

휴대전화 벨이 울렸다. 남자가 전화를 받았다. 며칠 전에 연락처를 주고 온 또 다른 부동산이었다. 개금에서 덕포까지 가야했다. 한 번만 더 가보자고 남자가 말했다. 힘들면 지하철 타지 말고 택시를 타자고 했다. 제가 택시비를 낸다는 말도 덧붙였다. 여자는 방으로 돌아가 쉬고 싶었다. 발이 아파 걷기도 힘들었다. 내일 수업 준비도 제대로 해 놓지 않았다. 남자가 이번이 마지막이라고 했다. 이대로 가면 아깝지 않느냐며 사정을 했다.

"방금 전에 세입자랑 통화 했어요. 지금 집에 있으니까 늦어도 괜찮다고 오라 해서, 늦은 시간인 줄 알면서도 전화 했습니데이."

소장의 머리에서 싸구려 파마약 냄새가 진동을 했다.

"늦게라도 연락 주서서 감사해요. 결혼식이 얼마 안 남았는데 집을 못 구해서 걱정이었거든요."

남자의 말에 소장이 치석이 낀 앞니를 드러내며 웃었다. 소장은 월남치마를 펄럭이며 앞장서서 걸었다. 슬리퍼를 질질 끌며 걷는 모습이 옆집에 놀러 가는 동네 아주머니처럼 보였다.

큰길에서 횡단보도를 건넌 소장은 골목길을 따라 한참을 올라갔다. 골목은 자동차 한 대가 간신히 지나갈 수 있을 만큼 좁고 가팔랐다. 띄엄띄엄 놓인 가로등이 어두운 골목길을 비추고 있었다. 골목 중간에 불량식품을 파는 구멍가게와 대나무와 풍선을 요란하게 매달아 놓은 점집이 있었다. 늦은 시간인데도 구멍가게 앞 오락기에서 아이들이 전자오락을 했다. 날씨에 어울리지 않게 얇은 옷을 입은 아이가 코를 훌쩍였다. 점집 앞에는 생선 대가리와 과일, 시금치, 고사리나물이 가지런히 놓여 있었다. 도둑고양이가 담장을 뛰어 내려와 생선 머리를 물고 달아났다.

딴딴따다~ 딴딴따다~

어두운 골목길에 결혼행진곡이 울려 퍼졌다. 남자가 머리를 조아리며 전화통화를 했다. 골목은 다시 골목으로 이어졌다. 행진을 해야 하는 길은 끝이 없는 미로처럼 계속 이어졌다. 여자는 자신이 행진곡을 틀어놓고 출전하는 군인이 된 듯했다. 남자의 손을 잡고 우아하게 식장에 들어서고 싶었는데 눈앞에 펼쳐진 길은 너무 길고 험난하였다. 빠른 속도로 걸어도 주례자는 자꾸 멀어졌다. 그녀는 행진곡을 틀어놓고 힘차게 전진하지 않으면 결혼이라는 문 안으로 들어갈 수 없을 것 같았다.

"여기에요."

소장이 가리킨 곳은 단독주택의 2층이었다. 외벽의 붉은색 타일이 군데군데 벗겨 있었다. 소장을 따라 대문 안으로 들어갔다. 마당이라 말하기에는 좁은 공터에 이름 모를 풀들이 잔뜩 심겨 있었다. 문 여는 소리에 개가 컹컹 짖었다. 난간이 없는 바깥 계단을 통해 2층으로 올라갔다. 입구에서부터 코를 찌르는 쉰내가 났다. 벽지 곳곳에 모기 핏자국이 벌겋게 묻어 있었다.

"교통이 불편하고 지대가 높아서 그렇지 두 사람 살기에는 괜찮을 겁니데이."

텔레비전을 보고 있던 사내가 심드렁하게 말했다.

남자가 단독주택이면 아파트보다 외풍이 심할 건데 겨울에는 춥지 않은지, 난방비는 어느 정도 나오는지 궁금한 사항을 물어보았다. 사내는 귀찮다는 표정으로 남들만큼 나온다고 말했다. 남자와 여자, 소장이 있음에도 다시 텔레비전 화면으로 고개를 돌렸다.

남자는 부엌으로 가 수도꼭지를 열었다 잠갔다 하며 수압을 확인했다. 개수대에는 언제 내놓았는지 모를 그릇과 냄비가 수북이 쌓여 있었다. 화장실 문을 열자 독한 지린내가 코를 찔렀다. 남자는 세면대 수압을 확인하려다 문을 닫고 나왔다. 여자는 거실 여기저기에 떨어져 있는 쓰레기와 물건들을 피해 까치발로 안방까지 갔다. 장마의 흔적인지 안방 천정에 곰팡이가 피어 있었다.

"이쪽으로 와 봐, 빨리."

남자가 베란다에서 여자를 불렀다.

"왜 그렇게 소리를 지르노, 우리집도 아닌데."

핀잔을 하며 여자가 베란다에 들어섰다. 쌩-하고 찬바람이 불었다. 옷깃을 단단히 여미고 남자를 바라보았다.

"이것 봐봐, 경치 죽이제?"

남자가 한껏 과장된 목소리로 말을 했다. 베란다에 서니 낙동강과 강 건너 김해까지 한눈에 다 들어왔다. 불빛에 반짝거리는 모습이 영화 속 한 장면처럼 여겨졌다. 8차선 도로에 줄지어 선 자동차 불빛도 여기서 보니 오렌지색 유리알같이 맑고 투명하게 보였다. 저 멀리 반딧불처럼 불을 밝히면서 비행기가 이륙을 했다. 남자가 여자의 손을 잡았다. 여자에게도 남자에게도 피곤한 날들이었다. 남자가 남은 팔을 들어 여자의 어깨를 감쌌다.

여자가 고개를 들어 밤하늘을 올려다보았다. 손을 뻗으면 하늘에 닿을 만큼 거리가 가깝게 느껴졌다. 찬란한 도시의 불빛과 다르게 하늘에는 별이 드문드문 박혀 있었다. 그나마 있는 별들도 도시의 불빛 때문에 제대로 보이지 않았다.

"우리 대출 더 내는 건 무리겠제?"

남자가 사랑의 밀어를 속삭이듯 말했다.

동쪽 하늘에 초승달이 떠 있었다. 달무리가 희부윰했다. 내일 날씨가 좋을까, 아니면 비가 올까. 남자가 어깨를 감은 손에 힘을 줬다. 여자는 대답 대신 남자에게 기대며 두 눈을 질끈, 감았다.

부고들

전화기는 또 꺼져있었다. 나는 손에 묻은 물기를 털어내고 전원 버튼을 눌렀다. 3년 된 휴대전화기는 기력이 쇠한 노파처럼 종종 까무러졌다. 배터리를 충전하고, 액정을 잘 닦아주는 것만으로는 근본적인 해결이 되지 않았다. 한참을 기다려도 전원이 들어오지 않는다. 기기를 감싸고 있는 낡은 케이스를 벗기고, 다시 전원 버튼을 눌렀다. 금이 간 액정 사이로 희미한 빛들이 서서히 번져 나갔다. 몇 번을 깜박이더니 이내 환해졌다. 곧이어 휴대전화는 잔뇨를 털어내듯 몸을 떨었다.

부재중 전화는 집주인 2통, 엄마 2통, 부동산 1통이었다.

일주일 전, 낯선 번호로 전화가 왔다. 광고나 보이스피싱인가 싶어 벨소리가 계속 울려대도록 받지 않았다. 1시간, 30분, 15분, 5분 간격으로 울리는 전화가 수상해서 받았더니, 상대방은 내가 입을 열기도 전에 고함부터 질렀다. 집주인이었다. 자기 전화를 왜 피하냐며, 혹시 일부러 안 받은 거냐며 꽥꽥거렸다. 나는 모르는 번호라 그랬다고 변명하듯 말했다. 낯선 번호라서 안 받은 것이 사실이었지만, 아는 번호로 집주인이 전화를 한데도 받고 싶지 않은 심정이었다. 집주인은 모르는 번호라도 전세 만기일이 다가왔으면 받아야지 무슨 배짱으로 튕기냐며 또다시 으름장을 놓았다. 나는 집주인이면 주인이지, 전화 한 통에 왜 이렇게 난리를 치느냐 따지고 싶었지만 입을 다물었다. 칼자루는 상대방이 쥐고 있었다. 아니나 다를까. 주인은 전세금 5000만원을 올리겠다고 했다. 계약 만기일은 4주가 남아 있었다. 갑자기 돈을 올려달라고 하면 어쩌냐고 하자, 형편이 안 되면 집을 비우라는 대답이 돌아왔다. 소형 아파트 전세는 사람들이 돈 싸 들고 줄 서 있다며 은근히 집 비우기를 원하는 것 같기도 했다. 2년 전 계약할 때만 해도 이사 올 사람이 없어서 시세보다 싸게 나왔었는데. 그사이 재개발 말이 나오면서 집값이 껑충 뛰었다. 주인은 일주일 말미를 줄 테니 그때까지 답을 하지 않으면 부동산에 집을 내놓을 것이라는 선전포고를 덧붙였다. 마지막 말이 사형수에게 내려진 집행날짜처럼 들렸다.

선반에서 마른 수건을 꺼냈다. 하루 종일 햇볕에 말렸는데도 습기가 차서 눅눅했다. 코끝에 대보니 쿰쿰한 냄새가 났다. 동남향의 27년 된 아파트. 우리집은 5층이지만 볕이 드는 시간이 매우 짧았다. 한낮에도 거실에 형광등을 켜 놨다. 환풍기가 없는 화장실 벽에는 주기적으로 곰팡이가 슬었고, 세면대와 변기 주위에 퍼렇게 물이끼가 끼었다. 베란다를 끼고 있는 작은방은 마치 지하실처럼 어두웠다.

머리를 말리고 수건을 펼쳤다. 하얗고 까만 머리카락이 방바닥에 후드득 떨어졌다. 털갈이를 하는 짐승 같았다. 거울 앞으로 가서 머리카락을 들춰 보았다. 정수리 부위가 훤하다. 아직 마흔도 안 됐는데 벌써부터 머리카락이 이렇게 많이 빠지면 어쩌나. 파마라도 하면 머리숱이 풍성해 보일까, 아니면 가르마를 바꿔볼까.

전화벨이 울렸다. 벨소리가 구급차의 사이렌 소리 마냥 불안하고 초조하게 들렸다. 전화벨이 멈추길 기다렸지만 눈치 없는 상대방은 계속해서 벨을 울려댔다. 액정 위에 '오빠'라고 적혀 있었다.

"너 왜 이렇게 전활 안 받아?"

"목욕탕에 있었어. 왜, 무슨 일이야?"

나는 대수롭지 않게 말했다. 오빠의 다음 말은 내가 전혀 예상하지 못한, 예상한 적 없는 내용이었다.

"빨리 병원으로 와, 엄마가 쓰러지셨어."

엄마는 응급실 간이침대 위에 누워있었다. 말간 얼굴로 하얀 시트 위에 단정하게 누워있는 모습은 평소와 크게 다르지 않았다. 오른팔 여기저기에 꽂힌 주삿바늘이 아니었다면 아픈 사람이라기보다는 단잠을 자고 있는 사람이라고 여길 터였다.

"어떻게 된 일이에요?"

나는 새언니를 한 번 쳐다보고는 오빠에게 물었다. 오빠와 단둘이 만나거나 전화통화를 할 때에는 어릴 때처럼 반말을 했는데. 새언니가 있으면 나도 모르게 존댓말이 튀어나온다.

"아파트 입구에 쓰러져 계신 걸 경비 아저씨가 보시고 구급차를 불렀대요."

새언니가 말했다. 굵은 컬로 웨이브를 넣은 갈색 머리카락이 탐스러워 보였다. 나는 그녀가 허옇게 빈 내 정수리를 보지 못하게 구부렸던 허리를 곧게 펴고 고개를 빳빳하게 세웠다. 새언니에게서 나는 달큰한 향수 냄새가 병원 특유의 소독내와 합쳐져서 코끝을 찔렀다. 나도 모르게 미간을 찌푸렸다.

"엄마가 쓰러져요? 엄마가 얼마나 건강한 사람인데요?"

나는 새언니가 거짓말이라도 한 것처럼 따지듯이 되물었다. 오빠가 결혼한 지 10년도 더 됐는데 아직도 새언니는 멀게만 느껴진다. 가족이라는 이름으로 묶여 있지만, 우리는 오빠를 매개로 형성된 철저한 타인이니까. 나는 직장 좋고, 연봉 높고,

가정적이기까지 한 오빠와 결혼한 새언니를 부러워하는 걸까. 내가 오빠의 여동생으로서 누렸던 물질적 혜택과 정서적 안정을 그녀에게 빼앗겼다고 생각하는 걸까. 나는 그런 생각이 들 때마다 스스로가 아침 드라마 속의 전형적인 시누이가 된 것 같아 혼자 얼굴을 붉혔다.

"갑자기 쇼크가 와서 쓰러지셨대. 근데 엄마 당뇨 있는 거 알고 있었어?"

처음 듣는 말이었다. 엄마는 물이 꽉 찬 저수지가 갑자기 터진 것처럼 자신이 하고 싶은 말을 쉴 새 없이 쏟아내는 사람이었다. 한참을 말하고는 수도꼭지를 잠그듯 말을 뚝, 끊고는 제할 일을 했다. 그런 본인의 성격을 뒤끝 없고, 쿨하다며 자랑스러워했다. 자신은 홀가분하게 잠들지만 그 말을 들은 자식들이 불면의 밤을 보내야 한다는 건 헤아리지 않는 분이셨다.

"너도 몰랐네. 어휴, 어머니는 왜 말씀을 안 하셔서……."

오빠는 말을 맺지 못하고 얼버무렸다. 눈가를 따라 촉촉이 젖어드는 눈물방울을 훔쳐냈다. 새언니는 오빠를 걱정스러운 눈빛으로 바라보더니 그의 손을 꼭 잡았다.

의사는 엄마가 오랫동안 당뇨를 앓고 있었다고 했다. 자식들 중 어느 누구도 몰랐다. 구급대원이 가져온 엄마의 보라색 가죽가방 안에는 색색깔의 알약과 인슐린 주사, 노란색 케이스를 씌운 최신형 휴대전화가 들어 있었다. 엄마가 내게 전화를 했던 것이 떠올랐다. 쓰러지는 순간에 누군가의 도움이 필요했던 거다. 비로소 엄마가 쓰러졌다는 사실이 실감 났다. 돌덩이를 올려놓은 듯 가슴이 답답해졌다.

*

심전도 그래프가 굴곡을 그리며 힘겹게 오르락내리락하다 일 직선을 그으며 멈췄다. 엄마는 산과 바다, 계곡과 사막, 해와 달을 몇 차례 왕복하다가, 내가 가닿을 수 없는 저 너머의 세계 로 떠나 버렸다. 평소 말하는 것을 좋아했지만, 마지막 순간에 는 어떤 말도 남기지 않았다. 뚜뚜뚜우뚜우-띠익. 한 줄로 그어 진 심전도 그래프는 엄마와 나의 경계를 극명하게 말해 주었다.

장례식장은 중간크기로 정했다. 언니는 VIP실에 모시지 않 는다고 따졌지만 장례 절차를 정하는 건 철저히 오빠의 몫이었 다. 3년 전 아버지가 돌아가셨고, 평생을 전업주부로 살아온 엄 마에게 올 문상객은 그리 많지 않았다. 남들에게 보이기 위해 넓은 식장을 정했다가 오히려 자리가 비게 되면 보기에 더 초 라하다고 했다. 그런 의미에서 장례식장은 당사자보다는 산 자 들의 체면을 차리는 공간 같았다. 병원과 연계된 상조회사에서 사람들이 왔다. 경단, 수육, 방울토마토, 육개장, 마른안주, 흰 쌀밥, 맥주와 소주, 음료수 등을 주문했다. 의수를 정하고, 관을 골랐다. 납골당으로 갈 건지, 공원묘지로 갈 건지, 가족묘가 있는지를 물었다. 마지막 질문에서 말문이 막혔다. 정해놓은 것이 없었다.

아버지는 5년 동안 투병 생활을 했다. 병세를 걱정하던 자식들은 기간이 길어지자 지쳐 갔다. 아주 가끔은 아버지가 돌아가셨으면 좋겠다는 생각도 했다. 엄마가 병원비 이야기를 꺼낼 때마다 가슴이 철렁했다. 묻지도 않는데 애들 학원비가 많이 나간다, 임서방 보너스가 깎였다, 이번 달에도 마이너스 통장이다 등등을 주절주절 늘어놓았다. 그럴 때마다 말 많던 엄마는 조개처럼 입을 다물었다. 엄마는 아버지 치료를 위해 살고 있던 아파트를 팔았다. 그리고는 그 집에 전세로 살았다.

보라색 가방에서 엄마의 휴대전화를 꺼냈다. 엄마가 최신형 LTE 휴대전화기를 산다고 했을 때, 나는 사지 말라고 했었다. 칠순이 가까운 엄마가 휴대전화의 수십 가지 기능들을 사용할 리 없었다. 계정을 만들고, 어플을 다운받는 귀찮고 성가신 일들 역시 고스란히 내 몫이 될 게 뻔했다. 더욱이 이전 요금에 비해 2배 내지 3배나 더 지불해야 했다. 안 산다고 하더니, 언제 가서 바꾼 거야. 샛노란 케이스를 씌운 휴대전화를 보고 있자니 입술을 내밀고 삐쳐있던 엄마의 모습이 떠올랐다. 단축번호 1번은 오빠였다. 2번은 언니, 3번은 나, 4번은 임서방, 5번은 새언니였다. 그래도 임서방이 새언니보다는 편한가 보네.

하긴 남편이 다른 건 몰라도 장모한테는 끔찍하게 잘했지. 막내 사위를 좋아하던 엄마의 모습이 떠올라 또다시 울컥해졌다.

임종 소식을 알릴 곳은 그리 많지 않았다. 엄마 휴대전화에 저장된 전화번호는 30개를 넘지 않았다. 그중에는 단골 쌀집이나 세탁소, 아파트 노인정이나 옆집 아주머니를 따라 간 교회 전화번호도 있었다. 엄마의 부고를 들은 사람들이 울음을 터뜨렸다. 갑작스레 떠났다며 무심한 사람이라고 했다. 이제 고생 좀 덜하고 사는가 싶었는데 이렇게 가냐고 했다. 어떤 분은 얼굴 한 번 본 적 없는 내게 자식들이 야박하다고 혼을 내셨다. 묵묵히 들을 수밖에 없었다. 말들이 화살이 되어 심장 여기저기에 쿡쿡 박혔다.

호주머니에서 휴대전화가 울렸다. 나는 장례식장 위치와 발인 날짜를 알려드리고 전화를 끊었다. 서둘러 주머니에서 내 휴대전화를 꺼냈다.

"지금 집 보러 오신 분이 계신데, 찾아가도 되죠?"

부동산 여자는 의문형으로 물었지만 말투는 명령형에 가까웠다. 당장이라도 집 문을 열고 내부를 공개하라고 하는 것 같았다.

"지금 제가 집에 없어요. 다음에 오시면 안 될까요?"

조심스레, 사정하듯, 최대한 공손하게 말했다.

"어제도 그러시더니 또 그러시네. 집주인이 전세를 내놨으면 보여줘야죠. 지금 집 보러 오는 사람이 얼마나 많은데 그래요. 집에 애들 없어요? 엄마가 없어도 애들 있으면 잠깐 보고 갈게요."

여자는 짜증과 신경질이 뒤범벅된 말투로 대꾸했다. 전화를 받지 않는다고 버럭거리던 집주인보다 더 무례했다.

"제가 지금 상중(喪中)이에요. 그래서 집에 없다고요!"

나는 고함을 질렀다. 이렇게 크게 소리가 날 줄은 몰랐다. 상중(喪中)이라는 말을 내뱉는 순간, 가슴 위에 올려놨던 돌들이 와르르 무너지면서 울음이 터져 나왔다. 심장이 요동을 치며 눈꺼풀이 빠르게 떨렸다. 나는 잡혀 온 포로처럼 부동산 여자에게 애원했다. 여자가 눈앞에 있다면 바지자락이라도 붙잡고 사정하고 싶었다. 여자는 내 고함소리에 놀랐는지 말을 얼버무리더니 황급히 전화를 끊었다. 나는 정신이 나간 사람처럼 전화기를 붙잡고 꺼이꺼이 울었다. 수육과 육개장을 서빙하고 있던 남편이 애처로운 눈으로 나를 바라보았다.

다시 전화벨이 울렸다. 전화벨은 장례식장의 무거운 공기를 깨트리며 사정없이 울렸다. 노란색 케이스를 씌운 엄마 휴대전화가 울고 있었다.

"사모님, 지금 집 보러 온 사람이 있는데 가도 될까요?"

수화기 건너편에서 간드러지는 목소리가 들렸다. 나는 전화를 잘못 받았나 싶어 귀에서 수화기를 떼고 휴대전화를 바라보았다. 액정판 위에 '부동산'이라고 적혀 있었다. 다시 봐도 엄마 전화기가 분명했다.

"집을 보러 온다니요?"

"로얄 아파트 2동 1003호 사모님 아니세요? 며칠 전에 집 파신다고 내놓으셨잖아요."

부동산 여자는 엄마가 전세로 살고 있던 집 주소를 불렀다. 그리고 그 집이 엄마 집이라고 했다. 엄마에겐 집이 없는데. 엄마는 아파트를 팔아서 아빠 병원비를 댔는데……. 그런데, 그러니까, 지금, 부동산 여자는 엄마에게 집이 있다고 말하는 거다.

"저는 딸인데요. 지금 집에 사람이 없어요."

나는 서둘러 사실이면서도 사실이 아닌 말을 되돌려 주었다. 거짓말을 한 게 아니면서도 거짓말을 한 것 같은 기분이었다. 전화기를 들고 있던 손이 땀으로 홍건했다. 앞치마 자락에 황급히 손바닥을 문질렀다. 이 사실을 오빠와 언니에게 알려주고 싶지 않았다.

*

엄마에게 집이 있었다니. 어떻게 된 일일까. 엄마가 우리 몰래 다른 재산이 있었나. 그럴 리가 없는데. 분명히 그 아파트는 아버지 치료한다고 팔았는데. 머릿속의 회로들이 엉망진창으로 엉키기 시작했다. 엄마는 왜 이렇게 놀랄 일만 연속으로 저지르는 걸까. 문제를 낸 사람은 어떤 힌트도 주지 않고 사라져 버렸다. 그러니까 이것은 출제자는 있지만 정답 풀이자는 없는, 입구는 있지만 출구는 없는, 미해결 사건으로 남을 수밖에 없는 문제다. 생각들이 구슬을 꿰듯 주렁주렁 늘어만 갔다. 여러 색깔의 꾸러미는 다른 듯하면서 같았다. 꾸러미가 무거워질수록 결론은 한 가지로 모아졌다. 그 결론이 불경한 듯하여 나는 세차게 고개를 저었다.

빨강, 주황, 노랑, 무지개 색깔을 맞춘 듯 알록달록한 등산복을 입은 사람들이 장례식장에 들어왔다. 갑자기 연락을 받고 오느라 어쩔 수 없었다며 그들은 별 미안해하는 기색 없이 인사를 했다. 등산화를 벗자 발 냄새가 진동했다. 언니가 얼굴을 찌푸리며 대놓고 난색을 표했다. 일행이 움직이는 곳마다 선명하게 발바닥 자국이 났다. 그걸 보고 있노라니 오히려 발 냄새가 정겹게 느껴졌다. 사람마다 가지고 있는 특유의 채취 같기도 했다. 장례식장 안은 표백된 무균실 마냥 아무런 냄새도, 향도 맡을 수 없었다.

남편은 분주히 손님을 맞고 서빙을 했다. 어느 사위가 저렇게 마음을 다해서 장모 장례식을 치를까. 전화를 받자마자 조퇴를 하고 뛰어왔다. 엄마가 저걸 봐야 하는데. 엄마가 임서방을 얼마나 좋아했는데. 돈은 좀 못 벌어도 성실하다며 얼마나 아꼈는데…… 근데 엄마는 그 집을 팔아서 어떻게 하려고 했던 걸까, 아파트 판 돈을 들고 오빠한테 들어가려 했나. 새언니가 그걸 찬성할 사람이 아닌데. 혹시 나를 도와주려 했던 걸까?
그러고 보니 엄마는 쓰러지면서 왜 나한테 전활 했던 걸까. 생
각들이 또다시 한 곳으로 모아지면서 두둥실 떠올랐다. 입술을
잘근 깨물었다. 씁쓸하고 짭조름한 피 맛이 느껴졌다. 부풀어
올랐던 생각들은 대바늘로 찔러도 터지지 않았다. 나는 풍선
같은 생각들을 매달고 다시 앞치마를 동여맸다.

"여보, 잠깐만."

사망신고를 하러 동사무소에 갔던 오빠가 돌아왔다. 남은 음
식을 정리하고 있던 새언니를 불렀다. 새언니는 끼고 있던 비
닐장갑을 나란히 벗어놓고 오빠를 따라 나갔다.

"그게 무슨 말이야?"

복도가 꽉 찰 정도로 큰 소리가 났다. 언니 목소리였다. 곧이
어 발음이 부정확한, 의미를 알 수 없는 단어들이 폭포수처럼
쏟아졌다. 장례식장 안의 사람들이 복도를 흘끔거렸다. 딸아이
가 울상을 하고 와서는 이모와 외삼촌이 싸운다고 전해줬다.

"언니, 왜 그래. 목소리 좀 낮춰."

나는 언니 어깨를 잡으면서 말했다. 언니의 얼굴은 잘 익은
토마토처럼 붉게 달아올라 있었다. 앞에선 오빠의 얼굴도 만만
치 않게 시뻘겠다. 곁에선 새언니만이 뭔가에 잔뜩 심통이 난
사람처럼 입술을 이죽거렸다.

"무슨 일인데, 그래. 여기 엄마 장례식장이야. 웬만하면 나중

에 싸워."

나는 엄마의 심정으로 두 사람을 다독였다. 자존심 강하고 고집이 센 언니는 자신이 집 안의 맏이라고 항상 주장해 왔다. 언니와 한 살 터울인 오빠는 자기가 유일한 장남이라고 말했다. '장남'이라는 말 속에는 다른 무엇과도 견줄 수 없는 많은 의미들이 내포되어 있었다.

"엄마한테 집이 있대!"

순간, 숨이 턱하고 막혔다. 몰래 숨겨둔 비상금을 들킨 것처럼 당황스러웠다. 애써 침착하게, 아무것도 모른다는 듯 태연하게 물었다.

"엄마한테 집이 어디 있어? 말도 안 되는 소리 하지 마."

목소리가 가늘게 떨렸다. 나는 파문을 남기며 흩어지는 말들을 꽉 잡아 붙들어 맸다. 정신을 차려야 했다.

"너는 별로 놀라지도 않네. 혹시 알고 있었던 거야?"

오빠가 나를 보고 말했다. 내가 몰랐다는 것이 미심쩍다는 듯, 혹시 알고 있었으면서도 모르는 척하는 것은 아니냐는 듯, 수풀 너머를 염탐하는 사냥개처럼 빠르게 눈동자를 굴렸다.

"근데 사망신고 하면 재산내역 나와? 그건 등기부등본 떼야 하는 거 아냐?"

대화의 흐름을 끊어야 했다. 나를 향해 바람이 불기 시작하면 겉잡을 수없이 불길이 커질 것이다. 물을 부어 불길을 잡을 수 없다면, 맞불이라도 강하게 놓아야 한다. 내 물음에 오빠는 귓불을 잡아당기면서 주춤거렸다.

"막내, 너 엄마랑 친하잖아. 알고 있던 거 아냐? 아파트 말고 엄마 재산 또 있어?"

오빠의 대답을 듣기도 전에 언니가 불쑥 치고 들어왔다. 조금만 더 참았으면 언니나 내가 주도권을 잡았을 텐데. 이번에도 결정적인 순간에 오빠에게 고삐를 주고 말았다. 언니는 행여나 엄마가 내게 뭔가를 조금이라도 주었을까 미리 화가 나 있었다. 자기가 장녀라고 할 때는 언제고. 이럴 때는 내가 엄마랑 가깝게 지냈다는 게 나를 추궁할 빌미가 되었다.

"어머니 통장이 몇 개인지는 아가씨 말고는 아무도 모를걸요? 아가씨 힘들다고 할 때마다 어머니가 우리 몰래 도와준 건 공공연한 비밀 아니에요?"

오빠 곁에선 새언니가 손부채질을 하며 훈수를 뒀다. 내가 아침드라마에 나오는 전형적인 시누이라면 새언니는 주말연속극에 나오는 전형적인 올케였다. 어쩜 이런 순간에, 저렇게도 절묘하게 판에 박힌 듯한, 그러면서도 남의 속을 박박 긁는 상투적인 말을 하는 것일까.

"뭐야, 엄마가 나 몰래 막내 또 도와준 거야? 올케는 그걸 알면서도 왜 나한테 말 안 했어?

언니의 얼굴은 열기로 달아올라 당장이라도 터져 버릴 것만 같았다.

"무슨 말씀을 그렇게 하세요. 저희도 몰랐어요. 아파트는 그렇다 쳐도, 아프신 거라도 말씀해 주셨으면 이렇게 죄송하지도 않죠. 자식들한테도 말 못 하고 혼자 병마랑 싸우셨을 걸 생각하면…….."

언제 왔는지 남편이 내 곁에서 말했다. 마지막 말을 하면서 눈시울이 붉어졌다.

"엄마가 그렇게 도와줬으니 마음이 아플 만도 하지. 그리고 임서방은 낄 때가 있고, 안 낄 때가 있어. 그만 좀 해."

오빠가 눈을 아래로 내리깔면서 근엄하게 말했다. 지방 4년제 대학교를 나와 중소기업 말단 과장으로 있는 남편을 오빠는 항상 탐탁지 않게 여겼다. 우리 집안에 어울리지 않는 사람이라며 무시했다. 나는 오빠가 생각하는 '우리 집'의 품격이나 위치가 어느 정돈지 도통 가늠할 수 없었다.

검은색 양복을 입은 사람들이 우르르 몰려왔다. 오빠 손님이었다. 복도 한가운데 어정쩡하게 서 있는 우리들을 곁눈질했다. 오빠는 고개를 돌려 입을 우물거리며 표정을 고쳤다. 예의 사람 좋은 태도로 조문객들을 안내했다. 새언니는 쌜쭉한 표정을 짓더니 오빠를 따라 들어갔다.

*

　장례식장 여기저기에 사람들이 누워있었다. 방석을 이불처럼 덮고 새우등을 하고 잠을 잤다. 등뼈를 일자로 뉘어 편하게 자도 될 텐데. 산 사람이 편하게 눕는 것도 떠난 사람에겐 미안한 일이 되는 장소가 바로 이곳이었다. 몸을 뒤척일 때마다 얼굴에 피곤과 지친 기색이 묻어났다. 조금이라도 편하게 쉬라는 생각에, 입구 쪽을 제외하고는 불을 껐다. 순식간에 어둠이 몰려왔다. 눈을 비볐다가 천천히 다시 떴다. 여기저기 널브러져 있는 사람들, 직사각형의 탁자와 한 곁에 쌓아놓은 캔 음료수, 누군가가 치다 만 화투패와 카드. 눌러붙은 수육과 식어버린 육개장, 김이 빠진 맥주, 습기를 먹고 눅눅해진 안주들이 서서히 눈에 들어왔다. 장례식장은 거대한 관이 된 듯했다. 족장이 죽자 나머지 가족도 다 함께 순장을 한 것 같았다. 역병이 마을을 휩쓸고 간 후, 마을 사람들이 전부 묻혀 버린 것 같기도 했다. 누군가가 잠꼬대를 했다. 멀리서 코 고는 소리와 신음 같은 숨소리가 들렸다. 그들이 산 사람이라는 것을 증명하는 것은 담배연기처럼 피어오르는 희미한 소리들 뿐이었다.

　저녁을 먹고 오빠는 나와 언니를 불렀다.

　"엄마 아파트 뒤로 터널이 뚫릴 거야. 그럼 분명히 집값이 오르니까, 좀만 있다 팔자."

　오빠는 자기가 알고 있는 정보를 믿으라고 힘주어 말했다.

절대로 엄마 집을 독식하려는 마음이 아니라며, 친분 있는 시의원 이름까지 들먹이며 특급정보를 발설했다.

"내 말 들어. 지금 나누는 게 훨씬 나아."

언니는 은근히 자신이 첫째임을 강조했다.

"아니, 몇 달만 더 있으면 공사 시작하고 집값이 두 배, 세 배로 뛸 건데. 뻔히 눈앞에 돈다발을 두고 왜 지금 파냐고. 장사한두 번 해?"

목소리에 시퍼렇게 날이 섰다.

"지금 팔았으면 하는데."

나는 꾹 다물고 있던 입술을 열었다. 엄마 집이 팔리면, 이사를 안 가도 되었다. 유난떨던 집주인에게 당당하게 전세금을 올려주겠다고 말할 수 있다.

"나도 지금 팔면 좋아. 요즘 임대료 받고 있는 건물 월세가안 들어와서 현금이 없어. 세입자가 하도 사정을 해서 봐줬는데, 내가 죽을 판이라니까. 지금 짓고 있는 원룸 자재비도 못주고 있어."

오빠는 자신도 돈 때문에 목이 조인다며 매고 있던 검정 넥타이를 풀었다.

"요즘 같은 세상에 이 사람 같은 건물주가 어디 있어요. 사람이 좋다 보니 항상 손해만 본다니까요."

새언니가 오빠의 어깨를 다독이며 추임새를 넣었다. 두 사람의 합동 작전에 언니가 한 발 물러서며 부드럽게 말했다.

"그렇게 마음 착하게 쓰면서 사니까 엄마도 우릴 도와주는 거 아냐. 나도 영국에 있는 아들 학비 보내줘야 하는데. 엄마가 손자 유학시켜 주는 거지, 뭐."

언니는 갑자기 엄마 생각이 난다며 울먹였다.

"형님……."

새언니가 손수건을 꺼내 언니 손에 쥐여줬다.

"그러니까 장례식 끝나고 파는 거죠?"

세 사람이 어떤 상황에 있든 내겐 중요하지 않았다. 내겐 이 기회가 엄마가 마지막으로 준 특급 찬스였다. 무슨 일이 있어도 확답을 받아야 했다.

"아가씨, 어머니 장례도 아직 안 끝났는데 그런 말씀 하시고 싶으세요? 생전에 어머니가 아가씨를 얼마나 챙기셨어요? 지금 그 말을 어머니가 들으시면 얼마나 속상하시겠어요."

"언니랑 오빠만 엄마 생각하는 거 아니에요. 저도 마음 아프고 슬퍼요. 그래도 산 사람은 살아야죠. 나는 이 돈 없으면 지금 사는 집에서 쫓겨나. 전세금 올려줘야 한다구!"

악에 받쳐 고함을 질렀다. 더 이상 몸을 숨길 곳도, 도망갈 곳도 없었다.

"그걸 왜 여기서 말해. 그럼 너는 엄마 아파트 있는 거 알고 돌아가시길 기다린 거야? 엄마가 아파트 안 남겼으면 어쩔 뻔했어. 그건 이 문제랑 별개로 네가 해결할 일이지!"

오빠가 경멸에 찬 눈으로 나를 쏘아보았다.

"막내야, 그렇게 힘들어? 임서방 이제 부장쯤 되지 않았어?"

언니가 마지막 돌직구를 던졌다. 물었다기보다는 떠 봤다. 떠봤다기보다는 조롱했다. 온몸이 너덜너덜해졌다. 벌어진 관절 사이로 소금을 뿌리는 것 같았다. 딱딱, 아귀가 맞던 관절이 입을 벌리고 덜렁거렸다.

모든 가난은 상대적이다. 나보다 더 절박한 상황에 처한 이들에겐 내 고민이 투정일지 모른다. 아직까지는 괜찮다고 할지 모른다. 그러나 언니와 오빠에 비한다면 내 삶은 구멍투성이이다. 그들이 생각하는 가난의 기준은 무엇일까. 무엇이기에 내가 살고 있는 삶이 아직도 '괜찮다'고 주장하는 것일까. 내가 얼마나 더 비참해지고 초라해지고 무력해져야 그들은 내가 가난하다고, 불쌍하다고, 가엾다고 말할까.

영정 사진 속의 엄마가 웃고 있었다. 하얀색 모시 적삼을 입고 평온하게 웃고 있었다. 엄마는 어떻게 집을 지켰을까, 어디서 돈이 생겼을까. 엄마가 나보다 돈이 많았다니……. 나를 괴롭히는 것은 엄마가 아파트를 가지고 있었다는 것도, 내가 그 아파트의 주인이 아니라는 것도 아니었다. 엄마가 돈을 모으는 동안, 나는 왜 돈을 모으지 못했는가였다. 나는 엄마보다 젊은

데, 공부도 더 많이 했는데, 더 건강한데. 나는 지금 왜 이렇게 살고 있는 거지.

주검이 된 엄마에게 알 수 없는 적개심이 생겼다. 용돈이 필요하다고 투덜거린 엄마의 모습, 옷이 없다고 말하던 엄마의 목소리, 반찬 좀 달라고 하던 말들이 불쑥불쑥 떠올랐다. 그렇게 모아서 집을 샀다고 생각하자 참을 수 없이 화가 났다. 엄마의 모든 행동이 돈을 모으기 위한 계획된 연기였단 생각까지 들었다. 믿었던 친구에게 뒤통수를 맞은 기분이었다. 심장이 불규칙적으로 뛰었다. 그렇게 모아 혼자 편하게 사서서 좋았어요? 그 돈 들고 가지도 못할 거면서 왜 숨겼어요? 바락바락 대들고 싶었다.

호주머니 속에서 엄마 휴대전화기와 내 휴대전화기를 꺼냈다. 엄마 전화기가 손가락 마디 하나만큼 더 컸다. 지금이라도 부동산에 전화해서 언니, 오빠 몰래 아파트를 팔아버릴까. 인감도장은 매번 두는 문갑 안에 있을 건데. 생각들이 길게 이어졌다.

엄마 휴대전화의 노란색 케이스를 벗겨 내 휴대전화기에 씌웠다. 손가락 마디 하나만큼 공간이 비었다. 전화기를 들었더니 당연하다는 듯 케이스가 벗겨졌다. 나는 탁자 위에 있던 두루마리 휴지를 뜯어 빈 공간에 채워 넣었다. 모래 한 톨 들어가지 못하게 휴지를 꾹꾹 밀어 넣었다. 빈 공간을 다 채우자 휴대전화는 케이스 안에 반듯하게 자리를 잡았다. 금이 가고 색이 바랜 내 휴대전화와 엄마의 노란 케이스는 처음부터 짝이었던 것처럼 잘 어울렸다. 나는 두 대의 전화기를 다시 호주머니 속에 넣었다. 영정사진 속의 엄마가 나를 보고 웃고 있었다.

*

아침 일찍, 검은 넥타이를 맨 상조회사 직원이 찾아왔다. 서류가방에서 책 한 권 분량의 팸플릿을 꺼내 펼쳐 놓았다.

"납골당도 층수에 따라 가격이 다 다릅니다. 유족들이 허리 안 굽히고 편하게 서서 볼 수 있는 자리는 프리미엄이 붙고요. 보통 6, 7, 8단이 가장 좋은 자리죠. 쪼그리고 앉아서 봐야 하는 맨 아랫단이나 까치발을 들어야 하는 가장 윗단은 가격이 좀 저렴합니다. 근데 사진을 보시면 알겠지만 웬만해서는 다들 6, 7단을 원하세요. 돌아가신 분한테도 좋고, 자식들한테도 좋고. 예전에는 풍수지리 봐가면서 묫자리 보지 않았습니까? 그렇게 생각하시면 돼요."

직원은 숨 한 번 쉬지 않고 연이어서 말을 했다.

"싼 가격에 아랫단 하시는 분들도 계신데. 조상님이 다른 조상한테 깔려 있다고 생각해 보세요. 끔찍하지 않으세요? 지나가는 사람들이 발로 툭툭 찰 수도 있고. 돌아가신 분은 좋은 자리에 편하게 모셔야지요. 그래야 자손들도 잘 되구요."

"그래서 6단은 가격이 어떻게 되는데요?"

"그게 납골당 위치에 따라 또 다른데요. 지금 남아있는 것 중에서 최대한 자리 좋은 남향 쪽을 빼면 천만 원 조금 넘습니다."

"천만 원요?"

얼음이 갈라지듯 언니의 목소리가 쩍하고 깨졌다.

"거, 참. 무슨 명당자리에 묻는 것도 아니고, 아파트 같은 납골당에 모시는데 그렇게 비싸?"

오빠의 말에 언니가 격하게 고개를 끄덕였다. 내게도 동의하라는 듯 무언의 눈빛으로 쳐다보았다.

"로얄층에 모시면 되겠네요. 어머니는 살아서도 로얄층만 고집하시더니 돌아가셔서도 좋은 아파트에 사시겠네."

옆에선 새언니가 비아냥거렸다. 엄마가 살아계셨을 때는 이정도는 아니었는데. 이젠 노골적으로 제 감정을 숨기지 않았다. 할 수만 있다면 바늘로 입을 촘촘하게 꿰매 버리고 싶었다.

"아버지처럼 하면 안 돼?"

언니가 다시 말했다.

아버지는 고향 뒷산에 뿌려드렸다. 병원에 오래 계셨던 아버지의 마지막 유언이었다. 죽어서도 한 곳에 꼼짝없이 누워있는 것이 싫다며, 산이고 들이고 떠돌아다니고 싶다 하셨다. 하지만 엄마는 달랐다. 집 안을 깨끗이 청소하고, 꾸미고, 장식하는

것을 좋아했다. 철마다 커튼을 바꾸고 싶어 했고, 작은 화분이
라도 사서 곳곳에 놓아두었다. 윤이 날 정도로 마룻바닥을 닦
았다.

"엄만 집 좋아했잖아. 아버지랑은 다르다고."

"아파트를 좋아하는 건 엄마가 아니라 너지. 평소에도 엄마
생각은 혼자 다 하는 척하면서, 언제 엄마 보약 한 첩 지어드린
적 있어? 지 살기 힘들다고 투정이나 부리고. 결국은 이번에도
엄마 집 팔아서 전세금 내겠다는 거잖아."

언니의 말에 매운 고추를 먹은 것처럼 입안이 화끈거렸다.

"어차피 엄마 아파트 팔 거니까. 거기서 납골당비 뺀다 생각하
고 좋은 데로 해 드리자. 막내 말마따나 엄마는 집 좋아했잖아."

언니가 케이크를 자르듯 명쾌하게 답을 내렸다. 더 이상 생
각 할 게 없다는 뜻이었다.

말을 듣는 순간 아차, 싶었다. 집을 팔아 부동산 수수료를 주
고, 상속세 내고, 거기서 다시 납골당 비를 뺀 다음, 삼 분의 일
씩 나누면. 도대체 얼마가 들어오는 거야. 나는 얼른 손가락을
꼽아 보았다.

"팔기는 뭘 팔아? 지금 안 판다고. 엄마 집 건드리는 사람은
내가 가만히 안 둬! 누나고 동생이고 다 끝장날 줄 알아!"

가만히 듣고 있던 오빠가 목에 핏대가 서도록 고함을 질렀
다. 상조회사 직원이 눈을 동그랗게 뜨고 우리 셋을 쳐다보았

다. 늘 있는 일이라는 듯 헛기침을 했다.

*

화장장 건물은 병원 로비와 비슷했다. 1층에는 수납처와 대기실, 휴게실이 있었다. 한 켠에는 정수기와 음료수 자판기, 아이들을 위한 막대사탕 자판기가 있었다. 자주색 등받이의 의자들이 줄지어 있었고, 그 옆에는 조간신문과 잡지, 기타 팸플릿 등이 놓여있었다. 한류스타인 잡지 표지모델은 환하게 웃고 있었지만 어딘지 모르게 생기를 잃고 시들어있었다. 병원 로비와 다른 게 있다면 칸칸이 들어찬 진료실이 아니라 화장실(火葬室)이 줄지어 있다는 거였다. 의자 앞에는 대형 텔레비전이 있었다. 예능 프로그램을 틀어놨지만 아무도 웃지 않았다. 많은 사람들이 텔레비전을 보며 하염없이 울었다. 울다가 누군가의 이름을 부르고, 경기를 하듯 쓰러졌다.

"엄마, 이제 할머니 못 봐?"

딸아이가 물었다.

"응. 할머니 이제 먼 곳으로 떠나셨어."

초등학교 일학년인 아이가 죽음이라는 것을 알까. 영원한 이별이라는 것을 실감할까. 아이는 머리에 꽂았던 하얀 리본을 빼며 다시 물었다.

"엄마, 엄마 이제 고아야?"

아이의 물음에 또다시 가슴이 메여 왔다. 나는 이제 돌아갈 집이 없다. 나를 맞아 줄 엄마도 아빠도 없다. 태어나자마자 버려진 사생아처럼 부모의 얼굴을 볼 수 없다. 지구 밖으로 내던져진 기분이었다. 온몸에 한기가 들면서 추위가 엄습했다.

주르륵. 뺨 위로 눈물이 흘러내렸다. 눈앞이 뿌옇게 흐려졌다. 화장실(火葬室)에서 나온 연기들이 로비를 휘감아 돌았다. 허물을 벗듯 자신을 옥죄고 있던 옷들을 하나하나 벗었다. 그들이 벗어놓은 옷들이 지층처럼 켜켜이 쌓였다. 육체가 없어진 영혼들은 소리 없이 날아다녔다. 울고 있는 사람의 뺨을 어루만졌다가, 다른 이의 왼쪽 뺨을 세게 때리기도 했다. 아무런 소리도, 질감도 느낄 수 없었지만 당사자들의 얼굴은 발그스름하게 달아오르거나, 붉게 타올랐다.

"괜찮아, 내가 있잖아."

아이가 내 손바닥에 제 뺨을 부볐다. 내가 돌아갈 곳이 있다는 듯, 마치 제가 나의 집이 되어주겠다는 듯 나를 어루만졌다. 나는 아이를 무릎 위에 올리고 꼬옥 껴안았다. 아이의 따뜻한 체온이 내 몸을 감싸 안았다. 어떻게든 살아야겠다는 생각이 들었다.

"여보 괜찮아?"

남편이 내 등을 쓸어내렸다. 한참을 뜸을 들이더니 말을 이었다.

"부동산에서 전화가 왔는데… 우리집 만기가…….."

"알아, 나한테도 왔어."

남편이 꾸중을 들은 아이처럼 고개를 푹 숙였다. 정수리 부위가 휑했다. 나는 손가락 사이로 옆머리를 쓸어 모아 남편의 정수리를 덮어 주었다. 아무리 노력해도 도시에는 눈에 보이지 않는 구덩이들이 무수히 존재했다. 누군가가 밧줄을 던져주지 않는 이상, 절대로 빠져나올 수 없었다. 엄마가 남편의 이런 모습을 봤다면, 임서방 기운 내라며 안아줬겠지. 이자 쳐서 나중에 갚으라고 말하면서도 그냥 돈을 줬을 거다. 엄마가 사랑하는 막내딸을 이대로 내버려 두지 않았을 거다. 분명, 엄만 그랬을 거다.

호주머니 속에서 전화벨이 울렸다. 내게는 두 대의 휴대전화가 있었다. 벨소리만으로는 어떤 전화가 울리는지 판단할 수 없었다. 구덩이에 빠진 사냥꾼의 심정이었다. 누가 발견하느냐에 따라, 짐승의 먹잇감이 될 수도 있고, 살아서 집에 돌아갈 수도 있었다. 저만치 검은 상복을 입은 언니와 오빠 내외가 보였다. 숨을 크게 들이마셨다가 내쉬었다. 두 손을 비벼 마른세수를 하고는 호주머니 속에 오른손을 넣었다. 딸아이가 내 왼손을 잡아주었다. 나는 동아줄을 잡듯 전화기를 꼭 쥐고 꺼냈다.

'부동산'

휴대전화 액정 위에 세 글자가 선명하게 찍혀 있었다. 그 순간, 엄마가 들어간 화장실(火葬室)의 불이 빨간색에서 초록색으로 바뀌었다. 엄마의 육체가 지상을 떠나는 순간이었다. 엄마의 마지막이었다. 언니가 바닥에 주저앉아 오열했다. 오빠는 어깨를 들썩거리며 울음을 터트렸다. 전화벨은 계속 울렸다. 나는 새로운 세계로 가는 땅을 밟듯 힘차게 통화 버튼을 눌렀다.

상자

현관문 앞에 상자가 놓여 있었다. 오늘은 작은 거네. 나는 열쇠를 손에 쥐고 물끄러미 상자를 내려다보았다. 황토색 상자에는 하얀 종이가 붙어 있고, 수신자 칸에는 내 이름과 집 주소가 씌어 있었다. 워드프로세서 바탕체 10포인트로 인쇄된 이름과 주소에서는 어떠한 질감이나 촉감, 감정도 느낄 수 없었다. 또박또박 박혀있는 주소와 이름은 상자의 목적지가 어디인지를 명확하게 안내하고 있을 뿐이었다. 언제나처럼 보낸 사람 이름과 주소는 비어있었다. 누가 보낸 건지, 어디서 왔는지, 언제까지 배달되어 올 건지. 상자는 묵비권을 행사하는 용의자같이 입을 꾹 다물고 있었다. 나는 대답 없는 상자에게 어떤 질문도 하지 않았다. 섣부른 기대와 희망에 대한 답이 침묵과 무관심, 방종이라는 사실을 잘 알고 있기 때문이다.

상자는 일정한 주기도, 기간도 없이 도통 감을 잡을 수 없는 애인의 마음처럼 그렇게 왔다. 물론 처음부터 상자에 관심이 없었던 것은 아니다. 나는 생일날을 기다리는 아이의 마음으로 상자를 기다렸다. 언젠가는 마야의 달력을 지닌 고대인을 흉내 내며 상자가 도착할 날을 예언하기도 했다. 예언 전날 밤에는 상자가 도착하기 전에 세계종말이 오면 어쩌나 하는 생각으로 밤을 지새웠다. 이제는 그 모든 것에 심드렁해졌다. 상자는 내가 예상한 주기와 기간을 배반하면서 집 앞에 떨어졌고, 그때마다 나는 미확인 비행물체를 발견한 고대인처럼 당혹스러웠다. 마야의 달력은 과거 마야인에게 적합한 것일 뿐 21세기를 사는 현대인에게는 의미 없는 낙서물에 불과했다.

장이 올 때까지 기다릴까. 상자의 무게는 짐작하기 어려웠다. 작은 크기지만 납덩이를 넣어 놓은 듯이 무거운 상자가 있었고, 텔레비전 사이즈만큼 크지만 공기주머니를 넣은 듯 가벼운 상자도 있었다. 불룩하게 튀어나온 만삭의 배는 상자를 들지 말라며 무언의 명령을 내렸다. 나는 무릎을 굽혀 상자 앞에 앉을까 하다, 이내 발끝으로 상자를 밀어 보았다. 대강의 무게라도 알아야 했다. 장은 언제 돌아올지 모르고, 상자를 현관 앞에 계속 둘 순 없다. 오래된 다세대주택에는 택배를 받아 줄 경비실이나 관리사무소, 무인택배함 같은 최신식 시설이 없었다. 현관 앞 혹은 우편함에 놓인 택배상자들은 주인도 모르게, 다른 사람의 손에 들려 흔적 없이 사라졌다. 상자를 잃은 주인들은 아이를 잃은 부모의 심정으로 이 집, 저 집 돌아다니며 상자의 행방을 추적했다. 누가 상자를 가져갔다, 어느 집에 택배가 배달되는 것을 보았다 등등 부모의 마음을 미혹시키는 근거 없는 말들이 떠다녔지만 확실한 물증을 잡기 어려웠다. 미아를 찾는다는 전단지가 만국기처럼 문 앞에서 펄럭여도 사람들은 옆집 아이의 행방에 전혀 관심이 없었다. 사라진 택배 상자에 대한 책임은 오롯이 부모가 져야 했다. 나도 몇 달 전에 내게 온 상자를 302호 할아버지가 들고 가는 것을 보았다. 할아버지는 양쪽 귀가 발갛게 달아오르도록 부인했지만, 발신인이 없는 택배 상자는 내게 온 것이 분명했다. 원치 않는 업둥이라 할지라도 다른 이가 데려가게 내버려 둘 순 없었다.

발끝으로 밀어 본 상자는 얼음판 위의 나무썰매처럼 별다른 저항 없이 옆으로 미끄러졌다. 스르륵, 움직이는 상자의 모습에 나는 적잖이 당황했다. 도대체 뭘 보냈기에, 무엇이 들어서 이렇게 가벼운 걸까. 상자 속 물건에 관심을 두지 않을 거라 다짐해 놓고 미끄러지는 상자에 가슴 한구석이 서늘해졌다. 손에 쥐고 있던 열쇠의 모서리로 손바닥을 꾹 눌렀다. 쇠 냄새가 났다. 무릎을 살짝 굽혀 상자를 집어 들었다. 뱃속의 아이가 발길질을 하는지 아랫배가 꿀렁꿀렁 움직였다. 왼손으로 배를 어루만지며, 오른손으로 박스를 들었다. 황토색 종이박스 무게 외에는 별다른 무게감을 느낄 수 없었다. 나는 상자와 함께 집 안으로 들어갔다.

*

장의 손에는 황토색 상자가 들려 있었다. 까맣게 탄 얼굴, 이마가 훤히 드러나도록 짧게 자른 스포츠형 머리, 마른 몸에 비해 유달리 떡 벌어진 어깨. 장의 넓은 어깨는 되레 장의 왜소함을 더 부각시켰다. 어깨 사이즈에 맞춰 입은 티셔츠는 팔과 몸통 부분에서 두 치수 이상 컸고, 그는 터울 많은 사촌 형의 옷을 물려 입은 아이처럼 옷 속에 파묻혀 있었다. 당연히 옷맵시를 따지기는 어려웠다.

"한 건 했어."

장이 상자를 가리키며 누런 앞니가 드러나도록 환하게 웃었다.

나는 텔레비전을 틀어놓고 마른 수건을 개고 있었다. 가족과 함께 다른 나라로 이주하던 남자아기가 주검이 되어 바닷가에 떠내려왔다고 한다. 엎드려 누워있는 아기의 모습을 카메라는 잔인할 정도로 집요하게 비춰주었다. 내레이션을 맡은 아나운서는 중간중간 울음을 삼키는 듯 말을 멈췄다. 어느 나라로 가는 중이었을까, 남자아기의 부모는 어떻게 되었나. 수용인원 이상을 태운 배 위에서 부모는 남자아기에게 어떤 말을 했을

214

까. 이제 행복의 나라로, 희망의 나라로 간다고 했을까. 아니면 무심한 얼굴로 난간 한구석에 몸을 구겨 넣었을까.

"이거 좀 봐."

장은 상자를 들고 내 앞에 앉았다. 이름과 주소가 적힌 송장을 떼고, 비닐테이프를 뜯었다. 그 모습이 자연스럽고 익숙해서 마치 장에게 온 소포를 정리하는 듯한 착각마저 들었다. 나는 거실 한 가운데 버려진 송장지를 유심이 들여다보았다.

[주소: 대전광역시 중구 선화동 메드월상가 2308호. 보내는 사람: ㈜ 메드월]
[주소: 부산시 해운대구 우동 로얄골드 아파트 1동 506호. 받는 사람: 김철수]

송장지에는 보내는 사람과 받는 사람의 이름이 정확하게 기록되어 있었다. 화면 속 아기와 부모도 이처럼 정확한 주소를 가지고 떠났을까. 순간, 문신처럼 새겨진 주소와 이름들이 부러웠다. 갈 곳이 명징하게 정해진 상자, 조금의 망설임도 없이 배달될 물건들, 어떠한 주저함이나 지체 없이 상자에 물건을 담아 발송했을 이의 마음. 나는 조금이나마 그 마음에 가닿고 싶었다. 상자의 상황을 이해하고 싶었다. 김철수란 이름에 어울리는 얼굴을 떠올려 봤다. 초등학교 교과서에서 본 원색의 삽화가 연상되었다. '해운대'란 지명에선 푸른 바다와 무지개 빛깔의 파라솔, 백사장의 비키니 여인들이 그려졌다. 본 적 없는 이의 얼굴과 화면 속에만 존재하는 공간에 대한 추억이 있을 리 없었다. 그럼에도 무언가를 잡고 싶었다.

"그만 보고 이것 좀 봐."

장이 내 손에서 송장지를 낚아채 한 손으로 구겨버렸다.

상자 안에는 고급 디지털카메라 본체와 대형렌즈가 들어있었다. 얼핏 봐도 값이 제법 나가는 고급 기종이었다. 그는 아령을 드는 것처럼 커다란 렌즈를 아래, 위로 흔들었다. 기쁨의 세리모니였다.

하루에도 장은 몇백 개의 상자를 포장하고 배달했다. 크고 작은 상자들은 장의 트럭에 실려 도시 곳곳을 전류처럼 흘러다녔다. 목적지에 도착하면 꼬마전구에 불이 들어오듯 깜박하고 빛이 났다. 와인, 치즈, 카메라, 생수, 생리대, 화장품, 제철과일, 커피나 스타킹…… 품목을 셀 수 없을 만큼 크기와 종류가 다양했다. 상자의 주인은 신생아를 안듯이 조심스레, 그러면서도 한없이 행복한 얼굴로 상자를 받았다. 간혹 주인이 이사를 가거나 연락이 되지 않는 일이 있었다. 장은 주인 잃은 상자의 새로운 보호자가 되어 주었다. 탐이 나고 매력적인 아이의 경우엔 자처해서 양부(養父)가 되었다. 배달한 물건에 비해 그가 받는 급여는 턱없이 작았다. 우리 두 사람이, 조만간 세 사람이 되겠지만, 살기엔 형편없이 부족했다. 그래서 장은 택배상자를 훔쳐 스스로 성과급을 만들고, 보너스를 주었다. 뒤늦게 상자를 찾는 부모가 있었지만 그의 서류에는 미아가 존재하지 않았다.

"이번 건 돈이 좀 되겠어."

장이 물건을 빼고, 빈 상자를 접어 신발장 앞에 두었다. 나는 말없이 고개를 끄덕였다.

장을 처음 본 날에도 그는 빈 상자를 접고 있었다. 나는 병원에 가야 한다며 외출증을 끊어 학교를 나왔다. 담임은 무표정한 얼굴로 외출증에 사인을 해 주었다. 진짜 감기가 걸렸는지, 어디가 아픈지 따위는 묻지 않았다. 어차피 거짓말임을 알고 있었고, 불필요한 실랑이를 하고 싶지 않다는 뜻이었다. 나 역시 애써 아픈 내색을 하거나 동정심을 얻기 위해 과장된 행동을 하는 일 따위는 하지 않았다. 연달아 기침을 하거나 두 손으로 뺨을 비벼 열을 내는 연기는 간이 콩알만 한 모범생들이나 하는 짓이었다. 그런 일을 하지 않아도 담임은 수업 시간 내내 잠만 자는 나를 학교 밖으로 보내 줄 거였다. 어쩌면 모의고사 평균 점수나 갉아먹고 있는 나를 영원히 퇴출시키고 싶어 했을지도 모른다.

오후 2시, 머리 위에선 태양이 이글거리고 있었다. 끈끈한 땀이 목덜미를 타고 살구색 하복 안으로 스며들었다. 공터에 앉아 살얼음이 낀 맥주 한 캔을 마셨다. 지나가는 사람들이 손부

채질을 하며 나를 흘깃거렸다. 현관 앞에 황토색 상자가 놓여 있었다. 방금 배달되어온 중국음식처럼 상자에는 아직 온기가 남아 있었다. 다세대주택 입구에서 나를 스쳐 간 이가 떠올랐다. 상자를 내려놓고 있는 힘을 다해 계단을 뛰어 내려갔다. 상자를 두고 간 이가 누구인지, 왜 보내는 건지, 묻고 싶고, 듣고 싶고, 보고 싶은 것들이 많았다.

짧은 단발머리에 검정색 원피스를 입고, 어깨에 공책 크기의 파란색 가방을 멘 여자가 연립주택 모퉁이를 돌아갔다. 저 여자다! 나는 여자를 잡기 위해 교복 치마를 펄럭이며 뛰었다. 타닥타닥 다다다닥. 내 발자국 소리가 차가운 시멘트 바닥을 타고 여자에게 전해졌다. 여자는 경보 대회에 출전한 선수처럼 빠른 속도로 걸었다. 내게 얼굴을 보이는 순간, 그 자리에서 소금 기둥으로 변하기라도 한다는 듯 절대로 뒤를 돌아보지 않았다.

저기요, 저기.

여자를 향해 소리쳤다. 내 목소리가 굵고 튼튼한 오랏줄이 되어 여자를 결박하기를 바랐다. 늪지대에 빠진 것처럼 여자가 주저앉았으면 했다. 빵빵- 빠바바방-. 서너 대의 승용차가 난데없이 나타났다. 시끄럽게 경적을 울리며 내가 여자에게 가는 것을 필사적으로 방해했다. 여자와 나 사이에 붉고 파란 차벽이 생겼다. 그 사이 여자가 시야에서 사라졌다. 여자는 수증기가 되어 증발한 것처럼 흔적 없이 사라져 버렸다. 여자가 서 있던 자리에는 뜨거운 햇볕만 내리쬐고 있었다. 모든 게 꿈인 것 같았다. 구미호에게 홀려 산속을 정신없이 헤매는 사냥꾼이 된 것만 같았다. 하지만 낯설면서도 익숙한 뒷모습을 어떻게 이해해야 될까. 입을 다물었지만 많은 이야기를 들려주던 뒷모습을 무엇이라 말해야 될까. 나는 지워지지 않는 유성펜으로 눈꺼풀 속에 여자의 뒷모습을 새겨 넣었다. 다음에 여자를 만나게 된다면 반드시 얼굴을 보고 말리라는 다짐도 했다.

그리고 장이 눈에 들어왔다. 장은 색깔과 크기, 종류, 쓰임새가 다른 상자를 접어, 리어카에 싣고 있었다. 낡은 리어카 뒤칸은 피란민을 태운 열차같이 상자로 가득 차 있었다. 탑승구와 천장에 사람들이 열매처럼 주렁주렁 매달린다 해도 더 이상 누군가를 태우기에는 역부족인 것 같았다. 그럼에도 장은 상자를 납작하게 눌러 부피를 줄이고 피란 열차에 태웠다. 한 명이라도 더 태워 지옥 같은 이곳에서 탈출하게 하고 싶어 하는 듯했다.

고마워요.

리어카 손잡이를 잡은 노인이 장을 향해 말했다.

다음에 또 드릴게요.

노인이 알루미늄 손잡이에 홀쭉한 배를 대곤 리어카를 끌었다. 정원을 초과한 열차 무게로 인해 비쩍 마른 허리가 끊어질 듯했다. 노란 고무줄로 묶은 머리카락은 한 줌도 채 되지 않았다. 장이 뒤에서 천천히 리어카를 밀었다. 노인이 뒤를 돌아보며 장을 향해 웃었다. 까맣게 썩은 앞니가 드러나면서 양 볼이 홀쭉하게 패였다. 환하게 웃는 웃음이 오히려 더 슬퍼 보였다.

사실은 리어카를 통째로 뺏어서 팔 생각이었어.

장이 아기 주먹만 한 내 가슴을 움켜쥐며 말했었다.

그런데 네가 보고 있어서 그렇게 못했어.

......

잘 보이고 싶었거든.

알아.

나는 장의 마른 어깨에 얼굴을 파묻었다. 딱딱한 어깨에 코가 눌렸지만 그의 온기가 좋았다. 금세 축축해지는 손바닥 땀도 마음에 들었다. 더러운 땀 냄새를 맡고 있노라면, 이상하리만치 마음이 평온해졌다. 불규칙하게 뛰고 있던 심장도, 어디를 봐야 할지 몰라 불안해하던 시선과 침을 발라도 자꾸만 마르던 입술까지 모두 안정을 찾고 제자리로 돌아왔다. 어쩜 그가 아니라, 품이 넓은 사람이기만 하면 나는 그 사람에게 안겼을지도 모른다는 생각이 들었다. 그런 생각이 들 때면 노인에게 파지를 주던 장의 모습을 떠올렸다. 그건 온전히 장의 몫이었다.

첫 만남 이후로도 장은 노인에게 상자를 건넸다. 라면박스, 택배상자, 신문지, 이면지 뭉치 등 돈이 될 수 있는 파지를 어디선가 구해왔다. 그중 가장 온전한 것은 택배상자였다. 그것들이 보너스를 만들고 남은 부산물이라는 것은 장과 같이 살게 된 후에 알았다.

장은 휴대폰 어플을 작동해서 상자 속 카메라를 찍었다. 앞,
뒤, 옆 구석구석 찍었다. 그는 찍은 사진을 중고 매매 사이트에
올려 시세보다 싼 값에 카메라를 팔 것이다. 그리고 스스로 만
든 성과급으로 나와 아기에게 맛있는 저녁을 사 주겠지.

거실 한쪽에는 오늘 내게 온 상자가 놓여 있었다. 장은 상자
를 보다가 텔레비전 화면으로 고개를 돌렸다. 그는 내 상자에
관심이 없었다. 상자에 대해 아무것도 묻지 않았다. 내가 답을
하지 않으리라는 것을, 아니 상자에 대해 아는 것이 없다는 사
실을 알고 있었다. 나는 그의 무심함이 좋았다.

*

커다란 상자를 연다. 상자가 들어있다. 다시 상자를 열어본
다. 상자 안에는 그보다 크기가 조금 작은 상자가 들어있다. 상
자 안에 상자, 다시 상자, 상자, 또 상자…… 러시아 목각인형
마트료시카처럼 크기만 다를 뿐 모양과 색깔, 재질이 같은 상
자가 끊임없이 나온다. 미로 속에 갇힌 것 마냥 상자를 열고,
열고, 열지만 다시 상자에 갇히고 만다. 상자는 상자를 품고 있
을 뿐 그 이상의 무언가를 가지고 있지 않다. 속이 텅 빈 상자

들이 관처럼 여기저기 쌓인다. 허기가 진다. 나는 음료수 캔을 따는 것처럼 부지런히 손을 놀려 상자를 연다. 마지막 바닥에 다다르면 먹을 것이 들어 있을 것 같다. 그렇지 않으면 당장이라도 죽을 듯한 이 허기를 어떻게 해결해야 할지 모르겠다. 독심술이라도 있는지 황토색 상자들이 누런 혓바닥을 내밀어 나를 비웃는다. 돌무더기처럼 나를 향해 와르르 무너진다. 무한반복 버튼을 눌러놓은 것처럼 같은 장면과 장면들이 연속적으로 펼쳐진다.

베개가 식은땀으로 홍건했다. 상자가 배달 온 날이면 늘 같은 꿈을 꾼다. 언제쯤이면 끝이 날까. 지긋지긋하다. 뱃속의 아기가 놀랐는지 태동이 심하다. 왼쪽으로 천천히 몸을 돌려 누웠다. 꿈틀거리는 아랫배를 쓰다듬으며 지진계 바늘처럼 뛰고 있는 심장이 평온해지기를 기다렸다. 장은 미동 없이 자고 있다. 이불을 끌어 덮어주곤 거실로 나왔다.

거실 한 켠에 오늘 배달 온 상자가 있었다. 상자를 품에 안고 앉았다. 바닥이 얼음처럼 차가웠다.

언제부터 상자가 집 앞에 있었을까.

오래된 이 집에서 어린 나와 엄마, 아빠가 살았다. 아파트 건설현장에서 벽돌을 나르던 아빠는 위에서 떨어진 벽돌에 머리를 맞았다. 안전모가 부족해 머리에는 낡은 수건을 동여매고 있었다. 수건은 깨진 벽돌조각과 눈, 귀에서 쏟아져 나온 피, 뜯긴 살점으로 범벅이 되어 있었다고 한다. 아빠는 병원 응급실에 도착하기도 전에 구급차 안에서 죽었다. 현장 주임은 안전장비가 부족했던 사실을 숨기기 위해 서둘러 뒤처리를 했다.

이제 어떻게 살아, 어떻게.

엄마는 아빠 사진을 껴안고 밤마다 울었다. 아빠 이름으로 우리집 재산보다 더 많은 액수의 보상금이 나왔다. 이전보다 생활이 풍요로워졌다. 엄마는 남편을 잃은 상실감을 물건을 사는 것으로 해소했다. 종이가방 가득 물건을 채워왔다. 필요 있는 물건과 필요 없는 물건, 사용할 수 있는 물건과 사용할 수 없는 물건들이 집안 여기저기 쌓여갔다. 보상금은 이내 바닥을 드러냈고, 더 이상 물건을 살 수 없게 되자 엄마는 집을 나갔다. 연립주택 사람들은 아빠의 부재에 깊이 슬퍼했고, 엄마의 부재에는 욕을 섞어 손가락질을 했다. 나는 슬퍼하지도 손가락질을 하지도 않았다. 갑작스런 두 사람의 부재 앞에서 내게 남은 건 생존에 대한 고민뿐이었다. 무기나 매뉴얼 하나 없이 전쟁터에 내던져진 느낌이었다. 나는 어떻게든 살아야 했다.

엄마는 사라지기 전날, 앞으로 내게 필요한 물건이라 여겨지는 것들을 두 손 가득 사 왔다. 세 치수 큰 팬티, 아직은 필요 없는 브래지어와 생리대, 다음 달에 쓰일 교과 준비물과 체육복, 한 학년 위의 참고서, 문제집……. 스테인리스 밀폐용기에

밑반찬을 잔뜩 담아두고, 싱크대 선반에는 유통기한이 긴 통조림과 인스턴트식품, 라면들을 차곡차곡 채워 놓았다. 옷장을 열어 묵은 옷을 꺼내 빨고, 집안 곳곳을 윤이 날 정도로 쓸고 닦았다. 그러고도 부족한 게 있다 싶었는지 내게 갖고 싶은 것이 있냐며 물었다.

엄마, 어디가?

나는 최신형 휴대폰을 말하는 대신에 다른 질문을 해버렸다. 말을 내뱉는 순간, 아차 싶었지만 기회는 이미 날아가 버렸다. 엄마가 준비해 놓은 것은 평소에 가지고 싶고, 먹고 싶다며, 떼를 쓰고 졸라야만 얻을 수 있는 것들이었다.

가긴 엄마가 어딜 가. 먹고 싶은 거 배불리 먹자는 거지.

그렇게 말하는 엄마의 입술 근육이 미세하게 떨렸던 것 같다.

다음날, 학교에서 돌아와 보니 엄마가 집에 없었다. 슈퍼에 갔거나 옆집에 놀러 간 것이라 생각했다. 새로운 부업거리를 받으러 인력사무소에 간 것인지도 몰랐다. 냉동실에서 꽈배기 모양의 붉은색 아이스크림을 꺼내 먹으며 엄마를 기다렸다. 혓바닥이 붉어지고, 손에는 아이스크림 막대만 남았지만 엄마는 돌아오지 않았다. 전기밥솥에는 새하얀 쌀밥이 가득 들어 있었다. 쌀밥과 김, 멸치볶음, 연근조림을 먹으며 엄마를 기다렸다. 전기밥솥의 밥이 바닥을 보이자 찬장 안의 인스턴트 음식을 꺼내 먹었다. 유통기한이 긴 통조림 햄과 햇반, 짜장라면, 컵라면 순서대로 먹었다.

가긴 엄마가 어딜 가. 먹고 싶은 거 배불리 먹자는 거지.

엄마의 말을 곱씹으며, 엄마가 두고 간 음식을 먹으며, 엄마를 기다렸다. 아빠는 돌아오지 못하는 곳으로 떠났지만, 엄마는 언제까지 내 곁에 있을 거라고 맹세했었다.

인스턴트식품이 다 떨어지자, 상자가 배달되어왔다. 상자 안에는 찬장 안에 있던 것과 같은 종류의 음식이 가득 들어있었다. 그렇게 상자가 왔다. 음식이 떨어질 때쯤, 내게 무언가가 필요하다 여겨질 때쯤. 상자는 내가 어떤 것을 가지고 싶다, 있으면 좋겠다는 바람과 욕망이 생길 틈을 주지 않고 몰려왔다. 24시간 돌아가는 컨베이어 벨트처럼 누런 상자들이 배달되어 왔다. 내가 필요한 것이 아니라, 내게 필요한 것이라 여겨지는 것들. 그러니까 어떤 추측과 가정, 의심과 의문으로 가득 찬 물건들. 선물이라는 이름으로 위장한 폭력들. 확정이 아니라 가정법으로 탄생한 물건들은 내 키가 한 뼘 자라고, 몸무게가 늘어나며 여드름의 개수가 늘어나는 것과 비례해서 많아졌다. 집 안 곳곳에 다 쓰지 못한 물건과 상자들이 넘쳐났다. 유통기한을 넘긴 통조림들이 찬장 안에서 썩어 갔다. 나는 음식을 쌓아두고도 항상 배가 고팠다.

오늘 온 택배상자를 개봉했다. '떠나자, 유럽으로!' 두꺼운 고

딕체로 제목을 쓴 책과 흰 봉투가 있었다. 봉투 안에는 내 이름이 적힌 'IN 런던-OUT 파리'행의 유럽행 비행기 티켓과 얼마간의 유로화가 들어있었다. 추천일정과 맛집, 관광 명소를 프린트한 종이도 있었다. 수능시험을 끝낸 19살이 원할 법한 품목이었다. 지난번에는 강남 유명강사의 특강이 담긴 아이패드와 EBS 수능기출문제집이 왔다. 초등학교에서 중학교로, 중학교에서 고등학교로 학교가 바뀌고, 학년이 달라질 때는 새로운 학교와 학년에 필요한 문제집과 현금이 상자 가득 들어있기도 했다. 교복을 사고 수업료와 학생회비, 급식비를 낼 수 있는 금액이었다. 나를 버리고, 누구를 만나서, 어떻게 살길래 이런 것을 보낼 수 있는지. 배달된 물건에 대한 고마움 보다는 보낸 사람에 대한 의심과 비난만이 날로 늘어났다.

배 뭉침으로 아랫배가 딱딱해졌다. 만삭의 배, 부종으로 통통 부은 손과 발. 지금 내게 필요한 것은 배냇저고리, 젖병, 분유, 유모차와 같은 출산준비물이었다. 산타클로스는 내 소원편지를 읽지 않았다. 나는 엄마를 기다리며 우는 나쁜 아이가 아니었지만, 원하는 선물을 받을 수 있을 만큼의 착한 아이도 아니었나 보다. 산타클로스는 구호물품을 랜덤으로 돌려 전달하는 자원봉사자처럼 내게 필요 없는 상자를 적선하듯 주고 떠났다. 허겁지겁 연립주택 모퉁이를 돌던 여자가 떠올랐다. 여자의 머리카락을 사정없이 뽑아 버리듯 비행기 티켓을 갈기갈기 찢었다.

슥, 얇은 종이에 손끝이 베었다. 살 껍질이 벗겨지면서 붉은
피가 세어 나왔다. 불룩한 배 위로 핏방울이 떨어졌다. 나는 불
결한 무언가가 아기에게 닿을까 싶어 손바닥으로 재빨리 피를
닦았다. 아이보리색 티셔츠 위로 붉은 핏자국이 번져나갔다.

*

"출산용품을 사야 해."

출근하는 장에게 말했다. 공기주입기로 산소를 넣은 게 아닌
가 싶을 만큼 배는 하루가 다르게 불러왔다. 예정일이 얼마 남
지 않았었다. 지금 당장 출산을 해도 괜찮을 것 같았다.

"돈이 어딨어."

장이 구겨진 운동화 뒤축을 바로잡으며 내 배를 쳐다보았다.
그의 눈빛은 배달할 택배상자를 훑어보듯이 냉랭했다. 제 손을
거쳐 가지만 제 것이 될 수 없는, 제 것이 아닌 대상을 바라보
는 무심함이었다. 낯설었다. 이제껏 그는 아기에게 저런 행동
을 보인 적이 없었다.

아기가 생겼어.

임신 소식을 전함과 동시에 나는 아기를 낳지 않을 것이라 말
하려고 했다. 그에게 같이 병원에 가달라고 말할 참이었다. 장

은 두 눈이 없어지고, 누런 잇몸이 드러날 정도로 크게 웃었다.
어디서 들었는지 젤리 곰 모양의 초음파 사진을 찍어야 한다는
말도 덧붙였다. 기뻐하는 장을 보며 나는 차마 뒷말을 하지 못
했다. 이 정도로 아기를 환영하는 사람이라면, 기꺼이 아버지
의 자리를 맡아 줄 것이라 생각했다. 아기를 버리고 도망갈 일
은 없다고 판단했었다.

아랫배가 사르르 아파왔다. 무슨 말을 해야 할지 몰랐다. 나
는 명확하게 쓰인 발신자에 열광하느라 수신자가 바뀔 수도 있
다는 사실을 망각했다. 아기를 책임질 사람이 오롯이 나 혼자
일지도 모른다는 사실을 간과했던 것이다. 그렇게나 많은 상자
를 받아놓고도 왜 생각을 못 했을까. 장에 대한 두터운 신뢰와
믿음 때문일까. 아니면 언젠가 이런 일이 생길 줄 알면서도 짐
짓 딴청을 피웠던 것일까.

"보너스 생겼잖아."

"말을 바로 해야지. 그게 어떻게 보너스야?"

"……"

"돈 다 썼어."

신경질적으로 내뱉는 단어들, 짜증이 뒤섞인 표정과 자신은
이 일과 상관없는 사람이라고 노골적으로 말하고 있는 행동까
지. 모든 게 익히 알고 있는 장소와 사람인데 몇 분 사이 너무
나 달라져 버렸다. 장은 누군가의 트럭에 실려 여기 아닌 다른

곳으로 떠나고 있었다.

"돈 없다구!"

장이 같은 말을 한 번 더 반복하고는 흘깃 내 얼굴을 쳐다봤다. 눈이 마주쳤다. 나는 놀이동산에서 물주머니를 맞고 있는 행사진행요원처럼 장이 던지는 말주머니를 맹목적으로 맞고 있었다. 다른 곳으로 떠나려는 사람에게 어떤 반응을 보여야 하는지, 나는 알 수가 없었다.

"네 상자에 있는 거 팔아서 써. 언제까지 나한테 빌붙어서 살 거야. 답답하고 구질구질하니까 저거라도 좀 버리라고!"

마침내 판도라의 상자가 열렸다. 바닥에는 그동안 애써 외면하고 모른 척했던 감정들이 자갈처럼 굴러다니고 있었다. 상자가 열리자 자갈들은 진흙처럼 저희들끼리 붙어 주먹만 한 돌덩이가 되었다. 성인남자 머리 크기로 변했다가, 나중에는 거대한 바위가 되었다. 가슴에 바위만 한 큰 구멍이 생겼다. 점토를 으깨 막아도 메워지지 않았다.

장이 나간 후, 작은 방 앞으로 갔다. 손잡이를 돌리자 방 안에 고여 있던 어둠과 서늘한 기운이 피부에 와 감겼다. 몸 속 깊숙이 차가운 공기가 스며들었다. 천장 끝까지 상자들이 위태롭게 쌓여 있었다. 쓰지 않은 물건들 위로 먼지가 쌓이고 얽히고 설킨 거미줄이 여러 갈래 쳐 있었다. 후- 입바람을 불어도 두텁게 쌓인 먼지는 좀처럼 날아가지 않았다.

쓰레기에 불과한 물건을 버렸어야 하는데. 애착인형을 안듯 상자를 안고 잤고, 짐승의 사체를 대하듯 혐오스런 눈길로 바라보기도 했었다. 상자에 대한 마음은 롤러코스터처럼 하루에도 몇 번씩 오르막길과 내리막길을 내달리며 바뀌었다. 그럼에도 보인 일관된 행동은 그것들을 버리지 못했다는 것이다. 나는 상자를 흉터처럼 품고 살았다. 내 몸의 일부라도 된다는 듯 방 한 구석에 쌓으면서 자랐다. 상자는 여자가 나를 기억하고 있다는 유일한 징표였다. 그 끈을 놓치고 싶지 않았다.

그에 반해 장에게 중요한 것은 상자가 아니라, 그 안에 든 물건이었다. 크기가 작아도, 무게가 얼마 나가지 않아도 값이 나가기만 하면 그에게 필요한 것이 되었다. 나는 장의 속마음을 몰랐던 것이다. 그가 내 상자를 대하는 태도와 생각을, 그것을 바라보는 눈빛의 색깔과 밀도를. 그렇기에 그가 상자 속 물건을 팔아 보너스를 만드는 걸 용납할 수 있었지만, 그렇기에 그의 마음이 떠나는 것은 잡을 수 없었던 거다. 아니, 그가 떠날까 싶어 내 물건을 파는 것도 눈 감을 수 있었던 거다. 그럼 상자를 보낸 이에게 상자는 무엇이었을까. 무슨 마음으로 내게 계속 보낸 걸까. 눈물이 날 것 같아 나는 입술을 세게 깨물었다.

누런 상자의 옆면을 손바닥으로 쓸어보았다. 쿰쿰하게 삭은 종이냄새가 났다. 매끈했던 겉면은 건조하게 말라 있었다. 힘을 주어 만지면 모래성처럼 무너져 버릴 듯했다. 손끝으로 종이상자를 밀어보았다. 흔들흔들. 위태롭게 쌓여있던 상자가 춤을 추듯 몸을 움직였다. 한 번 더 밀어보았다. 쨍- 가늘고 긴 금들이 생기더니 종이상자가 유리처럼 깨졌다. 쨍, 쨍, 쨍- 다른 상자들이 메아리가 되어 울었다. 쌓여있던 상자가 와르르 무너져 내렸다. 얼음조각 같은 누런 파편들이 사방으로 튀었다. 그중 커다란 조각 하나가 배에 쿡, 하고 박혔다.

꿀렁꿀렁, 아랫배가 요동을 치기 시작했다. 숨이 차오르며 배가 찢어질 듯이 아팠다. 나는 두 손으로 배를 감싸 안으며 쓰러지듯 주저앉았다. 부들부들 몸이 떨리고 식은땀이 비처럼 쏟아졌다. 주머니 속에서 휴대전화를 꺼내 장에게 전화를 걸었다. 전화 좀 받아줘, 제발 제발. 나는 통조림을 먹으며 엄마를 기다리던 그때처럼 통화버튼을 계속 눌렀다. 여보세요. 그 한마디만 들을 수 있으면 족했다. 안내사서함으로 넘어갈 때까지 장은 전화를 받지 않았다. 물속에 빠진 것처럼 주변 소리가 멀어져 갔다. 온몸을 난도질당한 듯 고통스러웠다. 가랑이 사이로 물컹한 무언가가 흘러내렸다. 허벅지, 종아리를 타고 핏줄기가 발등까지 내려왔다. 내가 움직일 때마다 붉은 발자국이 도장처럼 선명하게 찍혔다. 당장이라도 뱃가죽을 찢고 아기가 나올 것 같았다. 정신이 아득해졌다.

눈을 떴다. 내 옆에는 하늘색 이불보에 싸인 갓난아기가 있었다. 얼굴이 주먹만큼 작고, 두 뺨이 노르스름했다. 몇 올 되지 않는 머리카락에는 허연 태지가 눌러 붙어있었다.

"괜찮아?"

장이 불렀다. 언제 온 걸까, 전화도 안 받았는데.

"우리 아기야, 정말 예쁘다."

장이 이불보에 싸인 아기를 들어 보여주었다. 어떤 것도 생각나지 않았다. 아기를 한 번 보고, 그사이 홀쭉해진 배를 만져보았다. 아기가 빠져나간 자리는 동굴처럼 비어있었다. 바람이 들듯 아랫배가 혹혹 하고 떨렸다. 기분 나쁠 정도로 알싸하게 쓰라렸다.

"내가 아빠가 되었다니 믿어지지가 않아. 넌 이제 엄마가 된 거라고! 나 이제 정말 열심히 살 거야. 너한테도, 우리 아기한테도 잘 할게. 정말 잘 할게. 배달도 더 많이 할 거구, 보너스도 더 많이 만들게. 걱정 마, 네 물건을 팔아 보너스를 만드는 일은 하지 않을 거야. 이제 다시는 그러지 않을게. 정말 그런 일은 없을 거야. 약속할 수 있어!!"

장은 평소보다 과장된 목소리로 크게 말했다. 마치 자신한테 최면을 거는 주술사처럼, 스스로도 믿겨지지 않는, 믿을 수 없는 상황을 그렇게 해서라도 이해하고, 억지로 받아들이겠다는 것 같았다. 장의 목소리가 좁은 방 안에 울려 퍼졌다. 이제 막 아버지가 된 열아홉 젊은 아빠의 고백을 나는 가만히 듣고 있었다. 무슨 말을 해야 할지 몰랐다. 나 역시 지금의 상황이 비현실적으로 느껴졌다.

"배고프지? 산모는 미역국을 먹어야 조리가 된대. 내가 얼른 나가서 미역이랑 소고기 사 올게. 오는 길에 아기용품점에 들려 분유랑 기저귀도 사 올게. 우리 아기한테 필요한 건 전부 다 사올 테니까 넌 아무것도 하지 말고 푹 쉬고 있어."

장이 무언가를 '사 온다'는 말을 반복적으로 내뱉었다. 그렇게 말하는 장의 얇은 아랫입술이 미세하게 떨렸다. 어디선가 본 듯한 모습이었다. 그가 자리에서 일어나 방문을 열고 나갔다. 먼 곳으로 떠나는 여행객처럼 평소보다 더 오래 손을 흔들었다.

몸을 일으켜 앉았다. 가랑이 사이가 찢어질 듯이 아팠다. 슬며시 이불을 들쳐 보았다. 피딱지가 누덕누덕 덩어리 진 채 말라붙어 있었다. 시큼하고 비릿한 피비린내가 났다. 누군가가 태어난 자리는 누군가가 죽은 자리만큼 황폐하고 참혹했다. 나는 두 눈을 질끈 감았다. 속이 메슥거리며 헛구역질이 났다. 황급히 이불을 덮었다.

아기를 찬찬히 쳐다보았다. 아기는 너무 작고 연약해서 조금의 힘만 줘도 바스라져 버릴 것 같았다. 내게 모든 것을 의탁하고, 의지하고 있는 저 힘없고 가여운 존재. 할 수 있는 것이라 곤 숨 쉬는 것뿐인, 본능밖에 없는 미숙한 생명체. 아직 탯줄도 채 마르지 않은, 작디작은 인간. 숨을 쉴 때마다 정수리의 숨구 멍이 살짝살짝 움직였다. 손을 대 보았다. 따뜻한 머리가 고무 공처럼 말랑거렸다. 아기가 눈을 찡긋거리고 입을 오물거렸다. 주위를 둘러보았다. 사방이 막힌 좁은 방 안에 나와 갓 태어난 아기만 있었다. 겁이 났다. 이 공간에 나와 아기만 남겨졌다는 사실이 너무나 무서웠다. 내 뱃속에서 사람이 나왔다는 것도 믿을 수 없었다. 나는 아기를 키울 어떤 준비도 되어있지 않았 다. 내 상자 속에 살아있는 생명체가 담겨 있던 일은 이제껏 없 었다.

나는 아기를 안고 자리에서 일어섰다. 다리를 질질 끌며 작 은방으로 들어갔다. 조그만 상자 속에 아기를 넣었다. 아기를 보낼 것이다. 아기는 잘못 배달된 물건이었다. 나는 아기를 배 달해 달라고, 보내 달라고 그 누구에게도 부탁하지 않았다. 종 이상자에 아기를 넣어 원주인에게 보낼 것이다. 운다. 아기가 운다. 자지러지도록 크게, 작은 얼굴이 홍옥처럼 새빨개지도 록, 아기가 운다. 제 존재를 증명하는 것이 울음 외에는 없다 는 듯, 지금 이렇게 울지 않으면, 자신이 버려지는 것을 깨달았 다는 듯, 맹렬한 기세로 운다. 상자 속이, 좁은 방 안이, 오래된 연립주택이 아기의 울음소리로 부풀어 오른다. 집 안은 터지기 직전의 풍선처럼 아기의 울음으로 팽팽해진다. 나는 두 손으로 귀를 막았다. 어떤 소리도 듣고 싶지 않았다. 할 수만 있다면 밀랍으로 두 귀를 막아 버리고 싶었다. 아기는 온 힘을 다해, 계속해서 울었다. 귓바퀴를 타고 울음소리가 비집고 들어왔다. 빈틈을 찾아 사정없이 밀고 들어왔다.

나는 상자 속에서 아기를 꺼냈다. 겉옷을 들쳐 퉁퉁 부은 젖가슴에 아기의 얼굴을 대 보았다. 아기가 허겁지겁 젖꼭지를 찾아 빨기 시작했다. 양 볼이 움푹 파이도록 있는 힘껏 젖을 빨았다. 아기의 혓바닥은 작고 붉었으며, 적당히 축축했다. 아직 이가 나지 않은 입속은 무언가를 위협하거나 해쳐 본 적도, 그리고 버려 본 적도 없었다. 아기의 입은 갓 만든 연두부처럼 따뜻하고 부드러웠다. 딱딱하게 뭉쳐있던 젖이 돌기 시작했다. 아기의 입술 사이로 샛노란 초유가 뚝뚝 떨어졌다. 그 모습이 신기하고 경이로워 한참을 있었다.

상자 더미 속에서 더 큰 상자를 찾았다. 나는 아기와 함께 상자 안으로 들어갔다. 아마도 장은 돌아오지 않을 것이다. 그에게 중요한 것은 상자 속 물건이었다. 나와 아기는 그가 반길 만한 물건이 아니었다. 나는 아기와 함께 먼 곳으로 떠날 거다. 따뜻한 햇볕이 비치고, 상쾌한 바람이 부는, 밝고 명랑한 곳으로. 주검이 된 텔레비전 속 아이처럼 바닷가에 떠내려가지 않을 것이다. 우리의 얇은 종이상자는 비바람이 불고 태풍이 몰아쳐도, 쇠로 만든 요새처럼 튼튼하고 굳건할 것이다. 어두컴컴한 상자 속에서 나는 기도했다. 우리가 그런 곳에 닿을 수 있기를, 누군가가 우리를 발견해 주기를. 아기가 다시 젖을 빨았다. 그 소리에 묻히기를 바라면서 나는 울었다.

소설가와 만나는 시간

김필남 (문학평론가)

오선영 (소설가)

우리의 사적인 내력

소설가와 처음 만난 날을 기억한다. 평론가들과 함께 책을 읽고, 토론하고, 글을 쓰는 비교적 목적이 뚜렷한 모임이었다. 모임의 첫날, 우리는 서로를 알기 위해 자신을 소개하는 시간을 가졌다. 그녀는 그 자리에 있는 자신이 낯설다는 듯, 불편해하는 게 보였다. 나의 착각이었을까. 그녀의 순서가 되자, 그녀는 상냥한 미소를 보이며 조곤조곤한 말투로 소설을 쓰고 있다고 말했다. 소설을 쓰는 자신의 존재를 단 한 번도 의심한 적 없는 듯한 확신에 찬 목소리였다. 나는 여태껏 무엇을 한다는 것에 그토록 성심성의껏 말하는 사람을 만난 적이 없었다.

그녀는 소설을 쓰는 것뿐만 아니라 열심히 읽는 소설가이기도 했다. 문학잡지에 수록되는 작품부터 동료작가들의 작품까지 빠짐없이 읽고 또 읽었다. 그녀와 소설을 논할 때는 지식을 자랑하거나 논쟁의 연장이 아니라 읽기의 즐거움을 느끼게 해주는 시간이었다. 나는 그녀에게 주목할 만한 소설가의 작품을 추천받기도 했으며, 소설가의 입장에서 소설을 읽고 평하는 그녀의 말을 들을 때는 그 어떤 평론보다 울림이 크다고 느꼈다. 그런데 우리는 수많은 소설들에 대해 이야기 했지만, 그녀의 작품을 논한 적이 없음을 잘 알고 있다. 그녀는 대체 어떤 소설을 쓸까, 문득 궁금한 날들이 있었다.

2013년 새해 아침, 그녀의 소설을 읽었다. 그녀의 소설은 모두가 알고 있지만 함부로 말할 수 없는, 누구나 쓸 수 있지만 누구도 잘 쓸 수 없는 내용을 다루고 있었다. 나는 그녀의 소설을 찬찬히 읽어 내려갔다. 그 날도 나는 그녀의 소설 이야기는 접어두고, 축하 인사만을 건넸다. 그로부터 또 시간이 흘렀다. 그녀의 첫 소설집이 발간된다는 소식은 마치 내 일처럼 반가웠다. 단숨에 8편의 소설을 모두 읽었다. 소설을 읽고 떠오르는 생각들을 두서없이 펼쳐내던 그때의 우리가 떠올랐다. 나는 그녀와 함께, 그녀가 쓴 소설을 이야기 하고 싶어졌다. 소설가의 이야기가 듣고 싶어졌다.

머물다

오랜만에 그녀와 마주 앉았다. 서로의 안부 인사를 묻고 잠시 정적이 흘렀다. 우리는 무엇부터 이야기를 꺼내야 할지 망설였다. 그녀가 쓴 소설을 앞에 두고 있으니, 왠지 조심스러웠다. 먼저, 그녀의 등단작 「해바라기 벽」에 대한 이야기를 하지 않을 수 없었다.

그녀의 등단작 「해바라기 벽」은 벽화마을에 살고 있는 소녀를 중심으로 벌어지는 이야기를 다룬다. 가난한 것만으로도 견디기 힘든 소녀의 일상은 가혹하다. 허름한 동네의 집들을 보기 위해 사람들은 매일같이 찾아온다. 소녀는 벽화마을 "노란 해바라기가 수십 송이 피어진 벽과 담"의 그 집에서 달아나고 싶다. 하지만 소녀는 갈 곳이 없다. 피씨방에 들려 자신이 꿈꾸는 삶을 블로그에 담는 일, 거짓 삶에 현혹된 이들이 달아주는 댓글에 잠시 위안을 얻는 일이 소녀가 누릴 수 있는 최고의 행복이다. 자신을 위로할 수 있는 시간이 지속되면 좋으련만, 벽화마을이 유명해질수록 소녀의 삶은 더욱 비참해진다.

현재까지도 전국에서 진행 중에 있는 벽화마을 만들기 사업. 마치 그것이 도시의 브랜드를 높여주는 가치라도 있는 듯, 산동네에 예술가들이 투입되고 있다. 귀엽고 아기자기한 그림이 그려진 마을은 예전의 낡고 허름함을 상상할 수 없을 정도로 멋있어졌다. 하지만 우리가 간과하는 것, 그것은 바로 그 속에 사람들이 살고 있다는 사실이다. 소설가는 이 작품을 쓰게 된 계기를 조심스레 밝힌다.

"최근 들어 벽화마을 산업이 마을재생 프로젝트와 연결되다

보니 언론에서 많이 주목하는 것 같아요. 이와 관련한 관광 상품도 생기고, 마을축제도 만들어지구요. 그러다 보니 문제점이나 개선해야 할 부분도 함께 거론되지요. 하지만 제가 소설을 썼던 5, 6년 전만 해도 벽화마을이 막 생기기 시작했던 때라 크게 문제가 있다고 생각하지 않았던 것 같습니다. 그저 낡고 노후한 마을에 알록달록 벽화가 그려져서 관광객들의 이목을 끈다, 그래서 마을 사람들이 좋아한다, 정도가 언론에서 말하는 정도였어요. 저 역시 그런 기사와 인터넷상의 사진들을 자주 봤었지요. 그러다가 벽화마을에 갈 일이 있었는데, 생각과 달리 저는 사진을 한 장도 못 찍겠더라구요. 출사 코스로 유명해서 예쁜 사진을 찍을 수 있을 거라 생각했는데, 막상 가보니 벽화가 그려진 부분은 아주 한정적이었고, 그 외의 다른 부분은 흔히 말하는 산동네의 풍경이었어요. 그것을 아름답게 편집하고 포장해서 SNS에 올리는 일이 과연 옳은 일인가, 하는 의문이 처음으로 생겼지요. 그런 생각이 드니, 벽화 뒤로 보이는 집과 그 집 안의 사람들이 떠오르기 시작했어요. 내가 살고 있는 집에 누군가가 카메라를 들이밀고 사진을 찍는다면 어떤 기분이 들까, 이 소설의 출발점이었습니다.

그렇다고 해서 벽화마을 사람들을 무조건 피해자로 묘사하고 싶진 않았어요. 그곳이 누군가의 삶의 터전이라는 것을 인식하면서, 그 나름의 생활을 부여하고 싶었습니다. 피해자, 약자,

소수자라는 시선으로만 그들을 바라보면, 이 소설이 너무 한쪽으로 기울어 질 것 같았거든요. 벽화마을 사람들 역시 욕망이 있는 보편적 존재라고 말하고 싶었어요. 저는 소설 속 소녀가 블로그를 운영하는 마음이나, 소녀의 사진을 찍어 올린 블로거의 태도가 크게 다르지 않다고 생각해요. 누구나 자신을 돋보이게 하고 싶고, 좋은 부분만을 부각시켜 자랑하고 싶은 욕망이 있으니까요.

　물론 조심스러운 부분도 있었습니다. 실제 모델을 바탕으로 한 건 아니지만, 현실 공간을 바탕으로 한 소설은 맞으니까요. 그곳에 살고 계신 분들이 제 소설을 읽었을 때, 어떤 기분이실까도 생각해 봤습니다. 제가 경험하지 않은 소재이다 보니 혹시나 잘못 표현하고 있지는 않을까. 이게 과연 맞는 건가, 이렇게 써도 되는 걸까, 하는 스스로에 대한 의심과 경계, 질문들을 끊임없이 하게 되었지요. 그 과정에서 소설의 재현성에 대해서도 다시 생각해 본 것 같아요. 작가가 그려낼 수 있는 세계가 과연 어디까지인가에 대해서요."

　소설 「해바라기 벽」만으로도 오선영이라는 소설가가 소설에 임하는 자세를 엿볼 수 있다. 자신이 만드는 소설의 세계가 허구임은 분명하지만, 그녀는 거기에 사람이 있음을 잊지 않으려 한다. 때문에 그녀는 글을 쓰는 내내 소설 속 인물에 쉽게 연민이나 동정하지 않으며, 미화하지 않기 위해 한 문장도 허투루 쓸 수 없다고 말한다. 이는 「해바라기 벽」이 당시 유행처럼 번지던 벽화마을을 단지 한편의 소설을 쓰기 위해 소재 거리로 인식하지 않았음을 알 수 있다. 어느 한 쪽으로 시선을 치우치지 않으려 노력했다는 그녀의 말처럼 「해바라기 벽」은 구경거리가 된 집에 사는 소녀의 이야기뿐만 아니라, 소녀의 주위에서 벌어지는 사건들을 다양한 시선으로 본다. 소녀를 바라보는 세상의 시선이 한순간에 바뀌거나, 이를 정치적으로 이용하려는 행위들 등이 그러하다.

등단작을 지나면 오선영이 소설에서 이야기하고자 하는 부분이 좀 더 선명하게 보인다. 8편의 소설 중에서도 등단작 「해바라기 벽」과 「밤의 행진곡」 그리고 「부고들」은 마치 연작소설인 듯한 느낌을 자아낼 정도로 닮아있다. 세 편의 소설은 「해바라기 벽」처럼 '집'을 소재로 하고 있다. 그들은 살던 집을 나와야 할 위기에 처했거나, 보다 좋은 집에서 살고 싶은 욕심을 가진 사람들이다. 아니, 제 몸 하나 눈치 안 보고 누일 방만 있다면 어떤 곳이라도 상관없어 보인다.

사실 내 집 한 칸 가지는 것을 중산층의 척도쯤으로 알고 있는 한국 사회에서 '좋은 집(방)'을 얻는 건 쉬운 일이 아니다. 그녀는 이 집에 대한 집착이나 애증을 각각 다른 세대들에게서 들려주고 있어 흥미롭다. 또한 그녀는 농담처럼 이 세 편을 '집

3부작'이라고 부르기도 한다. 각각 다른 시기에 쓰인 소설들임에도 이렇게 의도적으로 집을 그리게 된 이유가 무엇인지 묻지 않을 수 없다.

"처음부터 의도를 가지고 '집'에 대한 이야기를 쓴 건 아니에요. 그때그때 상황마다 마음이 끌리는 주제를 택해서 소설을 썼는데, 이번에 작품집을 내려고 모아보니 집에 관한 이야기가 많더라구요. 집 3부작은 원고를 정리하면서 저 혼자 붙여본 이름이에요(웃음). 한 편 한 편 따로 봐도 좋지만, 연작소설처럼 묶어서 봐도 재미있을 것 같아서요. 각기 다른 이야기지만, 도시에 살고 있는 현대인이라면 누구나 겪을 수 있는 일이라는 점에서 세 편의 소설이 맞닿는 지점이 있다고 생각해요."

소설가의 말처럼 집이 없어 떠돌아본 경험, 더 좋은 집을 가지고 싶은 욕망은 현대인이라면 한 번쯤 겪어봄 직한 이야기가 아닐까 생각한다. 집 3부작의 첫 번째가 「해바라기 벽」이었다면, 두 번째는 「밤의 행진곡」이다. 구경거리 집에서 벗어나고자 안간힘을 썼던 소녀가 어른이 된다면 「밤의 행진곡」의 여성이 되진 않았을까 싶다. 그녀는 아쉽게도 아직도 집을 가지지 못한 상태고, 결혼을 앞두고 있지만 결혼 이후에도 상황이 크게 달라지지 않을 것임을 짐작할 수 있다.

7년 전에도 그랬다. 고시학원이 밀집해 있는 서면 일대의 방
값은 생각한 것 이상으로 너무 비쌌다. 주택을 개조해서 성냥
갑 같은 방을 내주던 집들은 대부분 사라졌다. 사람들은 좀 더
편하고, 안락하고, 깨끗한 곳을 원했다. 이름부터 집이 아니라
고 말하는 '원룸'조차도 이전의 웬만한 '집'값을 넘을 정도로 비
쌌다. 발이 퉁퉁 붓도록 남자와 함께 방을 알아보러 다녔다. 여
자는 자신이 이 사회를 위협할 치명적인 바이러스나 병균 같다
는 생각을 했었다. 어느 누구도 저를 집 안에, 방 안에 들이는
것을 꺼렸다. (「밤의 행진」, 163쪽)

　여자는 남자와 함께 살 집을 보러 다니면서 자신들이 처한 상
황을 아프게 인식한다. 수중에 가진 돈으로는 집이 아닌 온전
한 방 한 칸 마련하기 힘들다는 점을 말이다. 가질 수 없는 걸
욕심내니 피로감과 더불어 자신을 자학하는 일밖에 남지 않는
다. 여자는 산동네의 누추한 집들을 보러 다니면서 자신이 견
뎌온 7년간의 시간이 새록새록 떠오른다. 교사가 되고 싶었던
꿈은 포기한 지 오래고, 결혼이 안락함을 제공하지 않는다는
사실은 이미 너무 빨리 눈치챘다. 출구가 보이지 않는 여자의
삶은 눈앞에 보이는 경치도 즐길 수 없게 한다.
　「부고들」은 「밤의 행진곡」의 여자가 결혼을 하고 10년쯤 지
난 이후의 이야기로 읽어도 무방해 보인다. "동남향의 27년 된

아파트"의 전세에 살고 있는 여자. 겨우 안정적인 삶을 살고 있다고 생각하는 찰나 집주인이 전세금을 오천만 원이나 더 올려달라고 한다. 또 예전의 어느 날처럼 집을 구해야 한다는 절박함 때문에 그녀는 엄마의 죽음에 슬퍼할 겨를도 없다. 부모의 죽음보다 더 중요한 것이 집이라니, 그녀에게 집은 휴식을 취하기 위한, 잠을 자기 위한 공간이 아니라, 마치 생존과 관련 있어 보인다. 그들이 그토록 가지고 싶은 '집'은 무엇을 의미하는지 궁금하다.

"초등학교 저학년 때부터 배웠어요. 인간이 살아가기 위해서 꼭 필요한 세 가지를 '의식주'라고 한다고요. 개인의 욕망에 따라 의식주의 형태와 크기는 달라지겠지만, 기본적으로 이 세 가지는 사람이 생활하기 위해서 꼭 필요한 요소잖아요. 그런데 오늘날은 필수조건이라 했던 의식주가 필수사항이 아니라, 선택사항이 된 것 같아요. 삶의 가장 기본 조건마저 충족되지 못한, 벌거벗은 삶들이 너무 많으니까요. 이 중 가장 어려운 부분이 집이라고 생각했어요. 집이 부동산이 되는 순간, 그것은 노력하고 노력한 자만이 간신히 얻을 수 있는 옵션이 되어 버렸다는 생각이 들었습니다. 문제는 노력한다고 그 옵션을 다 얻을 수 있는 게 아니라는 거죠. 현실에선 집값이 정말 너무너무 비싸잖아요. 제 친구 중 한 명은 둘째 아기를 갖느냐와 내

집 마련을 하느냐를 두고 고민을 해요. 대출을 내서 내 집 마련을 하면 꼼짝없이 회사를 다녀야 하는데, 그렇다면 둘째 임신을 해선 안 된다는 거죠. 임신과 출산, 육아 때문에 퇴사를 하면, 엄청난 대출이자를 남편 혼자 감당할 수 없으니까요. 저희 부모님 세대는 이런 고민은 안 하셨던 것 같아요. 그래서 애는 낳아놓으면 저 혼자 큰다, 라고 말씀하시죠. 하지만 저와 같은 30대들은 현실이 그렇게 녹록지 않다는 것을 경험으로 알아요. 고등학교 때 IMF를 경험한 세대는 대학에 들어가서도 학자금 융자와 아르바이트에 치여서 20대 초반을 보냈고, 그 이후엔 바늘귀 같은 취업 문을 통과하기 위해 또다시 투쟁했으니까요. 그들이 30세대가 되면 주택대출금 이자와 2세 계획을 같은 선위에 올려놓고 고민하게 돼요. 삶의 기본조건들이 '기본'으로 허락되지 않은 세대들은 그것을 얻기 위해 고군분투하면서 성장했으니까요. 아마 이런 경험과 시대성이 자연스레 '집'에 대한 소설로 형상화된 것 같습니다. 저 역시 20대의 방과 30대의 집에 대해 고민할 수밖에 없는 동시대인이니까요."

주객이 전도된 상황이다. '내 집 마련'이 삶의 필수조건이 되어버리니 우리의 삶이 더욱 각박해지는 것은 아닌지. 집에 대한 이야기는 자연스레 공간에 대한 이야기를 불러온다. 벽화마을을 공간으로 한「해바라기 벽」과 부산의 산동네를 헤집고 다니는 「밤의 행진곡」 그리고 광안대교가 연상되는 「로드킬」까지 오선영의 작품에는 '부산'에 대한 묘사가 자주 포착된다. 부산에서도 허름한 공간을 일부러 찾아 헤매는 느낌이 들기도 한다. 사실 지역에서 활동하는 젊은 작가의 경우 지역의 색을 지우려고 하는 경우가 많은 것 같다. 아마도 특정한 지역을 내세워 '지역의 소설가'로 한정되어 소설의 세계를 제한하고 싶지 않기 때문일 것인데, 그녀는 의도적으로 소설에서 부산 공간을 인지하게 만든다. 부산에서 활동하는 소설가라는 자의식을 가지고 있는 건지, 부산에서 소설을 쓴다는 것은 어떤 의미인지 들어보았다.

"어떤 의도나 의무 의식을 가지고 부산을 그린 것은 아니에요. 제가 살고 있는 곳이 부산이다 보니 자연스레 그 공간이 소설에 표현되었지요. 물론 '부산의 현재성'에 대해 그리고 싶은 마음은 있었습니다. 여타의 문학작품이나 영화에서 그려지는 부산은 해운대를 중심으로 한 소비적인 관광도시나, 자갈치시장을 바탕으로 한 질박한 사투리와 푸근한 인심의 자갈치 아지메, 또는 거친 부산 사나이의 의리잖아요. 그것들이 부산의 이미지와 판타지를 만들어 내고 있지요. 하지만 부산에 살고 있는 사람들은 그런 생각을 크게 하는 것 같지 않아요. 그저 이곳은 삶의 터전이니까요. 만들어진 부산 이미지가 아니라, 그곳에 살고 있는 20, 30대의 고민과 방황들에 대해 쓰고 싶었습니다. 이번 작품집뿐 아니라 앞으로 쓰게 될 소설에서도요. 지역소설가라는 굴레에 스스로 묶일 필요도 없고, 묶이고 싶지도 않지만, 그렇다고 해서 제가 부산에서 살고, 부산에서 글을 쓰고 있다는 사실을 일부러 부정할 필요도 없단 생각입니다. 제 소설에 부산이 등장하는 것도요. 특별하거나 별난 이야기가 아니어도, 오늘날의 부산을 소소하게 작품 속에 담고 싶습니다."

무너지다

소설의 중심 소재이기도 한 공간, 인물들이 거주하는 집에 대한 문제를 이야기 했다면 그곳에 사는 사람들에 대한 논의를 빼놓을 수 없다. 오선영의 소설 속 인물들은 동정할 만큼 애처롭지 않다. 그녀의 말처럼, 현실에서 만날 수 있는 세대의 이야기이며, 누구나 겪을 수 있는 개인적인 경험이기 때문이다. 그런데 이상하게도 이 인물들에게 마음이 움직인다. 어찌 보면 답답할 수 있지만 금세 그 인생들에 수긍하게 된다. 그런데 생각해보면 우리의 인생 또한 그러하지 않던가. 화를 낼 만한 상황인데도 똥물을 끼얹는 것으로 화를 억누르거나(「해바라기 벽」의 '나'), 하고 싶은 말이 입속에 맴돌고 있지만 꾸역꾸역 참

아내지 않던가(「로드킬」의 K). 타인의 마음을 오해한 적은 또 얼마나 많았던가(「모두의 내력」의 '나'). 그래서 오선영의 소설 속 인물들은 나와 우리의 얼굴을 보는 듯 익숙하다.

주인공 말고도 주변 인물들의 삶에도 궁금증이 인다. 「백과 사전 만들기」의 '나'는 "사전을 만드는 공정 중 가장 기본적인, 연구자들이 해석해 놓은 중세시대 단어를 가나다순으로 정리해서 문서화하는 작업"을 하고 있다. 해고당하지 않고 근무하는 것이 '나'가 가장 관심 있는 일이다. 생각이 필요 없는 단순 업무를 매일 같이 반복하는 나에게 어느 날 한 통의 메일이 도착하고, 메일을 통해 내가 어떤 사람이었는지 돌아본다. 이때 메일을 보낸 '최준석'은 나와 내 가족의 과거를 돌아보게 만든 인물이다. 준석이는 의젓한 아이였고, 준석의 부모는 나의 부모가 범접할 수 없는 계급(힘)을 가진 사람들로 누구나 부러워하고 동경하는 대상이기도 했다. 하지만 그 힘을 제대로 사용할 줄 모르는 준석이로 인해 나와 가족은 상처를 받는다.

그리고 시간이 흘렀다. 영리했던 나는 단순노동에 만족을 느끼며, 늠름했던 군인 아버지는 무능력한 백수로, 엄마는 그 사이 여러 번의 직장을 옮겨 다니는 신세가 되었다. 뜬금없이 준석이 나타났다. 사실, 독자는 준석이 왜 나타났는지 알 수 없다. 소설가는 준석이 군인으로 휴가를 나왔지만 군대로 복귀하지 않았다는 사실과 야윈 얼굴을 상상하게 만든다. 나의 이야기도 궁금하지만 준석이에게 대체 무슨 일이 있었을까 하는 의문이 든다. 「모두의 내력」에서도 나의 아버지와 문방구집 아줌마 사이에 어떤 일이 있었으며, 민주와 선배의 관계, 정교수는 어떤 삶을 살았을지 궁금함과 그들의 이후를 상상하게 만든다.

물론 중심인물이 만들어내는 사건이 중심적인 이야기이지만 오선영의 소설은 그리 단순하게 흘러가게 두지 않는다. 중심사건 외에도 주변 인물이 만들어내는, 즉 드러나지 않는 사건이 하나 더 있기 때문이다. 이런 접근 방식은 두 편의 소설 외에도 「로드킬」, 「상자」 등에서도 나타나고 있다. 인물들과 그 주변 인물들을 통해 각각의 사건을 만들고 또 연결되거나 다른 내용으로 뻗어 나가고 있다. 주변 인물이 만들어내는 이야기의 경우, 소설가의 입장에서 어떤 의도(?) 혹은 말하고자 하는 바가 있었을 것 같다. 이는 소설의 작법에 대한 질문이 아니라, 인물들의 이면에 숨겨진 이야기에 대한 궁금증이라고 해야 옳을 듯하다.

"단편소설은 특정 인물을 중심으로 전개되지만, 실제 우리 삶은 그렇지 않잖아요. 굉장히 많은 사람들과 관계를 맺으면서, 다양한 사회조직 안에서 매일 매일이 흘러가지요. 소설이 한 개인에게 집중하는 건, 작가가 말하고자 하는 주제를 좀 더 효과적으로 형상화할 수 있기 때문입니다. 단편소설이 가지는 분량의 문제도 있을 거구요. 하지만 작가가 보여주는 세계가 전부는 아니죠. 소설 속에서 '해바라기 벽을 사진 찍었다'라고 표현되었을 때, 그 문장 외부에는 '장독대를 찍지 않았다, 텔레비전을 찍지 않았다, 나무를 찍지 않았다.' 등등 서술자의 시선이 포착하지 않은 많은 것들이 함축되어 있다고 생각합니다. 그렇게 보면 서술자의 시선은 굉장히 폭력적이죠. 자기가 말하고 싶은 것만 말하고, 그렇지 않은 것에 대해서는 과감히 편집, 삭제해 버리니까요.

소설 속에서 등장인물 이외의 다른 인물들의 삶을 표현하고 싶은 것은 아마 이런 제 생각과 맞닿아 있는 듯합니다. 인물이 관계 맺는 여타 다른 인물들을 통해, 서술자가 말하고자 하는 바 외의 것을 독자들이 생각해 주면 좋겠다는 바람이요. 하나의 시선만 말하고 싶지 않은 것, 다른 인물들을 통해서 주인공의 삶을 풍성하게 상상해 보는 것, 작가가 말하지 않는 혹은 말하지 못하는 부분에 대해서 독자가 고민해 주었으면 하는 바람 말입니다. 제 이런 고민이 소설로 잘 형상화되었는 지는 의문이지만요(웃음)."

우리는 '그'의 이야기들을 모두 알 수 없지만, 그들의 이야기는 늘 진행되고 있다는 소설가의 말에 동의한다. 사실 들어야 할 이야기들은 바로 그들의 목소리가 아닐까. 인물들에 대한 이야기가 나왔으니 짚고 넘어갈 부분이 있다. 오선영의 소설은 여성이 강인한 캐릭터로 등장한다면 남성/아버지는 사라지고 없거나, 무능력하게 등장한다. 예를 들어 유일하게 남성 화자인 「로드킬」의 K는 하고 싶은 말이 있어도 잘하지 못하는 소심한 남성으로 등장하고, 그의 아버지도 가족을 버리고 떠난 인물로 등장한다. 그 외의 소설에서도 아버지의 자리는 지워져있거나(「모두의 내력」) 무기력하게 그려지는 경우(「백과사전 만들기」)가 많은데, 남성의 무능함과 여성의 강인함이라는 구도는 의도적인 선택인 것인지 궁금하다.

"제가 한 말 중에 '의도적으로 그러지 않았다'는 말이 많은 것 같습니다(웃음). 소설을 시작하는 방법은 다양한 것 같아요. 한 문장으로부터 시작되는 경우도 있고, 인물이나 공간, 환경부터 시작되는 경우도 있지요. 저 같은 경우는 주로 어떤 사건을 상상하는 편이에요. 평소 눈여겨 보았던 신문 기사나 전해 들은 이야기, 혹은 산책 중 상상했던 이야기들이 서로 맞붙으면서 사건이 만들어져요. 평소엔 굉장히 이질적이라 여겼던 이야기들이 배를 맞닿으면서 점점 불어나는 거죠. 사건이 떠오르면 자연스레 그 사건에 어울리는 장면, 공간이 생기구요. 그 다음에 인물이 떠올라요. 인물을 잡아 놓고 소설을 쓸 때도 있지만, 대부분 사건이나 장면으로부터 시작되는 듯해요. 그러다 보니 제 소설 속 인물이 크게 매력적이지 못하다는 생각이 들

때도 있습니다. 발랄하고 명랑한 인물도 없고, 상황에 매몰된 인물만 있는 건 아닌가 싶어서, 스스로 자책할 때도 있지요. 개인에게 주어진 환경을 극복하는, 주체적이고 영웅적인 인물이 아니라, 주어진 환경 속에서 동동거리는 인물이 그려지고 있으니까요.

이 부분은 제가 사회를 바라보는 시선이 아닌가도 싶습니다. 앞서 오늘날의 20, 30대에 대해 이야기 한 것과도 이어지는데요. 개천에서 용이 나고, 금의환향하는 식의 입지적, 영웅적인 인물이 요즘 탄생하기는 어렵잖아요. 간혹 나타나도 그건 정말 뉴스 '사람란'에서 거론될 만큼 특별한 인물이니까요. 또, 국가폭력, 거대권력, 계급문제란 말로 거창하게 말하지 않아도, 한국 사회에선 크고 작은 권력과 폭력의 문제, 사건과 사고들이 일어나고 있어요. 그 사이에서 본인의 의도와 관계없이 희생당하는 사람들을 보게 되는데, 그들을 소설 속에 불러오고 싶었습니다. 현실에선 자기 이야기를 하지 못하는 이들에게, 입을 달아주어 제 이야기를 할 수 있는 기회를 주고 싶은 바람도 있었구요. 여성/남성 이분법으로 나누어서 생각하기보다는 이런 주제를 잘 살릴 수 있는 인물을 택해서 소설을 쓰게 되었습니다. 제가 여성이다 보니 남자 화자보다는 접근하기에 쉬운 것도 한몫했을 거구요.

「로드킬」의 K는 남자든 여자든 관계없다고 생각했어요. K가

겪는 일은 남자이기 때문에 겪는 일이 아니고, 20대 인턴사원
이면 누구든 겪을 수 있는 일이니까요. K라는 익명을 부여하고
쓰다 보니까 그저 남성으로 정해진 것 같습니다."

　소설가는 본인이 여성이기 때문에 여성 화자를 자주 내세운
다고 했지만, 현대사회에서 살아가기 힘든 존재가 여성이 아닐
까라고 성급히 생각해본다. 현실을 버티기 더 각박해질수록 이
성적인 사고가 마비되고, 범죄율은 증가하고, 여성들이 위험에
자주 노출되고 있는 것은 분명해 보인다. 물론 누가 이야기를
전달하느냐는 중요하지 않다. 하지만 이 상황을 여성이 전달
하고 이를 극복하려는 자세가 의미심장하게 보이는 건 어쩔 수
없다.
　오선영의 소설 속 인물을 논하면서 '가족'에 대한 언급을 빠
뜨릴 수 없어 보인다. 물론 그녀의 소설을 가족소설이라고 단
정할 수는 없지만, 인물들에게 벌어지는 일들이 가족을 경유하
지 않고는 어떠한 해결도, 문제의 원인에도 다가갈 수 없는 구
조를 지니고 있다는 점에서 가족이야기를 하지 않을 수 없어
보인다. 「해바라기 벽」, 「로드킬」, 「백과사전 만들기」, 「상자」 등
의 작품이 붕괴한 가족의 이야기를 그리고 있다. 그런데 가족
공동체는 파괴했지만 소설 속 인물들이 가족을 욕망하거나, 가
족들에 연민하지 않는 태도가 독특하게 느껴진다. 그럼에도 가

족과 결별할 수 없어 보이는데, 혼자 있으면서도 끊임없이 상기되는 가족의 의미는 무엇인지 물었다.

"벗어나고 싶어도 벗어날 수 없는 존재가 가족이라고 생각했어요. 제 삶을 보거나, 주변을 둘러봐도 그렇더라구요. 가족과 사이가 좋아도 벗어날 수 없고, 가족과 사이가 안 좋아도 벗어날 수 없고. 친구, 연인과 달리 부모와 형제, 자매를 바탕으로 한 가족은 내가 주체적으로 만들어 낸 공동체가 아니니까요. 그렇다고 해서 또 가족에 얽매인 인물을 그리고 싶진 않았어요. 앞서 말씀 드린 것처럼 내 선택으로 가족이 만들어진 것은 아니지만, 그 가족에 짓눌려서 개인의 삶이 없어지는 것도 아니잖아요. 가족은 가족 그대로 두면서, 개인이 어떻게 살아가는 지를 그리고 싶었습니다. 어느 정도의 거리두기를 한 인물을 통해서요."

생각해보면 우리는 혼자라고 생각하지만 완벽히 혼자가 될 수 없는 존재들이다. 가족이 없어도, 가족을 벗어나고 싶어도 가족의 굴레는 언제나 나/우리의 삶 내부에 잠식하고 있다. 그런데 그들은 가족 때문에 힘든 게 아니라, '돈'이 없기 때문에 가족 공동체가 붕괴되는 것을 알 수 있다. 자본주의 사회에서 나이가 든다는 것은 더 가난해진다는 의미이며, 꿈은 이룰 수 없음을 의미하는 것은 아닐까. 그러니까 인물들은 대체로 돈이 없어 발생한 문제들로 고통받는다. '나'는 백과사전을 살 돈이 없어 준석에게 백과사전을 빌리러 갔다가 모욕을 당하고,(「백과사전 만들기」) 돈이 없어 살 집을 구하는 것이 어렵기만 하다.(집3부작) 돈 때문에 아버지가 사라지고(「로드킬」) 결국은 돈 때문에 해결할 수 없는 문제들이 끝없이 이어지게 되는 것이다.

　모든 문제의 원인을 돈이라고 치부하는 건 쉬운 결론일 것이다. 하지만 엄마의 죽음 앞에서도 돈(집)을 구하기 위해 전전긍긍하느라 자식 도리를 지키지 못하는 딸의 마음과 죽어서까지 납골당 가격으로 등급이 매겨지는 상황(「부고들」)은 자본으로 점철된 우리의 사회 시스템을 돌아보게 만든다. 인물들에게 섣부른 위로 한 점 없이, 덤덤히 그들의 고통을 전하는 소설가. 그녀는 이 희망 없는 시대의 이야기를 돈과 연결시킬 수밖에 없었음을 전하는 건 아닐까. 그리고 그들의 삶에 섣부른 애도도 할 수 없음을 안타까워한다. 그녀의 이야기는 이러하다.

　"요 몇 년간 한국사회에 굉장히 많은 일들이 일어났잖아요. 도대체 왜 이렇게 끔찍하고 안타까운 일들이 일어나는 걸까, 하는 생각을 해 봤습니다. 그리고 그 일들이 해결되기도 전에, 왜 또 다른 일들이 연속적으로 생기고, 우린 그 일들을 충분히 슬퍼하기도 전에 생활전선으로 나가야 하는 걸까. 결국 먹고 살기 위해서가 아닌가. 그렇다면 누군가의 죽음을 충분히 애도하지도 못하고, 생활전선에 던져졌다면, 먹고 사는 것이라도 충족되어야 하는 건 아닌가. 어느 하나라도 보상받아야 하는데, 안타깝게도 우리 삶이 그렇지 못하더라구요.

그런 생각을 하니, 손쉽게 '괜찮아, 다 잘 될 거야.'라는 말을 할 수가 없었습니다. 괜찮아진 일이 하나도 없는데, 내 삶은 악화가 강화되는 상황인데. 작품 속 인물들에게 함부로 위로나 애도, 화해의 손길을 내미는 게 너무 무책임하단 생각이 들었어요. 희망이나 위로가 나쁜 게 아니라, 손쉬운 희망이나 위로가 힘든 상황에 있는 인물들에겐 외려 더 독으로 와 닿지 않을까 하는 염려와 두려움 때문이지요. 근거 없는 낙관론, 해피엔딩에 대한 거부감이 제게 있었을 수도 있구요.

그래서 현재 인물이 처해 있는 환경을 보여주는 것으로 소설의 결론을 지을 수밖에 없었는데요. 이렇게 소설을 모아놓고 보니, 또 그게 과연 옳은 방법이었나, 이것 말고 다른 결론을 없었을까, 하는 회의도 듭니다. 실제 삶이 그렇다고 해서, 현실을 그대로 소설 속에 옮길 필요는 없으니까요. 또, 작중인물들을 극한의 상황으로 내몬 것 같아서 미안한 마음도 듭니다. 인물들이 너무 불쌍하더라구요. 그래서 다음 소설에서는 그들과 상생하는 길에 대해서 많이 고민해 보려고 해요. 우리 삶이 척

박하고 힘들더라도, 그 속에서 다시 길을 만들어가는 사람들이
있으니까요."

알아가다, 변하다

오선영은 너무 쉽게 화해하는 것도 위로하는 것도 문제적이
라고 말한다. 그로 인해 그녀는 인물들의 삶을 함부로 단정하
거나 결정 내리는 데 주저한다. 그저 거기 둔다. 한 인물이 지
나치는 그때의 그 시간을 담담히 기록할 뿐이다. 감정을 전달
하거나 결정을 내리는 순간이 왔을 때도 최대한의 거리를 두고
있다.

고고학은 유물과 유적을 통해서 역사를 밝혀냅니다. 토기에
게 말을 걸어보세요. 기와와 처마도 저마다의 이야기를 품고
있습니다. 그 이야기에 귀를 기울여보세요. 보이는 것만 가지
고 추측하지 말고, 각 사물들의 내력을 생각해 봅시다. (「모두
의 내력」, 81쪽)

「모두의 내력」에는 고고학과를 다니는 '나'가 민묘(民墓) 발
굴현장에서 나온 토우를 보고, 그것이 무엇인가에 대해서 추측

하는 장면이 나온다. 이때 정교수는 흥미로운 말을 한다. 고고학은 유물과 유적을 증명하는 과정을 통해 역사를 밝혀내는 학문임에도 불구하고 그것들의 이야기를 잘 들어보라고 한다. 억지로 정답을 찾으려고 한다면 오해와 왜곡이 만들어짐을 의미하는 듯 보인다. 말하지 않는 것들을 추측하지 말 것. 그 어떤 것에도 정답은 없다. 잘 살펴보고, 잘 들어볼 줄 아는 기다림을 아는 것. 그것이 바로 의문들을 가질 수 있게 만드는 힘이리라. 어찌 보면 그녀는 이미 정해진 답(역사나 진실이라고 하는 모든 것)을 신뢰하지 못하는 것도 같다. 소설 「모두의 내력」이 이를 대변한다.

「모두의 내력」은 작품집에 수록된 소설 제목이면서도, 이번 소설집을 관통하는 주제라고 생각합니다. 내력이란 단어에는 '역사'가 주는 무거움과는 다른, 개인의 사소하고도 은밀한 삶이 들어있는 것 같아요. 기존의 '역사'가 승자의 기록, 남성의 일대기, 왕을 비롯한 기득권자들의 이야기라면, 문학, 그중 소설은 패자와 여성, 아이, 장애인, 기득권이 되진 못했지만 기득권자보다 더 많았던 사람들에 대해 이야기 할 수 있는 힘이 있는 것 같습니다. 역사에 기록되지 못했지만, 한 시대를 살아냈던 사람들에 대해서 말이죠. 제가 생각하는 소설이 바로 이것이에요. 거대서사에서 말하지 않는, 말할 수 없었던, 말하지 않으려고 했던 사람들에 대해서 말하는 것 말이죠. 그런 의미에서 '모두의 내력'은 소설집 전체 제목으로도 어울린다고 생각했습니다. 우리 모두, 각자의 내력을 가지고 있으니까요. 소설 속 인물들 뿐 아니라, 소설을 읽고 있는 독자들, 그리고 소설을 쓰고 있는 저도 말이죠.

음… 하지만 그 내력을 다 아는 사람이 있을까요? 모든 것을 다 안다는 말이 성립될 수 있을까요? 발굴현장에서 나온 유물에 대해 우린 이런저런 추정과 판단을 하지만, 그것을 사용한 이들은 이미 지금, 여기에 없는 인물이잖아요. 우린 사물을 가지고, 그것의 쓰임과 역할에 대해 추정할 뿐이죠. 우리 삶도 그런 것 같아요. 지금-현재를 열심히 살고 있지만, 지금, 이 시점에 무슨 일이 벌어지고 있는지 모를 때가 많죠. 한참의 시간이 흐른 후에, 과거를 회상하면서 그 일이 이런 뜻이었구나, 라고 알게 되는 경우가 많으니까요. 혹은 영원히 모르고 지나가는 경우도 많구요.

그래서 삶은 더 미지의 대상 같아요. 알 듯하면서도 모르는 게 더 많으니까요. 하지만 모른다고 내버려 둘 순 없단 생각이 들었습니다. 사물이나 사람, 어떤 대상에 대해서도요, 알지 못하지만 알기 위해서 노력하는 것, 안다고 함부로 단정하지 않으면서 귀 기울이는 것. 그 과정에서 상대에 대한 애도와 사랑, 그리고 삶에 대한 희미한 희망 같은 것이 생기지 않을까요? 이게 제가 지금 생각할 수 있는 위로와 애도의 방법인 듯해요."

「모두의 내력」의 '나'는 진실 혹은 역사 따위는 관심 없다. 말해지지 않는 것들에 대해서 관심을 기울이지 않는다. 아버지와 문방구 아줌마 사이에 대체 어떤 일이 있었기에 함께 죽음을 맞이했는지, 짝사랑하는 선배와 동기 민주 사이에 무슨 일이 있었는지 궁금해하기보다는 문제에서 회피하고자 하는 경향이 크다. 하지만 '나'는 이미 예상하고 있다. 이미 민주의 사소한 행동 하나하나를 관심 있게 지켜보고 있었으며, 엄마가 아버지의 죽음을 어떻게 받아들이고 있는지 궁금해하는 것에서 알 수 있다.

'나'는 말해지지 못한 것에 어떻게 접근을 해야 하는지 방법을 몰랐을 뿐이다. 그런 의미로 정교수는 정답을 찾기보다 그 내력을 생각하는 시간을 가지라고 말한다. '나'의 주변에서 일어나고 있는 일들, 알고 싶지 않았던 일들과 대면하는 일이 바로 나와 그, 우리의 세계를 알아가는 첫 단계일 것이다. 우리가 모든 것을 알 수 없다면 알기 위한 노력이 필요하다. 그때 비로소 거대한 역사에서 비켜난 사람들을 이해하고 위로할 수 있는 다양한 시선이 열리는 것이 아닐까.

그들의 이야기는 사소한 기록(내력)인 듯 보이지만, 현실 역사와 만나고 있는 청춘들의 민낯이기도 하다. 이때, 「상자」는 오선영의 소설들 중에서 특별한 계보에 속한다고 할 수 있어 보인다. 지금까지 현실 상황으로 좌절감을 느끼는 인물들을 볼 수 있었다면, 「상자」는 보다 개인적이고 내밀한 갈등을 다룬다. '나'는 어른인 것처럼 굴지만, 엄마에게 버림받은 트라우마에서 벗어나지 못한 소녀이고, 이제 곧 출산을 앞둔 엄마이기도 하다. 소녀와 엄마 사이에서 '나'는 선택을 해야 한다. 언제 돌아올지 모르는 아기의 아빠를 기다려야 할까? 아기를 키울 준비가 되어 있지 않은 나는 어떻게 살아야 할까?

소설에서 흥미롭게 읽힌 부분은 소녀에게 배달되어오는 '상자', 아기 아빠 장이 훔치는 '상자', 주인을 잃은 '상자들'이다. 또 이 상자는 소녀의 삶과도 밀접하게 연결되어 있기 때문에 소설에서 상자는 중요한 메타포로 사용된다. 상자의 운명이 여기에서 저기로 이동하고 버려지는 것이 아니던가. 물론, 택배 일을 하는 아기 아빠 '장'이 빼돌린 상자처럼 가야 할 곳을 잃기도 하지만 말이다. 이처럼 소설은 소녀와 아기의 문제 외에도 '상자'라는 소재가 상당히 흥미롭게 다가온다.

엄마에게서 배달되어 오는 상자, 택배 일을 하며 상자를 빼돌리는 장, 그리고 베이비 박스까지 연상되는 상자. 출산과 상자의 조합은 신선하게 다가온다. 기존의 그녀가 발표했던 소설 경향과는 다른 변화지점도 느껴진다. 동시에 이런 이야기를 상상할 수 있었던 계기가 있을 듯하다.

"집으로 택배가 잘못 배달 온 적이 있어요. 주문하는 분이 주소를 잘못 써서 저희 집에 왔는데, 원주인을 찾기가 어렵더라구요. 판매처에 연락해서 주문한 분의 핸드폰 번호를 알아내고, 직접 전화해서 택배를 가져가라고 했어요. 판매처에선 자기들이 오배송한 게 아니기 때문에 책임이 없다고 하더라구요. 그 일을 겪으면서 이 소설을 생각하게 되었습니다. 잘못 배달된 택배상자를 받는 사람의 상황과 심정에 대해서 소설을 써보면 어떨까, 하고요.

그쯤에 제 환경과 생활이 바뀐 것도 한몫합니다. 이전에는 제 한 몸만 챙기면 되었는데, 돌보고 책임져야 할 대상이 더 늘어났거든요. 그것이 굉장한 기쁨이면서 또한 엄청난 책임감으로 와닿더라구요. 그런 부분들이 상자와 출산의 조합으로 나타나게 되었어요.

개인적으로 이 소설을 힘겹게 썼는데요. 소설의 결론을 완성한 날에, 소녀가 너무 불쌍해서 잠을 못 자겠더라구요. 이전까지 글을 쓰면서 그런 경험이 없었는데, 제가 작중인물에 깊이 감정이입을 한 거죠. 최대한 거리감을 유지하면서, 어찌 보면 좀 냉소적인 태도로 인물들을 대했는데, 이 소설에서는 그러지 못했어요. 아마 이전 소설과 다르게 읽으셨다는 말은, 소설을 쓰던 당시의 제 심정 때문이지 않을까 싶습니다. 결론을 힘들게 썼지만, 다른 면에선 힘을 얻기도 했는데요. 사건과 갈등을 중심에 두지 않아도, 인물의 심경변화를 중심으로 한 소설을 앞으로 쓸 수 있지 않을까 하는 것입니다. 다음 소설에선 좀 더 인물의 내면 심리를 파고 들어보고 싶어요."

소설가의 삶이 변화했기 때문이라고 단정할 수는 없을 것이다. 하지만 소설 「상자」는 기존의 "깜깜한 바다 밑으로 가라앉는 모습"과는 다름은 분명하다. 그러니까 「상자」는 아직 엄마가 되기에는 어린 소녀의 임신과 출산, 그리고 자신을 버린 엄마와 장의 이야기까지 미래는 험난하겠지만, 소녀와 아기의 미래가 상상된다는 것만으로도 마음이 놓인다.

나는 아기를 안고 자리에서 일어섰다. 다리를 질질 끌며 작은방으로 들어갔다. 조그만 상자 속에 아기를 넣었다. 아기를 보낼 것이다. 아기는 잘못 배달된 물건이었다. 나는 아기를 배달해 달라고, 보내 달라고 그 누구에게도 부탁하지 않았다. 종이 상자에 아기를 넣어 원주인에게 보낼 것이다. 운다. 아기가 운다. 자지러지도록 크게, 작은 얼굴이 홍옥처럼 새빨개지도록, 아기가 운다. 제 존재를 증명하는 것이 울음 외에는 없다는 듯, 지금 이렇게 울지 않으면, 자신이 버려지는 것을 깨달았다는 듯, 맹렬한 기세로 운다. (……) 나는 상자 속에서 아기를 꺼냈다. 겉옷을 들쳐 퉁퉁 부은 젖가슴에 아기의 얼굴을 대 보

왔다. 아기가 허겁지겁 젖꼭지를 찾아 빨기 시작했다. (『상자』, 234-235쪽)

소녀의 미래가 비극적이지 않을 거란 사실은 아기가 소녀의 "젖꼭지를 찾아" 무는 데서 알 수 있다. 아기의 배고픔은 자신과 아이가 살아있다는 사실, 살아있음이 가장 중요하다는 사실을 소녀가 알아챘기 때문이다. '살아있음을 스스로 증명'한 이에게서 "신비와 경이"를 발견했기 때문이다. 소설의 말미에 소녀는 큰 상자를 찾아 그 상자 안으로 들어간다. 아마도 소녀와 아기가 누군가에게 필요로 한 대상이 되기를 바라는 마음이 있기 때문은 아닐까. 아니다, 상자 속에 담겨 지금보다 행복한 곳으로 가고 싶은 마음은 아닐까 짐작해 본다. 소녀와 아기는 힘들겠지만 살아갈 것이다.

다시, 읽다

여기 『모두의 내력』에 실린 8편의 소설은 이 시대를 살고 있는 청년들의 가난과 좌절, 고민이 담겨있다. 소설가는 그들이 겪는 일상을 어설프게 동정하거나 연민하지 않는다. 그 삶을 방치하는 것은 아니다. 달리 말해 독자들에게 그들의 삶을 이

해시키는 목적이 있는 것이 아니라 최대한 똑바로 마주 보게 한다. 그 좌절을, 아픔을 정면으로 마주했을 때 어떤 선택을 내릴 것인가는 온전히 그들의 몫으로 남겨두는 것이다.

정답을 요구하는 사회, 무엇이든 빠르게 결정 내려야 하는 시대에 오선영의 소설(인물이나 문체) 다소 건조하다고 느껴질지도 모른다. 하지만 그녀가 전달하는 세계야말로 '현실'이다. 어디서 들어보거나 누구나 겪었음 직한 현실의 이야기다. 느리게 탐색하고 또 헤매는 것이 바로 우리의 인생이 아닌가. 오선영의 말처럼 이 견고한 세계를 잠시나마 무너뜨릴 수 있는 건 (느리지만) 우리의 이야기를 마주 볼 때가 아닐는지. 아직 수없이 많은 우리들의 내력이 남아있다. 이야기는 끝나지 않았다. 오선영의 소설 세계가 여전히 유효하다는 뜻이다. 소설가 오선영이 다음에는 누구의 내력을 따라갈지 벌써부터 궁금하다.

작가의 말

커피숍 창가에 앉아 밖을 본다. 무채색 양복을 입은 남자가 지나간다. 다정하게 팔짱을 낀 연인이 있고, 손을 잡고 가는 엄마와 딸도 보인다. 무심한 표정으로 스마트폰을 보는 이와 이어폰을 꽂고 고개를 끄덕이는 사람도 있다. 그중에는 내 소설 속 인물도 있을 것 같다. 조금은 초췌한 얼굴로, 피곤하고 힘겨운 표정을 한 채, 무거운 발걸음을 이끌고 어디론가 정처 없이 걸어가고 있을 듯하다.

그동안 발표한 소설들을 정리해서 읽어보았다. 한편씩 쓰고 읽을 때는 몰랐는데, 이렇게 모아서 읽게 되니 이전과는 다른 느낌이다. 문득, 내가 만든 인물들에게 미안해진다. 그들이 저 인파 속에서 걸어 나와 내 앞에 서면, 나는 어떤 말을 해야 할까. 좀 더 행복하게, 좀 더 기쁘게, 좀 더 희망차게 그려주지 못해서 미안하다고 해야 할까. 그것이 네게 주어진 삶이니 묵묵히 받아들이라고 할까. 아니면 말없이 그들의 앙상한 어깨를 안아줘야 할까. 이 모든 것이 내 소설에서 비롯된, 내가 만든 세계에서 일어난 일임에도 불구하고 말이다.

소설을 쓰는 내내 자학과 자책, 교만과 기만, 번민과 혼동에 휩싸였다. 힘들다고 하면서도 이 일을 그만두지 못한 건, 그 모든 과정 중에 작게나마 기쁨과 희열이 있었기 때문이다. 그렇기에 내 소설 속 인물들이 슬픔과 분노에 빠져있더라도, 그것을 쓴 나는 즐거웠다고 고백해야겠다. 그리고 다음번에는 나뿐만 아니라 작품 속 인물도 행복한 글을 쓰겠다고 약속해 본다.

이 자리까지 오는 동안 많은 이들의 도움과 격려를 받았다. 나를 가르쳐주신 선생님들과 내 오랜 친구들에게 이제라도 책을 드릴 수 있어서 다행이다. 부족한 글들을 엮어주신 호밀밭출판사에게 감사드린다. 언제나 든든한 지지자인 가족, 그들이 있어서 소설을 쓸 수 있었다. 대학교 3학년, 소설과는 관계없이 살아가던 딸이 갑자기 내민 소설을 꼼꼼히 읽고 이야기해 주셨던 어머니. "잘 썼다."는 그 말 한마디에 기대어 여기까지 왔다. 내 소설의 출발은 어머니로부터라는 말을 하고 싶었다. 내가 쓴 소설의 첫 독자인 훈과 언젠가 이 책을 읽게 될 준에게도 사랑한다는 말을 전한다.

소설 속 인물들이 내 얼굴을 바라본다. 인물들의 얼굴을 애써 외면하지 않겠다. 그들이 걸어가는 방향으로 같이 어깨를 기울이며 뚜벅뚜벅 걸어가겠다.

2017년 12월
오선영

♦●◀■ 수록작품 발표지면

모두의 내력

ⓒ 2017, 오선영

지은이	오선영
초판 1쇄 발행	2017년 12월 20일
펴낸곳	호밀밭
펴낸이	장현정
문학부 편집주간	박형준
편집	박정오
디자인	최효선
등록	2008년 11월 12일(제338-2008-6호)
주소	부산 수영구 수영로 668 화목O/T 1209호
전화	070-7701-4675
팩스	0505-510-4675
전자우편	homilbooks@naver.com
홈페이지	homilbooks.com
트위터	@homilboy
페이스북	@homilbooks
블로그	blog.naver.com/homilbooks

Published in Korea by Homilbat Publishing Co, Busan. Registration No.
338-2008-6.
First press export edition December, 2017. **Author** Oh, Sun Young.

ISBN 978-89-98937-63-8   03810

본 도서는 2017년 한국문화예술위원회, 부산광역시, 부산문화재단 지역문화예
술특성화지원사업으로 지원을 받았습니다.